Räuber, Huren, Gaunerpack.

Schurkenschicksale der Barock- und Rokokozeit

Band 4: Von Raubmördern und religiösen Fanatikern

von

Freya Thordsen & Thomas Gronewaldt

Kiefernweg 19, 95493 Bischofsgrün.
Printed in Germany
ISBN: 978-3-96745-050-7

Text & Layout: Freya Thordsen
Lektorat: Thomas Gronewaldt

Inhaltsverzeichnis

DER STRASSENRAUB VON BRAKE ANNO DOMINI 1794

Wir schreiben das Jahr 1794. Fünf Jahre ist es her, seit sich im brodelnden Hexenkessel Paris der Zorn der hungernden unterdrückten Massen die Bahn brach. Was mit dem Sturm auf die Bastille begann, wurde zum Feuersturm, der die Alte Ordnung hinwegfegte, doch von Freiheit und Gerechtigkeit war Frankreich jetzt weiter entfernt als je zuvor. Längst wurden nicht nur Adlige aufs Schafott gezerrt – das blutige Schicksal konnte jeden treffen. In Frankreich regierten Terror und Willkür; die Revolution fraß ihre Kinder.

Natürlich hatte man auch im heutigen Niedersachsen von den welterschütternden Ereignissen in Frankreich gehört, blickte so manch einer sorgenvoll in Richtung Westen. Noch aber war alles ruhig, noch hatte ein kleinwüchsiger Korse sich nicht zum Heerführer und bald auch zum Kaiser aller Franzosen emporgeschwungen. Im Frühling des Jahres 1794 bewegte die Menschen zwischen Detmold, Brake und Horn ein anderes Thema: Am 15. April hatte sich auf der vielfrequentierten Landstraße zwischen Brake und Detmold ein grausamer Mord ereignet – und das am helllichten Tage! Das Opfer: der aus Brake stammende Colonus Fischer. Das Motiv: Geldgier.

Viele Bewohner von Brake mussten als Teil ihrer Lehns- bzw. Pachtverträge Botengänge für die Herrschaft übernehmen. Am 15. April war Colonus Fischer an der Reihe, im Auftrag der Herrschaft eine erhebliche Summe Geldes von Brake nach Detmold zu tragen, und das wurde ihm zum Verhängnis. Der Mörder war kein Fremder, sondern ein Nachbar und guter Bekannter, der eigentlich auch gar keinen Groll gegen Fischer hegte. Wenn... ja wenn ihn nicht die drückende Schuldenlast fast wahnsinnig gemacht hätte.

Franz Henrich Böger, 30 Jahre alt, hatte Zeit seines Lebens in Brake gewohnt und versucht, sich und seine Familie als Tagelöhner zu ernähren. Vor fünf Jahren hatte er geheiratet. Es war eine Liebesheirat, die der Allerhöchste mittlerweile mit zwei Kindern gesegnet hatte. Nachbarn und Freunde stellten Böger ein äußerst positives Zeugnis aus: Er war ein liebevoller Ehemann und Vater, galt als fleißig, ehrlich und sparsam. Nachdem sein Vater wegen einer angeblichen und nie erwiesenen Unterschlagung das Land verlassen und seine Mutter sich neu verheiratet hatte, wurde ihm die elterliche Hoppenplöckerstätte übertragen, zu der neben dem Haus noch zwei Gärten und zehn Scheffelsaat Land gehörten. Unglücklicherweise war der Grundbesitz schon bei der Übertragung erheblich verschuldet gewesen, und obwohl sich Böger und seine Frau redlich abmühten, wurde die drückende Last der Schulden nicht geringer, sondern wuchs von Monat zu Monat weiter an.

„Ich werde zu meinem Vetter nach Detmold gehen", seufzte Böger wieder und wieder, „und ihn bitten, mir etwas Geld zu leihen, damit ich wenigstens die kleineren Schulden bezahlen kann." Seine Frau nickte sorgenvoll. „Meinst du, dass er dir etwas gibt?"

Von trüben Gedanken geplagt, war Franz Fischer am frühen Morgen des 15. April in den kleinen Garten am Haus gegangen, um dort zu arbeiten. Kurz nach halb 8 Uhr – er war gerade aus dem Garten zurückgekommen – sah er den Straßenkötter Fischer mit dem herrschaftlichen Kanister an seinem Haus vorbeigehen. *Aha, diesmal ist er an der Reihe, das Geld nach Detmold zu tragen*, dachte Böger gleichgültig. Im selben Moment legte sich in Bögers sorgengeplagtem Hirn ein Schalter um. Es war doch alles so einfach! Mit dem Geld in Fischers Tornister könnte er alle seine Probleme auf einen Schlag lösen! Das einzige, was er tun musste, war, Fischer aus dem Weg zu räumen!

An anderen Tagen, unter anderen Umständen, hätte Böger vermutlich selbst in seinen schlimmsten Albträumen nicht daran gedacht, einen unschuldigen Menschen umzubringen und zu berauben. Aber Böger war verzweifelt, und diese Verzweiflung ließ ihn jede Sitte und Moral vergessen. Er schnappte sich seinen schmutzigen Kittelrock und einen abgetragenen Hut, rief seiner Frau zu, er wolle jetzt nach

Detmold gehen, um seinen Vetter anzubetteln, und beeilte sich, dem Colonus, der ahnungslos auf der Landstraße marschierte, den Weg abzuschneiden – eine leichte Aufgabe für einen Mann, der die Gegend besser kannte als seine Westentasche. Auf der sogenannten Fahrenbreite wunderten sich einige auf dem nahegelegenen Feld arbeitende Männer über seinen eiligen Schritt. „Wohin des Wegs?“ rief ihm Colonus Hofmeister zu. „Nach Matsbruch zu Jasper will ich“, gab Böger zur Antwort und eilte weiter. Am Wiemker Berg schnitt er sich in Klusmanns Busch einen gut zwei Zoll dicken Haselstecken, der ihm als Knüppel dienen sollte. Dann wendete er sich auf Barksen, marschierte weiter auf Broksen und schließlich den Apenberg hinauf. Von dieser Anhöhe aus sah er, wie Colonus Fischer auf der Landstraße langsam näher kam. Sehr gut! Böger setzte sich in eine dem Apenberg gegenüber liegende Hecke und wartete ab. Wenig später kam sein Opfer in Sichtweite.

Nichtsahnend grüßte Fischer den Tagelöhner. „Wollt Ihr mit mir kommen, Nachbar?“ Böger hatte genau auf diese Frage gewartet. Er gesellte sich zu dem immer noch ahnungslosen Fischer, bat ihm um Feuer für seine Pfeife und wanderte eine Weile neben seinem Opfer her. Die beiden Männer unterhalten sich über dies und das, und nichts, aber auch gar nichts, deutet auf das Kommende hin. Als sie an eine uneinsichtige Stelle diesseits des Apenbergs kommen und Fischer kurz stehenbleibt, um seine Pfeife anzuzünden, schlägt Böger zu und versetzt dem völlig ahnungslosen Colonus mit dem Knüppel einen heftigen Schlag auf den Kopf. Bemerkenswerterweise verliert Fischer nicht das Bewusstsein, ja er hat sogar noch die Kraft, sich zu verteidigen und dem brutalen Angreifer zwei Schläge gegen die Schulter zu geben. Böger jedoch ist wie von Sinnen. Immer und immer wieder schlägt er auf Kopf und Arm seines Opfers ein, bis Fischer schwer verletzt zu Boden stürzt. Dass sein Schädel nicht völlig zertrümmert wurde, grenzt an ein Wunder. Im Obduktionsbericht heißt es später, der Colonus habe eine ungewöhnlich dicke Hirnschale gehabt und sei durch die Schläge tatsächlich nur betäubt worden. Sein linker Arm war zwar in der Gegend des Ellenbogens völlig zerschmettert, aber all diese Verletzungen wären im Laufe der Zeit sicher verheilt. Aber Fischer sollte diese Chance nicht bekommen. Franz Böger besaß einen Charakter, der widersprüchlicher nicht hätte sein können: Von einem Augenblick zum anderen hatte sich der liebevolle, zärtliche Familienvater in ein eiskalt berechnendes Monster verwandelt, das dem stark blutenden Fischer noch einige weitere Schläge gab und ihm dann mit dem Messer einen tiefen Schnitt in den Hals zufügte, der die Schlagadern regelrecht zerfetzte. Danach warf er den bluttriefenden, durch das Schlagen am dicken Ende völlig zersplitterten Knüppel neben sein Opfer, schnappte sich den im Tornister befindlichen Geldbeutel und zog sich damit in ein 20 Schritte entferntes schmales Gehölz zurück. Dort schnitt er den Beutel auf, nahm die 15 Geldtüten heraus und eilte damit davon.

Unterwegs versucht er, in einer Pfütze einige Blutflecken aus seinem Kittelrock auszuwaschen und versteckt den größeren Teil des geraubten Geldes in einem Gebüsch unter Moosen und Sträuchern. Gegen 1 Uhr Mittags kehrt er nach Hause zurück, als sei nichts geschehen. „Schau, Liebste", ruft er seiner Frau zu. „Mein Vetter hat mir 12 Taler geliehen!" Sein gesamtes Verhalten ist so gewöhnlich, so normal, dass selbst seine Frau keinen Verdacht schöpft. Daran ändert sich auch nichts, als sich wenig später die Kunde des auf öffentlicher Straße geschehenen schrecklichen Mordes in Brake verbreitet.

Die Menschen waren fassungslos: Welcher Bösewicht war zu solch einer furchtbaren Tat fähig, noch dazu am helllichten Vormittag, mitten auf der Straße? Gegen 11 Uhr hatte Böger sein Opfer niedergemetzelt; nur wenige Minuten später hatten vorübergehende Ackerknechte die Leiche bereits gefunden und eilends im Amt Detmold Meldung gemacht. Von den Feldarbeitern erfuhren die sofort an den Tatort geeilten Gerichte, dass um die Tatzeit ein Mann in einem schmutzigen Kittelrock aus dem schmalen Gehölz zum Hakedahler Berg gegangen war. Bei der Durchsuchung des Gehölzes fand man allerdings außer dem zerschnittenen Geldbeutel keine weiteren

Spuren. Immerhin glaubte man bereits wenige Stunden später, den Mörder zu kennen. Ein gewisser Herm Harting aus Brake hatte nämlich unerlaubter Weise am Morgen des 15. April in Hakedahl, Broksen und anderen Orten gebettelt und sich auf diese Weise verdächtig gemacht. Auch ein vor dem Bruchtor wohnender Branntweinbrenner geriet auf Grund eines Missverständnisses ins Visier der Behörden und musste einige Tage in Untersuchungshaft verbringen, ehe er als unschuldiger Mann wieder auf freien Fuß gesetzt wurde.

Hatte man mit Herm Harting den richtigen Täter gefasst? Gewiss, sein Verhalten war alles andere als unverdächtig, aber wo war das Geld? Einhundertvierundfünzig Taler – eine halbes Vermögen – hatte der Ermordete nach Detmold tragen sollen; bei Herm Harting hingegen hatte man nur einige Pfennige gefunden. Aber es gab Hoffnung: das Amt Brake hatte mit typisch deutscher Gründlichkeit verzeichnet, wie viele Münzen von jeder Sorte in den einzelnen Tüten verpackt gewesen waren. Höchst eigenhändig hatte der Amtsschreiber die Summe auf jede Tüte geschrieben. Indes – acht Tage vergingen, ohne dass man in den Ermittlungen einen entscheidenden Schritt weiter kam; und das trotz der ausgesetzten hohen Belohnung. Am Ende war es Franz Böger selbst, der die Gerichte auf seine Spur führte. „So verwegen und dummdreist", vermerkt der Berichterstatter, wie das Verbrechen unternommen worden war, „eben so unvorsichtig hatte sich der Thäter vor und nach demselben betragen". Böger hatte das Dorf nicht etwa heimlich, sondern völlig offen verlassen und war dabei von etlichen Nachbarn beobachtet worden. Seine gegenüber verschiedenen Personen gemachten Äußerungen widersprachen sich auffallend: Seiner Frau hatte er gesagt, er wolle nach Detmold gehen, dem Colonus Gödeken hingegen, er wolle nach Masbruch zu Jasper, und ihn fragen, warum er den ihm überlassenen Acker nicht bestellt habe. Den Feldarbeitern wiederum hatte er gesagt, er wolle ins Holz gehen. Dabei führte der Weg, den er genommen hatte, gar nicht ins Jaspersche Holz! In seinem Kittelrock fand man mehrere teils ausgewaschene, teils mit Dreck notdürftig verdeckte

Blutflecken, die Böger auf eine etliche Tage zuvor erlittene Schnittverletzung zurückführen wollte. Zu allem Überfluss hatte er einige kleinere Schulden bezahlt und die beim Lombard zu Lemgo versetzten Kleider eingelöst. Zum Bezahlen hatte er genau solche Münzen verwendet, wie sie in den geraubten Geldtüten gewesen waren. Kurz und gut – am 25. April glaubte man, genügend Verdachtsmomente gegen Böger in der Hand zu haben, um seine Verhaftung anzuordnen. Als man bei der am nächsten Tag durchgeführten Hausdurchsuchung hinter seinem Bett auch noch zwei Papiere fand, die sich als zwei der entwendeten Geldtüten entpuppten, schien festzustehen, dass Böger zumindest in den Mord verwickelt gewesen war.

Bei seinem ersten Verhör am 28. April jedoch tischt Franz Böger den Detmolder Gerichten eine Geschichte auf, die so abenteuerlich und haarsträubend war, dass die erfahrenen Beamten vermutlich nur fassungslos die Köpfe schüttelten. Er sei, so behauptet Böger, am 15. April gegen halb 8 Uhr ausgegangen, um seinen Vetter Jakob in Detmold zu besuchen. Der habe ihm eine Nachricht geschickt, dass seine in Horn lebende Mutter, die er anschließend auch noch habe besuchen wollen, krank sei. Als er oben auf dem Apenberg ankam, habe er dort jedoch einen großen, mit einem Kittelrock gekleideten Mann von schwärzlichen Aussehen getroffen, der einen dicken Knüppel bei sich geführt habe. Der habe zu ihm gesagt: „Pass auf, Bruder, da kommt ein Mann von der Waamker Heide her, der viel Geld mit sich trägt. Hilf mir, ihn totzuschlagen – es soll dein Schade nicht sein!“ Er, Böger, habe dieses Ansinnen weit von sich gewiesen. Wenige Augenblicke später sei der Colonus Fischer auf der Landstraße herangekommen und habe sie im Vorbeigehen freundlich gegrüßt. Der Fremde aber sei sofort hinter dem armen Fischer her und habe ihm etwa 10 Schläge mit dem Knüppel auf den Kopf gegeben, so dass Fischer zu Boden stürzte. Er selbst hätte da gerade etwa 20 Schritte von der Landstraße entfernt einem natürlichen Bedürfnis gehorcht. Als er näher kam, habe der Fremde ein langes Messer hervorgezogen und damit dem Bewusstlosen zwei Schnitte in

den Hals gegeben. Dann habe er Fischers Tornister geöffnet, den Geldbeutel herausgezogen und ihm, Böger, drei Tüten mit insgesamt 15 Talern als Schweigegeld zugeworfen. „Wenn du dich nicht sofort nach Hause machst, ergeht es dir so wie ihm!" habe der Fremde ihm mit grimmiger Miene gedroht. Da sei er so schnell er konnte zurück nach Brake gegangen.
Glaubte Franz Böger wirklich, die Gerichte in Detmold würden ihm solch eine dummdreiste Lügengeschichte abnehmen? Dass ein wildfremder Mann ihn einfach so als Komplizen anheuern wollte? Wenn es wirklich so war, wie er den Kommissaren weismachen wollte, warum hatte er den vorbeigehenden Fischer nicht gewarnt? Warum war er ausgerechnet in diesen kritischen Momenten dem Ruf seines Darmes gefolgt, anstatt dem ahnungslosen Opfer zu helfen? Warum hatte er nicht die ganz in der Nähe arbeitenden Ackerknechte zur Hilfe gerufen? Keine dieser Fragen konnte Böger schlüssig beantworten. Und selbst wenn es so gewesen wäre, hätte er sich durch sein Nichtstun zum „Theilnehmer am Verbrechen" und damit mitschuldig gemacht.
Natürlich rieben die Kommissare Böger unter die Nase, dass seine Behauptungen keinen Sinn machten. Sie zeigten ihm die blutige Kleidung seines Opfers, um sein Gewissen zu wecken, doch selbiges war und blieb im Tiefschlaf. Die Beamten konnten drohen, schimpfen, mit Engelszungen reden – Böger blieb stur bei seiner an den Haaren herbeigezogenen Aussage.

Nach dem Ende dieses ersten, aus Sicht der Gerichte äußerst unbefriedigenden Verhörs wurden weitere Zeugen vernommen, deren Aussagen immer deutlicher auf Böger als Täter wiesen. Der Vetter aus Detmold, der Bögner angeblich ein Darlehen versprochen hatte, wusste davon gar nichts. Bögners Frau, die unter dem Verdacht der Mitwisserschaft in Untersuchungshaft genommen worden war, wusste sich noch sehr genau an den Morgen des 15. April zu erinnern. Ihr Mann, sagte sie, sei aus dem Garten zurückgekommen, habe seinen Kittelrock angezogen und sei mit den Worten, er wolle jetzt nach Detmold gehen, wieder fort. Gegen 1 Uhr Mittags kehrte er heim und habe freudestrahlend erzählt, sein Vetter hätte ihm 12 ½ Taler gegeben und versprochen, bald auch den Rest zu schicken. Nein, etwas Verdächtiges sei ihr nicht an ihm aufgefallen, außer vielleicht eine Wunde am Mittelfinger, die er sich beim Schneiden einer Rute zugezogen haben wollte. Gleich nach seiner Rückkehr sei Franz in die Kammer neben der Stube gegangen, habe dort seinen Kittelrock ausgezogen und ihn auf eine Kiste gelegt. Danach habe er mit gutem Appetit gegessen. Auch am Nachmittag sei Franz ganz frisch und munter gewesen, und die Nacht habe er geschlafen wie ein Bär. Nichts, aber auch gar nichts habe darauf hingedeutet, dass er eine solch furchtbare Tat auf dem Gewissen hatte!

Was Bögers Frau da behauptete, klang geradezu unglaublich, und doch war es so! Franz Böger wurde nicht einen einzigen Augenblick von Gewissensbissen geplagt – weder vor noch nach seiner Verhaftung! Er hatte ein Gemüt wie der sprichwörtliche Ochse – und das dürfte noch stark untertrieben sein. Nachdem er schließlich doch noch ein Geständnis abgelegt hatte, brauchte die Göttinger Juristenfakultät nicht lange, um die vom Amt Detmold erbetene Rechtsbelehrung abzufassen. In dem am 25. Juni 1794 in Gegenwart des Verteidigers am Gericht eröffneten Urteil heißt es:

„*Daß Franz Henrich Böger wegen des durch sein Geständniß und mehrere Anzeigen völlig erwiesenen, gegen den Bothen Fischer, auf der öffentlichen Landstraße zwischen Detmold und Brake verübten Mordes und Straßenraubes, mit dem Rade vom Leben zum Tode zu bringen, dessen Leichnam alsdenn zum Abschrecken für andere auf ein Rad zu legen, und der Kostenbetrag der Untersuchung aus dem Nachlaß des Verurtheilten zu berichtigen sey.*“ Als dieses Urteil Böger am 3. Juli verkündet wurde und man ihn fragte, ob er sich dem Urteil unterwerfe oder noch eine Verteidigung verlange, um eine Strafmilderung zu erreichen, hörte er alles mit Ruhe und Gelassenheit an und erklärte nach kurzem Schweigen, er sei ganz zufrieden und bäte nur darum, man möge für seine Frau und Kinder sorgen. Dass er dabei einige Tränen vergoss, geschah offenbar nicht aus Angst, sondern einzig und allein aus

Sorge um seine Liebsten, denen nach den Buchstaben des Urteils nun auch noch die Gerichtskosten aufgedrückt werden sollten. Als man ihm versicherte, dass seine Familie alles, was sie hatte, behalten sollte und man sie auch nicht mit den enormen Kosten des Prozesses beschweren wolle, beruhigte sich Böger sofort und bat nur, Frau und Kinder vor seinem Tode noch einmal sehen zu dürfen. Auch diese Bitte wurde ihm gewährt, und wie schon zuvor, gab sich Böger auch jetzt als fürsorglicher, liebevoller Vater und Ehemann. Einmal mehr wird dabei das Widersprüchliche seiner Persönlichkeit deutlich: Da ist der zärtliche Partner, der besorgte Vater, voller Zartgefühl und Hingabe – dort der gefühllose, durch nichts zu erschütternde, kaltblütige Mörder, den nicht einmal seine bevorstehende Hinrichtung aus der Ruhe bringt.
Üblicherweise wurde die Hinrichtung wenige Tage, nachdem das Urteil dem Delinquenten verkündet wurde, vollstreckt. Wenn man in Bögners Fall als Hinrichtungstermin den 16. Juli festsetzte und damit eine ungewöhnlich lange Zeitspanne verstreichen ließ, geschah dies aus einem ebenso erstaunlichen wie banalen Grund: Seit 25 Jahren war im Amt Detmold keine Hinrichtung mehr vollstreckt worden – entsprechend aufwändig waren die nötigen Vorbereitungen. Böger wurde in dieser Zeit von Geistlichen auf sein nahes Ende vorbereitet, was er mit stoischer Ruhe über sich ergehen ließ. Überhaupt legte Böger ein Verhalten an den Tag, das heutige wie damalige Beobachter nur verwundern kann: Jeder „normale" Mensch würde im Angesicht des nahen Todes Angst, Unruhe oder doch zumindest irgendeine Gemütsregung zeigen. Nicht so Franz Böger, der unmittelbar nach seiner Urteilsverkündung ausdrücklich um einen Pfannkuchen bat, weil er gerade solchen Appetit darauf hätte. Über mangelnden Appetit konnten sich die Beamten bei diesem Gefangenen ohnehin nie beklagen. Böger, der seit seinem Geständnis besser verpflegt wurde als seine Mitgefangenen – ein Zugeständnis, das auch heute noch bei Todeskandidaten üblich ist – nahm während seiner Haft deutlich zu. Mochte der Tod auch auf ihn warten – den Appetit ließ er sich davon noch lange nicht verderben. Voller Staunen

vermerkte der Gefängniswärter über die letzten Tage des Delinquenten: „Inquisit sey munter und vergnügt. Er habe gesagt: Das Rädern von oben herab sey nur ein leichter und schneller Uebergang. Sterben müsse man doch einmal, und der Tod sey ihm lieber, als wenn er zur allgemeinen Schande unter den übrigen Gefangenen vor jedermanns Augen in den Eisen arbeiten sollen".

Am 10. Juli 1794, wenige Tage vor der geplanten Hinrichtung, kann die sensationsgierige Öffentlichkeit die ganze Wahrheit über den kaltblütigen Mörder Franz Böger für den Preis von sechs Groschen mit nach Hause tragen. Jeder Käufer darf sich zudem darauf freuen, in Kürze auch die Beschreibung der Hinrichtung als unentgeltliche Zugabe frei Haus geliefert zu bekommen. Wenn das kein verlockendes Angebot war?!
Am 16. Juli 1794 trat Franz Henrich Böger um 8 Uhr Morgens vor das nach alter Art auf dem Schlossplatz abgehaltene öffentliche Gericht. Mit „kaltblütiger Fassung" hörte er noch einmal sein Geständnis und die öffentliche Verkündung des Urteils. Begleitet von den unentwegten Predigten des Seelsorgers wurde er zum Schafott geführt, wo der Scharfrichter ihm mit dem Rad einen schnellen Tod bereitete. Von Rechts wegen.

Der friedliche Totschläger von Adelmannsfelden

Totschläger gelten allgemein als gewalttätige, zu Zornesausbrüchen neigende Menschen, aber auch hier gilt das sattsam bekannte Sprichtwort: Ausnahmen bestätigen die Regel. Wenn man ihn bis aufs Blut reizt, rutscht selbst dem friedfertigsten Zeitgenossen irgendwann die Hand aus. Christoph Knecht, von allen nur Stoffel genannt, war solch ein friedliebender Mann und konnte vermutlich nicht einmal einer Fliege etwas zu Leide tun. Dennoch musste er sich am 3. September 1624 in Adelmannsfelden vor dem öffentlich gehegten hochnotpeinlichen

Halsgericht der Herren zu Limpurg (Speckfelder Linie) verantworten. Stoffel Knechts Fall stellte nicht nur die örtlichen Gerichte, sondern auch die Schenken von Limpurg, denen als Gerichtsherren der Blutbann zustand, vor ein Dilemma: Da waren einerseits die göttlichen Gebote und die darauf reflektierenden Artikel der Peinlichen Halsgerichtsordnung Kaiser Karls V., die keinen Unterschied zwischen Mord und Totschlag machten – selbst dann, wenn der Tod nicht beabsichtigt und eine Provokation vorausgegangen war. Andererseits waren da ein am Boden zerstörter Mann, der alles dafür gegeben hätte, das Geschehene ungeschehen zu machen, eine verzweifelte Frau und zwei kleine Kinder. Hinzu kamen etliche Bittschriften von Verwandten, Freunden und Nachbarn. Innerhalb weniger Wochen waren Stoffels Ehefrau und sein Schwager von Dorf zu Dorf, von Stadt zu Stadt gezogen. Wohin sie auch kamen, überall hatte das tragische Schicksal des unglücklichen Stoffel Knechts die Gemüter bewegt – mit bemerkenswertem Resultat: nicht nur Stoffels Heimatgemeinde Adelmannsfelden, sondern auch die Gemeinden Reichenberg, Sulzbach und etliche andere Dorfschaften und Marktflecken, ja sogar die Adligen der Region setzten sich für armen Sünder ein und flehten in untertänigst-dienstwilligen Bittschriften die Gerichtsherren um Gnade an. Hinzu kam, dass sowohl die Witwe als auch die Verwandten ausdrücklich auf Rache verzichteten und sich zu einer gütlichen Einigung bzw. Annahme einer finanziellen Abfindung bereit erklärten. Georg, Wilhelm, Johann und Erasmus von Limpurg steckten in einer juristisch-moralischen Zwickmühle. Dass die von ihnen zu Rate gezogenen Rechtsgelehrten hinsichtlich der Frage, ob es sich bei der von Stoffel Knecht begangenen Tat um einen Exzess legitimer Notwehr oder aber um vorsätzlichen Totschlag handelte, zu äußerst gegenteiligen Erkenntnissen kamen, machte das Ganze auch nicht gerade leichter. Wenn Stoffel sich wenigstens gleich gestellt hätte! Stattdessen hatte er die Nerven verloren, war kopflos davongerannt, und konnte erst am 12. August, fast vier Monate nach dem tragischen Zwischenfall auf dem Cammerstatter Feld, gefasst werden. Voller Freude vermeldet der Adelmannsfeldener Vogt noch in derselben Nacht, *„daß Ich in dißer stund zwischen 6 und 7 Uhren Abents, den Mordthäter Stoffel Knecht, in seines Schwehers Hanß Kraußen behaußung alhie beigefangen, Alleß, waß er bei sich gehabt, biß an die bloße klaider, von Ime genommen, denselben in thurm gelegt" habe,* und bittet gleichzeitig, ihm Ketten und Anweisung hinsichtlich der gefänglichen Verwahrung des Missetäters zu schicken. Mord und Totschlag kommen in Adelmannsfelden glücklicherweise äußerst selten vor; entsprechend unsicher ist man sich über die weitere Verfahrensweise.

Bereits einen Tag später trifft die Antwort aus dem 15 km entfernten Obersontheim ein. Neben dem Brief überbringt der Bote eiserne Fesseln und Armschienen, um sowohl die Füße als auch den rechten Arm des Gefangenen zu fesseln. Der Brief selbst enthält eine Reihe von Fragen, mit denen der Übeltäter konfrontiert werden soll. Häufig war diese summarische Vernehmung lediglich der Auftakt zu einem langwierigen Inquisitionsprozess, denn nur selten zeigten sich die Verdächtigen kooperationswillig. Nicht so in diesem Fall. Mit seinem „beherzten", offenen Auftreten gewann Stoffel Knecht die Herzen aller bei der Vernehmung anwesenden Personen. Er versucht erst gar nicht, den Totschlag zu leugnen, erklärt jedoch, er habe in Notwehr gehandelt. Seit dem tragischen Zwischenfall verging keine Minute, in der er nicht an jene schicksalhaften Stunden denken musste, die sein Leben für immer veränderten. Trotz der verstrichenen Zeit kann er sich noch so genau an jede Einzelheit erinnern, als sei es erst gestern gewesen. Dabei lag der 20. April bereits viele Wochen zurück.

An jenem Tag hatte er im Auftrag des Vogts einen Brief in die Limpurgische Kanzlei nach Obersontheim gebracht. Hier traf er auf einige Nachbarn aus Adelmannsfelden, die ebenfalls etwas in der Stadt zu tun hatten und unter denen sich auch das spätere Opfer, ein gewisser Carl Pomm, befand. Nachdem das Geschäftliche erledigt war, gönnten sich die Männer im Haus des Schultheißen noch eine gute Mahlzeit und machten sich danach auf den Heimweg. Nichts deutete zu diesem Zeitpunkt auf die kommenden Ereignisse hin. Gutgelaunt liefen die

Männer los, doch Carl Pomm war auf Krawall gebürstet. Warum er sich ausgerechnet Christoph Knecht als Opfer ausgesucht hatte, bleibt auf ewig sein Geheimnis. Vielleicht, weil Stoffel erst vor einiger Zeit zugezogen war? An der Halde unterhalb von Tannenberg begann Pomm unvermittelt zu sticheln und beschuldigte Stoffel, er habe einige an seinem Feld stehende Eichen „verschweint" bzw. radikal gestutzt. Stoffel hob die Augenbrauen. „Ich dächte, die Eichen stehen auf meinem Acker und nicht auf Gemeindeland", antwortete er verwundert. „Aber wenn ich mich geirrt habe, nun, so will ich den Schaden bezahlen."

„Nennst du mich etwa einen Lügner?" brüllte Claus. Vergeblich beteuerte Stoffel, er habe die Eichen nicht böswillig gestutzt, sondern stets angenommen, sie würden zu seinem Besitz gehören. Pomm aber fuhr fort, ihn mit den ehrenrührendsten Beleidigungen zu überschütten und hörte selbst dann nicht auf, als sie durch die nächste Ortschaft gingen. „Du Hundsfotze!" schallte es durch die Straßen; schlimmer konnte man einen Menschen kaum beleidigen. Keiner hätte etwas gesagt, wenn Stoffel seinen Widersacher auf diese Verbalinjurien hin zusammengeschlagen hätte. Ehre nahm zu jener Zeit einen wesentlich höheren Stellenwert ein als heute; Ehrverletzungen wurden oft schmerzhafter empfunden als körperliche Verletzungen und auch schwerer geahndet. Mehr noch: Man *durfte* eine Ehrverletzung nicht auf sich sitzen lassen – wer sich nicht zur Wehr setzte, gab damit indirekt dem Beleidiger Recht und galt sodann tatsächlich als ehrlos. In Adelskreisen wurden derartige Ehrverletzungen meist durch Duelle „geregelt"; im bäuerlichen Milieu löste man das Problem hingegen oft mit handfesten Schlägereien.

„Nun gebt doch endlich Frieden!" schaltete sich Veit Seybold ein. Stoffel war's Recht, aber Pomm dachte nicht daran, sein ausersehenes Opfer in Ruhe zu lassen, so dass der Gerichtsverwandte Seybold ein zweites Mal dazwischen gehen musste. „Ich habe ihm deutlich erklärt, dass ich gerne Frieden halten wollte, wenn Claus mich nur in Frieden lässt", erinnert sich Stoffel bei seiner Vernehmung.

„Du wartest hier!" befahl Seybold kraft seiner Befugnisse als dörflicher Gerichtsverwandter dem Streithammel, dem nichts anders übrig blieb, als zu gehorchen. Seibold hingegen schnappte sich den beleidigten Stoffel und brachte ihn ein Stück des Weges. Jetzt werden die beiden hoffentlich Frieden geben. Nochmal fahre ich nicht dazwischen! dachte er und ging seines Weges.
Darauf hatte Pomm nur gewartet. Kaum war der Gerichtsverwandte außer Sichtweite, eilte er seinem erklärten Opfer hinterher und ließ aufs neue eine Flut von Beleidigungen über ihn ergehen. Das Ganze setzte sich bis zum Cammerstatter Feld fort. „Was willst du nur immer mit diesen Eichen!" rief Stoffel entnervt. „Wenn ich Unrecht getan habe, so soll mich die Gemeinde oder die Herrschaft deswegen strafen. Wenn's sein muss, bezahl' ich die Eichen eben."
„Ha! Du und bezahlen? Du kannst doch sonst deine Schulden nicht bezahlen!" höhnte Pomm.
„Ach lass mich doch in Ruhe! Außerdem haben andere Nachbarn auch Eichen gestutzt – warum zankst du die nicht auch an? Die Eichen haben zu viel Schatten auf meine Felder geworfen, und ich habe der Herrschaft schwören müssen, alles zu tun, um meine Äcker und Güter in gutem Zustand zu halten, als ich mein Gut kaufte. Deswegen musste ich die Eichen zurückschneiden. Wenn dir das nicht passt, kannst du mir gerne mein Gut abkaufen. Dann kannst du damit machen, was du willst."
„Ich? Ich kann mein Häuschen kaum erhalten – was soll ich dann mit deinem Gut? Im Unterschied zu dir bin ich eben kein Schuldenmacher!" brüllte Pomm zurück. „Bin ich etwa unehrlich, nur weil ich Schulden machen?" Langsam reichte es Stoffel. „Kehr lieber vor deiner eigenen Tür! Dein eigener Vater hat doch auch Eichen verschweinst!"
„Mein Vater kann mich mal!" geiferte Pomm. *„Der Sacramenterstoßer und der teufel* soll ihn holen! *Wenn mein Vater ein Schelm*[1] *ist, warum willst du dann auch einer sein?"* – „Wenn

---

1 Das heute eher scherzhaft gebrauchte Wort „Schelm" wurde

dein Vater die Sache mit den Eichen mit der Gemeinde austrägt, dann will ich es auch tun!" gab Stoffel zurück und ließ seinen Widersacher einfach stehen. Tatsächlich schwieg Pomm für einige Minuten; wahrscheinlich brauchte er die Zeit, um Stoffels Worte zu verdauen. Bei Cammerstatt aber fing er aufs Neue an zu zanken.

Vergeblich versuchte Stoffel, ihn zu beruhigen. Alles, was er sagte, brachte Pomm nur noch mehr auf. „*Waß, daß dich Gottes taußent Sachrament schende!*" schrie der andere mit zornrotem Gesicht und griff nach seinem großen Stecken, den er bisher über der Schulter getragen hatte. Stoffel konnte nicht anders als annehmen, dass Pomm ihn angreifen wollte und griff seinerseits seinen Spieß, um den Schlag abzuwehren. Ausgerechnet in dem Moment ging Hans Eiber dazwischen. Der Stoß, mit dem Stoffel seinem Widersacher den Stecken aus der Hand schlagen wollte, ging fehl – und der Spieß fuhr direkt in Pommens Gurgel, dass das Blut auf Hans Eiber spritzte. „Ich wollte ihn nicht umbringen!" seufzt Christoph Knecht schicksalsergeben. „Ich habe mich nur verteidigen wollen."

Nein, er habe zuvor niemals Ärger mit Pomm gehabt, erklärt er entschieden. Weder mit ihm, noch mit irgend einem anderen Menschen. Warum er zugestochen habe, wo doch Hans Eiber schon dazwischenging? Christoph Knecht schüttelt den Kopf. „Der Pomm hatte den Stecken schon gezogen. Ich habe geglaubt, er will mich in den Hals stechen."

„Aber, wenn es wirklich so war, weshalb bist du geflohen wie ein feiger Mörder?" Stoffel seufzt. Er hätte fest vorgehabt, sich zu stellen, erklärt er. Aber als er nach Adelmannsfelden kam, seien dort so viele Leute schon herumgelaufen, dass er es mit der Angst bekommen und das Weite gesucht habe. Die Nacht verbrachte er im Wald, um sich bei Morgengrauen auf den Weg zu seinem Schwager, dem Ochsen Enderle, zu begeben und ihm sein Leid zu klagen. Anschließend zog er weiter bis hin zum Kloster nach Näußlein. Seine Hoffnung, dort Asyl zu

---

damals in der Bedeutung von 2Verbrecher" oder „Schuft" gebraucht und stellte eine schwere Beleidigung dar.

finden und den Prozess abwarten zu können, erfüllte sich indes nicht. So gelangte Stoffel schließlich in die Gegend um Nürnberg, wo er sich mit Betteln und Gelegenheitsjobs durchbrachte. Doch je mehr Zeit verging, um so stärker wurde die Sehnsucht nach seiner Mutter, nach Weib und Kindern. So kehrte er endlich nach Adelmannsfelden zurück – der Rest ist bekannt.

Hatte Klaus Pomm seinen Nachbarn bis aufs äußerste provoziert und so seinen Tod gewissermaßen selbst verschuldet? Veit Seibold, Otto Schürlein und Hans Eiber bestätigen Stoffels Schilderungen im Wesentlichen. Nur in einem einzigen, entscheidenden Detail unterscheiden sich Hans Eibers und Stoffels Aussagen: Eiber behauptet nämlich, er habe Pomms Arm festgehalten, und genau in diesem Moment habe Stoffel über seinen Rücken hinweg dem Klaus in die Gurgel gestochen! Der sei sofort auf ihn gefallen, aber er habe ihn nicht halten können und nach den anderen gerufen. Die Männer versuchten noch, die stark blutende Halswunde zuzudrücken, doch vergebens. Der Stich hatte die Halsschlagader getroffen – Claus Pomm war sofort tot. War das nun noch Notwehr, oder vorsätzlicher Mord?

Heutige Gerichte würden das tragische Geschehen nach gründlicher Analyse der Fakten vermutlich als Notwehr interpretieren. In den entscheidenden Augenblicken ging alles rasend schnell. Als Eiber Pommens Arm ergriff, hatte Stoffel schon zum Stoß angesetzt – er konnte ihn nicht mehr bremsen. Das Ganze war ein Unfall – tragisch, aber im Grunde genommen selbst verschuldet.

Im 17. Jahrhundert aber galten andere Maßstäbe. Einer der beiden Rechtsgelehrten, die über den Fall urteilen sollten, mochte die Feinheiten der weltlichen und geistichen Rechte wie seine Rocktaschen gekannt haben, doch die Grundlagen von Psychologie und Physik waren ihm vollkommen fremd. Kein Wunder, dass dieser Dr. Keßler zu dem vernichtenden Schluss kommt, Christoph Knecht habe Pomm in voller Absicht umgebracht und verdiene daher die Todesstrafe! Die von ihm fein säuberlich aufs Papier gekritzelte Rekonstruktion der Ereignisse ist wahrhaft haarsträubend. Hätten Stoffels Frau und seine Verwandten davon gewusst, so hätten sie vermutlich allen Mut verloren. Doch zum Glück wussten sie nichts davon. Voller Hoffnung eilten sie von Dorf zu Dorf, von Stadt zu Stadt, von Gut zu Gut und baten um die Ausstellung von Fürbittschrifttten. Zu Fuß legten sie in kürzester Zeit hunderte Kilometer zurück – eine unglaubliche Leistung, doch die Hoffnung gab ihnen Kraft. Und tatsächlich verfehlten diese Fürbittschriften ihre Wirkung nicht – doch dazu später mehr.

Die überlieferten Akten sprechen dafür, dass selbst derjenige der Limpurger Brüder, der mit Dr. Keßler einen ebenso gelehrten wie lebensunerfahrenen Rechtsgelehrten an seiner Seite hatte, an dessen Urteil so seine Zweifel hatte. Hilfesuchend bittet er seinen Bruder um Rat. Dessen Rechtsgelehrte wiederum halten die Anwendung der Todesstrafe keineswegs für gerechtfertigt, was einmal mehr beweist, dass in Rechtssachen (fast) alles eine Sache der Auslegung ist![2]

Zwei Juristen – zwei Urteile. Was nun? „Wohlgeborner, freundlich lieber Bruder", schreibt er am 31. August 1624 nach Obersontheim. *„Auß Deiner Liebden den 27. huius datirtem...schreiben habe Ich notturfftig verstanden,* dass du gewillt bist, dem zu Adelmannsfelden verhafteten Stoffel Knecht das Leben zu schenken. *Wiewohl ich nun meinß theillß dem Armen gefangenen die darin angedeutte LebensFristung ganz gern gönnen, auch in Ansehung einkommener underschiedtlicher intercessionalen mich in hoc puncto mit D. Ld. allerdings conformire; So will mich jedoch bedünckhen, daß die relegatio zu einem solchen exorbitirlichen Fall nit proportionirt, sondern viell zu gering seye."* Den Totschlag könne man schließlich nicht wegdiskutieren. Andererseits und nicht zuletzt angesichts der zahlreichen Fürbittschriften wäre ein Zeichen herrschaftlicher Gnade allerdings angebracht. Was Georg vorschlägt, ist aus strategischer Sicht äußerst geschickt – für Christoph Knecht und die Seinen aber wäre es die Hölle gewesen. Er schlägt

2 An diesem Umstand hat sich übrigens bis heute nichts geändert.

nämlich vor, das auf den 3. September festgesetzte Peinliche Halsgericht in allen Schritten durchzuexerzieren, inklusive Verkündung des Todesurteils und Stabbrechen. Danach solle der Missetäter dem Scharfrichter (der natürlich nicht eingeweiht sein durfte) übergeben und von diesem zur Richtstatt geführt werden, ganz so, als ob es zur Hinrichtung gehen sollte. Dort erst, auf der Richtstatt, sollten *„Unnsere Beampte, die von hierauß darzu nothwendig verordtnet werden muessen, dem Scharpffrichter inhibiren, unnd dem Armen die von Deiner Liebden unnd Unnß gebrüedtern samptlich uf so viellfälltig einkommene fürbitt erlangte Begnadigung angedeuttet, daß darüber Begriffene Patent offentlich abgelesen"* werden. Anschließend, so schlägt er vor, solle man den Gefangenen eine Stunde an den Pranger stellen, ihn mit dem ehrenrührigen Staupbesen ausstreichen und danach auf ewige Zeiten des Landes verweisen – nach geschworener Urfehde natürlich.
„Dardurch würdte daß begangene Übell gleichwol gestrafft, unnd daß auß der Erdten zu Gott umb Raach schreyende unschuldtige bluet umb ettwaß gestillt, auch den andtern Underthanen am mehrere forcht unnd respect gegen Ihrer Obrigkeit eingejagt." Wahrlich, die Argumentation hat etwas für sich!
Zum Glück ist Georg von Limpurg, zu dessen Herrschaftsbereich der Flecken Adelmannsfelden gehört, anderer Meinung. *„Bin hierauff mit H. Dr. Eyßlein nochmalß der Meynung, ... dass man Ihme, Verhafften, nicht allein gnad erweisen, und daß leben schencken, sondern ihn auch solcher und anderer gestalt nicht abstraffen soll, alß daß ihm zwar das leben zur Decollation abgesagt, Er aber nachmalß uff angesetzten Gerichtstag, vermittelst einer subornirten Intercession, begnadigt"* und nach Ablegung der Urphede des Landes verweist, antwortet er seinem Bruder. Keine Scheinhinrichtung, kein Staupbesen und auch kein Prangerstehen! Der Stress einer Scheinrichtung, so fürchtet er nicht ganz zu Unrecht, könnte für den unglücklichen Knecht zu viel werden. *„Auß grosser forcht und kleinmütigkeit"* könnte er *„dem Scharpffrichter wohl gar auß handen gehen"* gibt er zu bedenken

und beweist damit deutlich mehr Empathie als der ach so hochgelehrte Dr. Keßler.
Am folgenden Tag ist es soweit. Das Gericht findet nach altem Herkommen unter freiem Himmel statt und folgt einem genauen, seit Jahrhunderten überlieferten Ritus. Am frühen Morgen stellen Handwerker an dem dazu bestimmten Ort die eigens zu diesem Zweck angefertigten Schranken der Gerichtsstätte auf. Bis acht Uhr muss alles fertig sein, denn dann versammeln sich die zwölf Schöffen, um gemeinsam mit dem Richter oder Stabhalter auf der Gerichtsbank Platz zu nehmen. Jeder der Anwesenden weiß, dass das Ganze im Grunde genommen „nur" ein rituelles Schauspiel ist, denn das von kundigen Rechtsgelehrten gefällte und von der Gerichtsherrschaft bestätigte Urteil steht längst fest. Doch die seit dem Mittelalter bewahrte Form des öffentlich gehegten Halsgerichts muss bewahrt werden – so war es immer, und so wird es immer sein. Weder Richter noch Schöffen und schon gar nicht der unglückliche Stoffel und die Seinen ahnen freilich, dass dieser Gerichtstag eine überraschende Wende bereit halten wird. Schon bricht der Richter über Stoffel den Stab und winkt den Scharfrichter, doch in diesem Moment tritt der hochehrwürdige Limpurger Rat und Sekretär Wolfang Ernst Wölffing hervor und gebietet dem Henker Einhalt. Mit lauter Stimme verliest er das Begnadigungsprivileg.
Für einen Moment ist es so still, dass man eine Stecknadel hätte fallen hören können. Dann aber bricht der Jubel los. Dir Freude kennt keine Grenzen. Einmal, wenigstens einmal! hat Gnade über zu strenges Recht gesiegt.

Römershagen 1611: Mord und Totschlag auf der Kirmes

Der Mensch – so viel steht fest – ist und bleibt ein „Herdentier"; allen entgegengesetzten Behauptungen und Maßnahmen zum Trotz. Dass dies keine Frage der Erziehung, sondern tief in unseren Genen verankert ist, musste der als „stupor mundi" –

„das Staunen der Welt" – bekannte Kaiser Friedrich II. bereits im frühen 13. Jahrhundert erfahren[3]. Jeder von uns braucht soziale Kontakte, und auch auf Geselligkeit möchten wohl nur wenige auf Dauer verzichten. Kein Wunder, dass sich Jahrmärkte seit jeher großer Beliebtheit bei Alt und Jung erfreuten. Natürlich durfte nicht jeder nach Lust und Laune solch einen Jahrmarkt organisieren. Ebenso wie heute benötigte man hierzu die Erlaubnis der Obrigkeit, und die war (und ist) oft zögerlich, wenn es um die Erteilung einer solchen Erlaubnis ging. Gerade im ländlichen Raum bedurfte es schon eines besonderen Anlasses, um die heißersehnte obrigkeitliche Genehmigung zu erhalten. Was lag da näher, als den Jahrmarkt mit der Kirchweih zu verknüpfen?
So weit, so gut, doch das Ganze hatte (und hat) auch seine Schattenseiten. Zum einen waren und sind Jahrmärkte ein El Dorado für Taschendiebe. In früheren Zeiten zogen Scharen von Beutelschneidern von Jahrmarkt zu Jahrmarkt, und so ging mancher Besucher buchstäblich mit leerem Beutel nach Hause. Zum anderen wurde und wird auf Jahrmärkten und Kirchweihen reichlich getrunken, und zwar nicht gerade Wasser. Kein Wunder, dass Schlägereien schon fast zum

3 Den Beinamen „das Staunen der Welt" trug Friedrich II. nicht zu Unrecht. Alles wollte sein kühner Geist ergründen, auch wenn der Preis für das so erworbene Wissen hoch war. Hätte er allerdings den tragischen Ausgang des folgenden Experiments geahnt, so hätte er vermutlich darauf verzichtet. Welches war die Ursprache der Menschen – jene Sprache, die sie benutzten, bevor Gott die Sünden der Welt mit einer Sindflut strafte? Um das zu erfahren, ließ Friedrich zwei neugeborene Kinder in völliger Isolation durch Ammen versorgen. Die Ammen gaben den Kleinen Nahrung und hielten sie sauber, durften jedoch kein Wort zu ihnen sprechen. Irgendwann, so glaubte Friedrich, würden die Kinder beginnen, miteinander in der Ursprache zu reden. Doch die Kleinen siechten dahin und starben – der Mangel an sozialen Kontakten hatte sie umgebracht.

„normalen Programm“ eines Jahrmarkts gehören. Nicht immer bleibt es dann bei mehr oder weniger schmerzhaften Blessuren, blauen Flecken und Kratzern. Zwar gehört der leider immer noch weitverbreitete Irrglaube, die Menschen früherer Zeiten seien gewaltbereiter und unzivilisierter gewesen als wir „aufgeklärten“ Menschen des 21. Jahrhunderts, längst auf den Abfallhaufen der Geschichtsirrtümer, doch eines lässt sich nicht von der Hand weisen: wenn die bezechten Landbewohner in Streit gerieten, griffen sie nach allem, was sie in die Finger bekommen konnten. Krüge und Becher, Tische und Bänke, Knüppel und Spieße – alles wurde zur Waffe umfunktioniert, und das bei jeder Kirchweih und jedem Jahrmarkt verkündete Messer- und Waffenverbot wurde längst nicht von allen Besuchern befolgt. So manch fröhlich begonnene Kirmes endete in Blut und Tränen. Was sich jedoch am 31. Juli des Jahres 1611 auf der Römershagener Kirmes abspielte, ging weit über das übliche Maß an Zank und Schlägereien hinaus. Was genau in jenen schicksalhaften Stunden geschah, werden wir wohl nie erfahren, denn die einzigen, die es wussten, sind schon lange tot. Der Nassauische Landesherr Johann d. Ä., Graf von Katzenelnbogen, und seine Beamten versuchten alles, um die brutalen Übergriffe aufzuklären und die Täter einer gerechten Strafe zuzuführen, zumal die Namen der meisten Schläger und Mörder bekannt waren. Wenn sie gekonnt hätten, wie sie wollten ... doch ihnen waren die Hände gebunden, denn die Täter waren Untertanen des Kölner Erzbischofs, und dessen Beamte dachten gar nicht daran, die drängenden Amtshilfeersuchen aus dem Nassauischen zu erhören. Vergeblich schrieb der Graf eine Eingabe nach der anderen an den Kölner Erzbischof – seine Beamten mauerten.

Die Römershagener Kirchweih mit dem dazugehörigen Jahrmarkt war eine DER Attraktionen im ländlichen Sauerland und brauchte sich über einen Mangel an Besuchern nicht beklagen. Aus nah und fern strömten sie herbei – die Freudenberger, die Saynischen, die Wildenberger und die Kölnischen Untertanen. Gerade Letztere aber führten sich zuweilen ganz und gar nicht so auf, wie man es von guten

Gästen erwartete. Verbittert klagt Graf Johann über die Kölner Beamten, die dem Treiben ihrer Untertanen nicht nur tatenlos zusahen, sondern regelrechte Strafvereitelung betrieben. Der Schmidt von Hunßpern, der Anno 1596 den Bockseifener Hirten erschlagen hatte, lief ebenso wie die Männer, die Anno 1605 auf der Römershagener Kirchweih einen Totschlag begangen hatten, noch immer ungestraft herum. Sollte es diesmal genauso enden? Der Graf hatte mehr als genug Grund, das zu befürchten. Seine Pflicht gebietet ihm, die Seinen zu schützen und zu schirmen – doch wie, wenn die Beamten seines obersten Lehnsherrn ihm ständig Knüppel zwischen die Beine werfen? In seiner Verbitterung geht er sogar so weit, dem Erzbischof implizit zu drohen, notfalls das Recht in die eigenen Hände zu nehmen, um so seinen Untertanen Gerechtigkeit widerfahren zu lassen – mit wenig Erfolg. Zwar befiehlt der Erzbischof seinen Beamten, Ermittlungen anzustellen und die Täter gefangenzunehmen und zu verhören, gibt jedoch gleichzeitig dem renitenten Nassauer zu verstehen, dass er als „Denunziant" seine Vorwürfe beweisen müsse – ein unerhörtes, vom damaligen Strafrecht nicht gedecktes Vorgehen. Doch genug der Vorrede! Was war zu Römershagen geschehen, dass Graf Johann so erregte?

Gewiss, es hatte Zank und Schlägereien gegeben. Etliche Verwundete und vier Tote waren die traurige Bilanz der so fröhlich begonnenen Feier und – was das Schlimmste war – mindestens zwei der Tote waren nicht zufällig zu Tode gekommen, sondern durch Kölner Untertanen regelrecht hingerichtet worden. Einer von ihnen war Hans, der Leierspieler. Der Kesselmacher Andres Rodal, der auf dem Jahrmarkt durch den Verkauf von Holzschüsseln einen kleinen Zusatzverdienst zu erzielen suchte, erinnert sich:

Neben Rodal hatte eine Freundin des Leierspielers ihren Schüsselstand aufgebaut. Als der Musikant das ihm vertraute Gesicht erblickte, kam er herüber und ließ für sich selbst, Rodal und die Frau Bier holen. Nachdem sie ausgetrunken hatten, verabschiedete sich der Musikant mit einem Gute Nacht Gruß und schickte sich an, heimzugehen. Kurze Zeit danach ließ die

Bekannte des Leierspielers ihren Stand in der Obhut ihrer Tochter zurück, kehrte jedoch bereits wenig später aufgeregt zurück. „Rasch, kommt mit!“ rief sie. „Mein Freund wird übel geschlagen!“ Rodal sprang auf und sah, wie der Leiermann blutüberströmt in Richtung Freudenberg flüchtete, dicht gefolgt von etlichen bewaffneten Kölnern. Mehrere Schüsse fielen. Der Leierspieler strauchelte, rappelte sich aber wieder auf und taumelte auf den Weg. Dort wurde er von anderen Kölnern ergriffen, gefangengenommen, nicht eben sanft nach Römershagen zurückgeschleppt und beim dortigen Wirt Nöllgen (oder Nöll) einquartiert. Der Befehlshaber der Kölner Schützen wird später behaupten, der Leierspieler selbst hätte ihn darum gebeten, in der Hoffnung, auf diese Weise seinen Verfolgern zu entkommen. Es war eine trügerische Hoffnung.
Etwa anderthalb Stunden mochte der verletzte Leierspieler auf dem Stroh vor dem Heutrog gelegen haben. Nichts Böses ahnend, verließ der Wirt die Schenke, um sein ausgebüchstes Pferde zu suchen. Derweil erbarmte sich Rodals Frau des Verwundeten und brachte ein paar Eiweiß, um damit die immer noch stark blutenden Kopfwunden des Mannes zu schmieren. Was weiter geschah, wusste Rodal nicht, denn er war nach etlichen Maß Bier schlafen gegangen. Erst am nächsten Morgen hörte er von der Wirtin, dass die Kölner im tiefer werdenden Abendgrauen wiedergekommen und den Leierspieler in den Wald geführt hatten. Dort begegnete ihnen der Wirt, der immer noch nach seinem Pferd suchte. Ihm schwante Schlimmes. „Was wollt ihr mit dem Mann?“ fragte er die grimmigen Gesellen. „Er hat schon genug abgekriegt. Lasst ihn doch in Frieden!“
„Was geht dich das an? Mach, das du fort kommst, oder du wirst sehen, was du davon hast!“ Nöllgen war gewiß nicht schmächtig, doch gegen diese Rotte hatte er keine Chance. Schaudernd wandte er sich heimwärts und überließ den Leierspieler seinem Schicksal. Noch einmal, so berichtet er später, sei der Leiermann seinen Mördern entwischt und aus dem Wald auf Wildenburgisches Gebiet gelaufen. Dort hätten ihn die Kölner eingeholt, erschlagen und zurück auf Kölner

Gebiet geschleift, um ihn schließlich im Gerstenfeld hinter Nöllgens Scheune liegen zu lassen. Wie brutal sie dabei vorgegangen waren, wird deutlich, wenn man das Protokoll der gerichtlichen Aufhebung des Toten liest: Der Kopf war halb abgeschlagen; überall auf dem Weg fanden sich Splitter der Hirnschale und Hirnreste. Das war kein Totschlag, das war eine regelrechte Hinrichtung! Eine Hinrichtung, die ungesühnt blieb.

Ungesühnt blieb auch der Tod des alten Knester, der mit Frau und Söhnen das Pech hatte, zur falschen Zeit am falschen Ort zu sein – auf der Römershagener Kirmes nämlich. Einer seiner Söhne erlitt eine schwere Schussverletzung, überlebte aber und ließ sich im nahegelegenen Siegen kurieren. Er selbst war nach seiner Verletzung ohnmächtig geworden, doch seine Mutter hatte alles von Anfang bis Ende mit ansehen müssen. Die von den beiden wenige Tage nach dem Vorfall zu Protokoll gegebene Schilderung liest sich wie eine Horrorstory:

Die Familie war bereits auf dem Heimweg und hatte die Grenze zum Wildenbergischen überschritten, als der Pfänder von Wenden, dem der Schutz der Kirmes übertragen worden war, mit den Kölner Schützen hinter ihnen herkam und seinen Leuten befahl, sie sollten „druff werffen, hauen und schießen." Voller Panik stob die Familie auseinander. Einer der jungen Burschen wurde im Laufen durch einen Schuss verwundet. Sein Bruder erlitt ebenfalls eine Verletzung, der Vater wurde erstochen. Der Pfänder selbst hätte ihn mit einem Spieß in den Rücken gestochen, berichtet die Witwe unter Tränen. Sie hätte ihre Schürze über ihren auf dem Boden liegenden Mann gehalten, um ihn zu beschützen, aber da hätte der Pfänder auf sie eingeprügelt. Drei Stiche im Rücken vermerkt das Gerichtsprotokoll; der alte Knester hatte keine Chance.

In seinem Brief an den Erzbischof betont der Graf immer wieder, die Nassauer hätten sich friedlich verhalten. Viele seiner Untertanen seien zu Römershagen gewesen – es wäre ihnen ein leichtes gewesen, den Leierspieler zu retten, aber sie hätten sich an sein Friedensgebot und die Worte des Freudenberger Gerichtsknechts gehalten, der ihnen geboten

hätte, sich in die Schlägereien nicht einzumischen und heimzugehen. „Weill aber der erschlagene uff Ihr und sein pitt gefenglich angenommen worden, seindt sie friedtsam nach Haus gangenn". Sie vertrauten auf Recht und Gesetz! Wie hätten sie ahnen können, dass der arme Mann wenige Stunden später auf solch jämmerliche Art ermordet werden würde!
Graf Johanns Bitterkeit ist nur allzu verständlich. Wieder hatten die Kölner mehrere seiner Untertanen angegriffen und schwer verwundet oder gar ermordet, hatten Recht und Gestz mit Füßen getreten! Die Kölner hatten Frauen zu Witwen, Kinder zu Waisen gemacht und unendliches Leid über so viele Menschen gebracht. Und was taten die Kölner Beamten, um das Unrecht zu sühnen? Ein dreiviertel später lautet die bittere Bilanz: (fast) nichts! Zwar hatte man einige der angegebenen Täter gefangen und verhört, jedoch noch nicht einmal eine eidliche Aussage verlangt, sondern sie gleich wieder freigelassen. Die Aussagen der Opfer wurden ebenso wie die Aussagen etlicher unparteiischer Zeugen ignoriert. Wahrlich – Gerechtigkeit sieht anders aus!

Die Räuber von Edderitz und Bernburg oder: Schwierigkeiten mit der Wahrheit

Wohl kaum jemand wird bezweifeln, dass der Beruf des Pfarrers alles andere als ein leichter Job ist. Dabei können sich heutige Pfarrer noch glücklich schätzen, nicht vor 300 Jahren gelebt zu haben! Gleich ob am helllichten Tage oder in der Mitte der Nacht – wenn ein Schäfchen seiner Herde ihn brauchte, musste der Pfarrer folgen. Wie oft wurde er aus den süßesten Träumen gerissen, um an das Bett eines Kranken zu eilen oder einem Beichtkind in seinen Gewissensnöten beizustehen! Von einem vorbildhaften christlichen Leben hielten die meisten Menschen ohnehin nicht viel. Der Pfarrer konnte noch so sehr gegen das allgegenwärtige Laster wettern, seinen Zuhörern mit den drastischen Strafen des allmächtigen

Gottes drohen – die Männer und Weiber scherten sich wenig darum; vor allem dann, wenn der Herr Pfarrer sich in seiner absolut nicht tugendhafter Überheblichkeit für moralisch überlegen hielt.
Apropos moralisch überlegen: So manchen Pastor traf man häufiger im Wirtshaus am Kartentisch als auf der Kanzel an. Fressen und Saufen, Glücksspiel und Weiberröcke – nichts Irdisches war den Herren Pastoren fremd! Wollust und Völlerei, Geiz und Habsucht, kurz, alle Todsünden, die – glaubte man den Herren Kanzelpredigern – auf direktem Weg in die Hölle führten, fand man unter Geistlichen genauso wie in der „normalen" Bevölkerung. Dass diese „schwarzen Schafe" nicht eben dazu beitrugen, das Ansehen des Predigerstandes in den Augen der Menschen zu erhöhen, versteht sich von selbst. Die „echten", um das Wohl der ihnen anbefohlenen Herde redlich bemühten Pfarrer hatten unter diesem „Imageverlust" ihres Berufsstandes zu leiden. Und dabei war mangelnder Respekt noch ihre geringste Sorge: Als Pfarrer lebte man gefährlich, und das nicht nur, weil im Pfarrhaus häufig auch wertvolle liturgische Gerätschaften aufbewahrt wurden! Viele Pfarrer verfügten über einiges Vermögen, zumal dann, wenn die Frau Gemahlin reichlich Hab und Gut in die Ehe eingebracht hatte. So gesehen ist es kein Wunder, wenn im 18. Jahrhundert immer wieder darüber geklagt wird, dass Pfarrer überdurchschnittlich häufig von Dieben und Räubern heimgesucht wurden. Dass es sich bei ihrem Opfer um einen Mann Gottes handelte, war den Spitzbuben[4] egal. Für sie zählte nur, möglichst viel Beute zu machen. Rücksichtslos trachteten sie danach, ihr Ziel zu erreichen, und dafür war ihnen jedes Mittel recht. Um zu erfahren, wo Geld und Wertgegenstände aufbewahrt wurden, gingen sie mit erschreckender Brutalität vor und nahmen dabei sogar den Tod ihrer unglücklichen Opfer in Kauf.
Etliche Räuber trugen Masken oder malten ihr Gesicht mit Ruß

4 Anders als heute, wo das Wort „Spitzbube" eher liebevoll-neckend verwendet wird, war die 17. und 18. Jahrhundert die übliche Bezeichnung für Schurken und Verbrecher.

schwarz an – beides sehr einfache, aber durchaus effektive und für alle Beteiligten ungefährliche Methoden, um ein Erkennen zu verhindern. Das Schwarz Anmalen des Gesichtes war so weit verbreitet, dass es sogar Eingang in diverse Strafbücher gefunden hatte. Warum die „Helden" der folgenden tragischen Geschichte darauf verzichteten, wird auf ewig ihr Geheimnis bleiben. Sie hatten ihre eigene Methode, um sich vor Entdekkung zu schützen: Sie überraschten ihre Opfer im Schlaf und zogen ihnen die Betten über den Kopf. Stundenlang mussten die Unglücklichen in der qualvollen, stickigen Hitze unter den Decken ausharren und beamen kaum noch Luft. Nur einem glücklichen Zufall oder, wie man damals glaubte, der göttlichen Fügung war es zu verdanken, dass die meisten Opfer dieser brutalen Bande noch rechtzeitig gefunden wurden. Für den alten, ohnehin kränklichen Edderitzer Pfarrer Alricus Pleske hingegen kam jede Hilfe zu spät.

„Diese Historiam derer in dieser Schrifft benahmten Räuber und Spitzbuben und derer von ihnen begangenen bösen Thaten zu Pappier zu bringen und zum öffentlichen Druck zu befordern hätte man zwar Bedencken haben sollen, indem viele so wohl Gottes-Gelahrte als Politici und Welt-Weise diese Frage auffs Tapet geworffen, ob es besser sey, die von denen Menschen begangene böse Thaten durch öffentlichen Druck der Welt bekandt zu machen, oder zu verschweigen; Auch ihrer viel, und zwar nicht ohne trifftige und wichtige Ursach, die Meynung führen, daß es weit besser sey, solche in die Asche der Vergessenheit zu verscharren, als der Welt kund zu machen", heißt es am Beginn des zeitgenössischen Berichts über Untaten und strafrechtliche Verfolgung einer Bande mitteldeutscher Spitzbuben, die im Herbst und Winter 1712/13 gleich mehrere besonders brutale Raubüberfälle verübt hatten. Verdienen *„dergleichen böse Ertzbuben"* es überhaupt, dass man ihre Taten veröffentlicht und ihnen auf diese Weise ein – wenn auch zweifelhaftes – Denkmal setzt? fragt der Autor. Zum Glück fanden er und seine Auftraggeber genügend Gegenargumente. Vor allem diverse in Umlauf gebrachte Machwerke gewisser Schreiberlinge trieben dem Verfasser die Zornesröte ins

Gesicht. Schonungslos geht er mit diesen *„Unverständige(n), welche von diesen Begebenheiten wenig, auch wohl gar nichts bekandt, bloß aus Begierde eines kahlen und geringen Gewinstes schon einen oder andern Bogen drucken“* ließen, ins Gericht. *„Mit nichts als lauter offenbahren falschen Dingen besudelt“* sind diese Produkte sensationslüsterner Boulevard-“Reporter“, wettert er, nur dazu, dem *„gemeinen Mann die Augen mit unwahren und offenbahren falschen Umständen zu füllen, und das Geld auf eine unanständige Art aus dem Beuteln zu locken.“* Diesen gewissenlosen Vertretern der frühen Regenbogenpresse wollte der Verfasser des *„Gründlichen Berichts“* einen Strich durch die Rechnung machen, und so verließ im September 1714 eine mehr als 400 Seiten umfassende Schrift die Druckerpressen, die sich nicht nur durch eine bemerkenswerte Objektivität und Detailtreue auszeichnet, sondern zugleich geradezu ein Lehrbeispiel für eine der schwierigsten und immer wieder kontrovers diskutierten kriminalistischen Fragen darstellt: Wie glaubwürdig ist die „wahrheitsgetreue“ Aussage eines Zeugen – vor allem dann, wenn die betreffenden Ereignisse bereits viele Monate zurückliegen? Die mit der Aufklärung der Fälle betrauten Kommissare sahen sich mit einem äußerst interessanten psychologischen Problem konfrontiert, das auch heute noch aktuell ist und sich mit der sattsam bekannten Feststellung „Wahrheit liegt immer im Auge des Betrachters“ recht treffend beschreiben lässt. Vor allem zwei Aspekte spielen dabei eine Rolle: Zum einen wird ein und dasselbe Geschehen schon zum Zeitpunkt des Ereignisses selbst von verschiedenen Personen ganz unterschiedlich wahrgenommen. Zum anderen setzt bereits wenige Stunden nach dem Geschehen ein individuell verschiedener Verarbeitungsprozess des Erlebten ein. Im Rückblick betrachtet, erscheint ein Ereignis oftmals ganz anders als während oder kurz nach dem Geschehen. Schlimmer noch: Je mehr Zeit ins Land streicht, um so mehr vermischen sich wahre und „erfundene“ Erinnerung: Lücken, insbesondere im Hinblick auf Details, werden phantasievoll „aufgefüllt“: der ursprünglich blaue Rock wird plötzlich auf „rot“ umgefärbt, der blonde Täter erhält in der Erinnerung eine schwarze Haarfarbe, aus dem großen Dicken wird ein großer Dünner und so weiter. All dies geschieht unbewusst und ohne böse Absicht, doch für die kriminalistische und juristische Aufarbeitung von Verbrechen hat diese Mutation der ohnehin schon von Anfang an äußerst subjektiven Wahrheit schwere Konsequenzen – in jeder Hinsicht. Die alles entscheidende Frage war und ist: Wie sollen Kommissare, Schöppen und Richter damit umgehen? Vor dieser Frage standen Anno 1713/14 auch jene Richter und Schöppen, die über das Schicksal der fünf Verdächtigen, ihrer Freundinnen und nicht zuletzt ihrer Unterstützer und Hehler befinden mussten. Begeben wir uns also auf eine Zeitreise ins zweite Jahrzehnt des 18. Jahrhunderts.

Straßenraub, Mord, Diebstahl und Einbrüche gab es zu allen Zeiten und an allen Orten, aber in den 1710er Jahren hatte die Brutalität der nächtlichen Überfälle eine völlig neue Dimension gewonnen. Dass die Räuber zu nachtschlafender Zeit die Leute in ihren Häusern überfielen und ausraubten, war die eine Sache; dass sie die Unglücklichen in besonders quälender Weise an Händen und Füßen fesselten und schwer misshandelten, um sie zum Reden zu bringen, eine andere. Doch damit nicht genug: *„Nachdem sie selbige mit dem grösten Umgestüm und Umbarmherzigkeit vom Lager auf die Erde gezogen“*, warfen die Räuber Betten, Bettstroh, ja sogar Stühle und Tische über ihre hilflosen Opfer, so dass *„die ohnedem schon elendiglich zugerichtete Personen fast unter solcher Last ersticken, auch wohl gar crepiren müssen.“*

Im mitteldeutschen Raum trieben gleich mehrere solcher bis zu 50 Mann starken Banden ihr Unwesen. Die großen Banden hatten ihre eigenen Gesetze und waren hierarchisch organisiert; die kleineren hingegen waren im ständigen Fluss begriffen: Es waren lose Verbände aus drei, vier, sieben oder acht Männer, die sich zu gemeinsamen Raubüberfällen verabredeten und die Beute danach unter sich aufteilten. Einen festen Wohnsitz hatten sie meist nicht – aus nachvollziehbaren Gründen. Rastlos zogen sie durchs Land; an manchen Orten blieben sie nur eine Nacht, an anderen mehrere Wochen oder gar Monate. Wirte, Hirten, Bauern und Handwerker, die ihnen Unterschlupf gewährten, gab es genug. Häufig fungierten diese Herberger auch als Hehler. Nicht zuletzt ihnen war es zu verdanken, dass der Kampf der Obrigkeit gegen das Verbrechen dem sprichwörtlichen Kampf gegen die Windmühlenflügel glich.

Im Winter 1712/13 ereigneten sich im Umkreis von Köthen gleich mehrere außergewöhnlich brutale Raubüberfälle, die eine gemeinsame Handschrift aufzuweisen schienen. Von weihnachtlichem Frieden hielten die Schurken wenig oder kümmerten sich zumindest nicht darum – sonst hätten sie wohl kaum ausgerechnet die Nacht vor Heiligabend für ihren Überfall auf die Ehefrau des Großpaschlebener Eierkärners[5] Hans Schröter ausgewählt. Der Zeitpunkt hätte günstiger nicht sein können, denn Schröter war aus geschäftlichen Gründen nach Berlin gereist, und das wussten die Ganoven offenbar. Am 23. Dezember 1712, zwischen 10 und 11 Uhr in der Nacht, ließ

---

5 Noch immer hält sich hartnäckig der Irrglaube, dass Deutschland im 17. und 18. Jahrhundert vorwiegend bewohnt wurde. Es stimmt zwar, dass ein Großteil der Bevölkerung auf dem Lande lebte, aber nur ein kleiner Teil davon waren Bauern und verfügte damit über genügend Land, um von dessen Ertrag leben zu können. Sie formten die bäuerliche Gemeinde, die mehrfach im Jahr zusammentrat, um über die öffentlichen Belange des Dorfes zu entscheiden, stellten aber eben nur einen Teil der Dorfbevölkerung dar. Kossaten, d.h. all jene, die nur ein kleines Häuschen bzw. eine Hütte mit angrenzendem Garten ihr eigen nannten, gehörten ebenso wenig zur bäuerlichen Gemeinde wie Hirten und alle übrigen Dorfbewohner, die nicht über ausreichend Acker- und Wiesenflächen verfügten, um sich und die Ihren davon zu ernähren. Ihnen blieb der Zutritt zur bäuerlichen Gemeinde noch im 18. Jahrhundert versagt.

sich die ahnungslose Schröterin erschöpft ins Bett sinken, das ohne ihren Gemahl seltsam kalt und leer wirkte. Die zwei ältesten Kinder schlummerten friedlich hinter dem warmen Ofen, und auch das kleinste, das noch in der Wiege lag, war endlich eingeschlafen. Ruhe sollte die leidgeplagte Mutter jedoch in dieser Nacht nicht finden, denn kaum war sie eingenickt, wurde sie durch ein Gepolter jählings aufgeschreckt. Während sie in tiefen Schlaf sank, hebelten ungebetene Gäste die Fensterläden und das Fenster zur Stube auf und verschafften sich auf diese Weise Zutritt zur Wohnstube. Der Anblick der schlafenden Bewohnerin hielt sie nicht davon ab, das Tischtuch mitsamt Lampe und Feuerzeug vom Tisch zu reißen. Durch das Poltern wurde die Schröterin munter. Sie begriff sofort, in welcher Gefahr sie schwebte, doch noch bevor sie die rettende Tür erreichen konnte, wurde sie von einem der Räuber am Hals gepackt und zu Boden geworfen. Einen Augenblick später kniete er auf ihr. Die tödliche Klinge an ihrem Hals sprach eine deutliche Sprache. „Keinen Mucks!" knurrte ihr Peiniger und ritzte, um seiner Drohung Nachdruck zu verleihen, die zarte Haut ihres Halses. Während sein Komplize die hilfose Frau festhielt, stülpte der erste Angreifer ihr das Tischtuch über den Kopf und band es mit einem Strick an ihrem Hals zusammen, so dass sie nichts mehr sehen konnte.

„Hure! Wo hast du dein Geld?! Dein Mann hat befohlen, dir den Hals abzuschneiden! Wir wollen dein Geld holen!" herrschten die Räuber sie an. „Aber ich habe kein Geld!" wimmerte die Schröterin in Todesangst und dachte voller Schrecken an ihre drei Kinder. Wenn bloß den Kleinen nichts passiert! „Alles, was wir haben, hat mein Mann im Bett versteckt." Sofort durchwühlten die Räuber das Ehebett und fanden auch tatsächlich einen Beutel Geld. Das aber war ihnen nicht genug. Woher sie wussten, dass Hans Schröter sein Erspartes in die Wände eingemauert hatte, bleibt rätselhaft. Fakt ist: die Räuber klopften gezielt die Wände ab und fanden alles, was *„dieser ehrliche Mann durch seinen sauren Schweiß gesammlet"* hatte, und selbst damit begnügten sich die Schurken noch nicht.

Kleider, Weißzeug und Leinen, kurz, alles, was nicht niet- und nagelfest war, ließen sie mitgehen. Zum Schluss banden sie der unglücklichen Schröterin mit ihrer eigenen Schürze die Hände auf den Rücken und fesselten sie an einen in der Stube stehenden Holzpfosten. Dann machten sich die beiden Schurken aus dem Staube und ließen die unglückliche Frau gefesselt und geknebelt zurück. Stundenlang musste die Ärmste in diesem erbarmungswürdigen Zustand ausharren. Zwei gebrochene Rippen ließen jeden Atemzug zur Qual werden und versetzten die Schröterin in Todesängste. Sie konnte noch nicht einmal um Hilfe rufen; dabei schliefen ihre Kinder nur wenige Schritte von ihr entfernt! Apropos Kinder: Es klingt fast unglaublich, aber die beiden Ältesten hatten von der Tragödie, die sich in ihrer unmittelbaren Nähe abspielte, absolut nichts mitbekommen. Erst als die 13-jährige Tochter Stunden später erwachte, wurde die Schröterin aus ihrer qualvollen Lage befreit. An den Folgen der brutalen Misshandlung jedoch litt sie noch lange. Die gebrochenen Rippen waren zwar schnell verheilt, aber die Fesseln hatten sich tief ins Fleisch eingeschnitten und die Blutzufuhr unterbrochen, so dass die unglückliche Frau ihre Hände etliche Monate kaum gebrauchen konnte. Ob sie jemals wieder völlig gesund wurde, ist fraglich.

Über das Aussehen der Täter konnte die Schröterin keine Angaben machen. Zwar hatten die Räuber Lichter gehabt, aber noch bevor die Unglückliche auch nur das Geringste erkennen konnte, hatten sie ihr bereits das Tischtuch über den Kopf gezogen. Die am 24. Dezember alarmierten Verantwortlichen zu Köthen tappten im Dunkeln. Dabei ahnten sie, dass es nur noch eine Frage der Zeit sein würde, bis die Räuber erneut auf den Plan traten. Und sie sollten Recht behalten.

In der Nacht vom 3. zum 4. Februar 1713, knapp acht Wochen nach dem brutalen Überfall auf die Frau des Eierkärners, schlugen die Schurken im selben Dorf erneut zu. Wieder hatten sie sich einen Kossaten, den Schneider Hans Linge, als Opfer ausgesucht, und wieder erfolgte der Raubüberfall nach dem gleichen Schema wie der erste Überfall. Auch hier hatten die

Täter die Lage zuvor gründlich ausgekundschaftet. Gegenwehr hatten sie kaum zu erwarten: Zwar waren beide Ehepartner zu Hause, aber der 64-jährige Hans war schon seit Wochen ans Bett gefesselt, und seine vier Jahre jüngere Frau stellte für die Schurken keine Bedrohung dar. Nachdem sie vergeblich versucht hatten, die gut verschlossene Haustür aufzubrechen, schleppten die Räuber aus der Scheune eine Leiter herbei und stiegen durch ein enges Loch ins Haus ein. Vier Mann stürmten mit brennenden Wachslichtern in die Stube und stürzten sich auf das schlafende Ehepaar. Ehe die Unglücklichen wussten, wie ihnen geschah, waren sie zu ihnen ins Bett gesprungen und drehten den kranken Schneider auf den Bauch. Zwei Mann knieten auf ihm und fesselten seine Hände und Füße mit dicken Schnüren, die anderen beiden ließen seiner Frau die gleiche Behandlung zuteil werden. Dann warfen sie ihren hilflosen Opfern die Betten über den Kopf und forderten Geld. „Aber wir haben nichts!" wimmerte die Schneiderin. „Viermal schon sind wir von Euresgleichen überfallen worden; nichts ist uns geblieben! Ich bitte euch um der Liebe Gottes Willen: verschont meinen armen Mann und mich und lasst uns unser armes Leben!" Die Räuber indes scherten sich wenig um das Wehklagen der unglücklichen Frau. In ihrer Wut schlugen und quälten sie das Ehepaar bis aufs Blut, rissen die hilflosen Alten aus dem Bett, warfen sie auf den Boden, würgten und traten sie und warfen schließlich Bettdecken, Stühle und Spinnräder auf sie, so dass die Ärmsten beinahe erstickten. Dann brachen sie alle Laden auf und nahmen sich das Wenige, was den armen Leuten noch geblieben war: etwas Leinwand, 3 Weiberröcke, Hemden, Mützen und den letzten Taler, den sie hatten. Der wertvollste Teil der Beute dürften 30 Bratwürste und eine Speckseite gewesen sein, die die nimmersatten Räuber mitgehen ließen.

Obwohl der Schneider mitten im Ort wohnte, hatte keiner der Nachbarn etwas von dem Überfall mitbekommen. Erst am nächsten Morgen, als die Magd des Richters zu ihrem Erstaunen feststellte, dass sämtliche Türen des Hauses offen standen und eine Nachbarin alarmierte, wurde das unglückliche Schneiderpaar gefunden und von seinen Lasten und Fesseln befreit. Dass sowohl der schwerkranke, bettlägerige Hans als auch seine Ehefrau die Misshandlungen überlebten, grenzt an ein Wunde, doch die Schurken hatten die Fesseln so fest zugeschnürt, dass die armen Leute ihre Glieder über viele Wochen hinweg nicht mehr gebrauchen konnten. Hans Linge blieb sogar von Stund an lahm.

Zwei brutale Raubüberfälle, die nach demselben Schema und noch dazu im selben Ort begangen worden waren: Für die Behörden des Amtes Köthen bestand kein Zweifel, dass es sich in beiden Fällen um denselben Täterkreis handelte. Den hochfürstlichen Befehl, mit allem möglichen Fleiß nach den Schurken zu fahnden, hätte es eigentlich gar nicht gebraucht, aber auch diesmal blieb der Erfolg aus. Zwar wollte es mehrfach scheinen, als ob man endlich eine heiße Spur hätte, doch alle diese Spuren verliefen im Sande. Sollten die brutalen Räuber ungestraft davon kommen? Fast schien es so, doch dann, als schon alle Hoffnung verloren war, wendete sich das Blatt. Ausgerechnet ein weiterer Raubüberfall, noch brutaler als die ersten beiden, sollte zur Entdeckung der Täter führen. Diesmal hatten sich die Spitzbuben den Pfarrer von Edderitz[6] als Opfer ausgesucht. Dieser Alricus Pleske stammte ursprünglich aus Bremen und hatte seit etlichen Jahren die Pfarrstelle zu Edderitz inne. Die Gemeinde hätte es schlimmer treffen können: Alricus Pleske galt als stiller, frommer Mann, der mit seinen Schäfchen trotz ihrer großen und kleinen Laster nicht allzu hart ins Gericht ging. Mit den Jahren jedoch war es ihm immer schwerer gefallen, seine Pflichten zu erfüllen. Pleskes oberster Dienstherr hatte seinen treuen Knecht nicht gerade mit einer kräftigen Konstitution gesegnet. Im Gegenteil: Der Mittfünfziger litt unter zunehmender Gebrechlichkeit und konnte seit einem lange zurückliegenden Sturz ohne Stock und Leiter kaum noch einen Schritt tun. Den Haushalt besorgte ihm die ältliche Böttcherswitwe Maria Katharina Triptoin, die

6 Edderitz ist eine etwa 1000-Seelen Gemeinde im Landkreis Bitterfeld.

sich auch um das leibliche Wohl des Pfarrers kümmerte und ihn in seiner Krankheit pflegte. Auch in jener verhängnisvollen Nacht des 22. März 1713 schlief die fürsorgliche Witwe im Pfarrhaus, um ihrem Herrn notfalls zur Hilfe kommen zu können.

Anders als viele seiner Amtskollegen konnte sich Pfarrer Pleske über seine Besoldung nicht beklagen; er musste sich um sein täglich Brot keine Sorgen machen, aber in Geld schwamm er auch nicht gerade. Wie der gute Pfarrer an 1400 Taler – für damalige Verhältnisse ein Vermögen – gekommen war, ist nicht überliefert. Zu Pleskes Unglück hatten auch zwielichtige Gestalten von diesem Geld erfahren und trachteten seitdem danach, es ihm abzunehmen. Was die Schurken, die in der Nacht des 22. März 1713 ins Pfarrhaus eindrangen und den kranken Pfarrer und seine Wärterin brutal misshandelten, nicht wussten, war, dass Pleskes Sohn einige Wochen zuvor aus Bremen gekommen war und das Geld abgeholt hatte.

Der Überfall auf das Pfarrhaus zu Edderitz trug dieselbe Handschrift wie die in Großpaschleben verübten Einbrüche. Während die Menschen im Ort in tiefstem Schlummer lagen, drangen die Schurken ins Haus ein, stürzten sich auf die friedlich schlummernden Bewohner, misshandelten sie, fesselten sie an Händen und Füßen und warfen die schweren Betten über sie, um zu verhindern, dass sie erkannt wurden.

Für Alricus Pleske, um dessen Gesundheit es ohnehin nicht zum Besten bestellt war, waren die Misshandlungen zu viel: Er erstickte. Seine Wärterin hatte mehr Glück, aber auch sie stand viele Stunden lang Todesängste aus, ehe endlich Rettung in Person des Kirchvaters Michael Thormann nahte, der am nächsten Morgen den Pfarrer besuchen wollte. Doch so laut er auch an die Pfarrhaustür hämmerte, niemand öffnete ihm. Stattdessen hörte er ein deutlich vernehmbares Winseln. Nichts Gutes ahnend, alarmierte er den Schulmeister. Der eilte sofort hinüber zum Pfarrhaus, kam aber natürlich genauso wenig hinein wie der Kirchvater. Doch wozu hat der Mensch Enkel oder Stiefenkel? Auf des Schulmeisters Geheiß kletterte dessen Stiefenkel geschickt über die Pfarrhofpforte und öffnete

sie von innen. Im Pfarrhof war das Winseln und Wimmern noch besser zu hören. Es kam aus dem verschlossenen Pfarrhaus. Noch einmal musste der Knabe seine Kletterkünste unter Beweis stellen. In der Stube bot sich dem Jungen ein fuchtbares Bild: Der ehrwürdige Pfarrer lag tot in seinem Bett, die Wärterin war unter den schweren Decken kaum zu erkennen. Den Schlüssel zur Haustür suchte der Knabe vergeblich; später stellte sich heraus, dass ihn die Räuber bei ihrem Abzug in die Mistpfütze geworfen hatten. Es blieb also nichts anderes übrig, als die Tür mit der Axt aufzuschlagen.
Bestürzt sahen sich die beiden Männer um: Der Pfarrer lag, an Händen und Füßen gefesselt und mit dem Gesicht nach unten, quer im Bett. Woran er gestorben war, war offensichtlich: der gebrechliche Geistliche hatte unter den Bettdecken keine Luft mehr bekommen. Auch seine Wärterin fanden sie gefesselt und mit schwerem Bettzeug bedeckt, lebte aber noch. In die dicken Sackbänder, mit denen die unglücklichen Opfer gefesselt waren, hatten die Räuber etliche Knoten gemacht, um zu verhindern, dass die Gefesselten sich ihrer Bande entledigen konnten. Den Rettern blieb nichts anderes übrig, als die Seile mit dem Messer zu zerschneiden.
Die Leiche des Pfarrers wies unübersehbare Spuren einer brutalen Misshandlung auf. Überall – im Gesicht, auf der Brust, an beiden Schenken und auf dem Rücken – fanden sich große Blutergüsse; die Nasenlöcher waren voller geronnenes Blut, das sich auch auf dem Bett und dem Hemd des Toten fand, das Nasenbein war gebrochen und im linken Knöchel klaffte eine tiefe Stichwunde.
Das Pflugsech, mit dessen Hilfe die Räuber die Tür aufgebrochen hatten, lag traurig in der Stube herum; die Schurken hatten es zurückgelassen, denn seinen Zweck hatte es erfüllt.
Als man die überlebende Wärterin zum ersten Mal befragte, stand sie noch unter Schock und konnte vor Schmerzen das Bett nicht verlassen. Gegen 11 Uhr, sagte sie, hatte der Kettenhund angeschlagen. Als das Biest einfach keine Ruhe gab, waren sie mit dem Licht hinausgegangen, um nach dem

Rechten zu sehen, aber alles schien so wie immer. Der Pfarrer hatte mit dem Stock nach den Köter geschlagen, denn bei dem Lärm konnte weiß Gott keiner schlafen. Der Witwe kam es so vor, als hätten sie sich gerade erst wieder hingelegt, als der Riegel der Stubentür aufsprang und vier starke Kerle mit brennenden Lichtern eindrangen. Einer von ihnen warf sich sofort auf sie, schleuderte sie mit dem Gesicht nach unten und rief seinen Gefährten zu: „Ich habe die Magd!" Die anderen drei hatten sich auf den Pfarrer gestürzt, doch was sie genau mit ihm machten, konnte die arme Frau nicht sehen. Als sie mit Pleske fertig waren, fesselten sie auch ihr Hände und Füße auf den Rücken. „Ach, lasst mich doch leben!" habe sie gefleht. „Ich habe eine kleine Wäsche und ein Röckchen, nehmt mir doch nichts!" Der Kerl, der auf ihr kniete und sie festhielt, habe daraufhin geantwortet: *„Nein, ich will dir nichts nehmen, schrey nur nicht, ich will dich auch wieder aufbinden."* Die Kerle hätten sie auch gefragt, wo das Geld sei, und als sie sie auf den Koffer wies, hätten sie geflucht, das sei nicht genug. *„Wo ist das Silberwerck? Du must es sagen, oder wir wollen dich mehr martern!"* Schluchzend habe sie den Spitzbuben geantwortet, des Pfarrers Sohn aus Bremen habe vor kurzem alles abgeholt.

Den Schlüssel, um den Koffer zu öffnen, hätten die Räuber nebst einem stählernen Zahnstocher und 12 Groschen in den Hosen des Pfarrers gefunden. Aus dem Koffer erbeuteten sie 15 Beutel mit Geld und einen vergoldeten Kirchenkelch nebst Patene[7] im Wert von 50 Talern, im Schrank fanden sie sechs Silberlöffel und ein paar Messer mit Silberbeschläg. Als die Diebe mit ihrer Beute zur Tür hinaussprangen, habe sie in höchster Not gerufen: „Hilfe! Ich ersticke ja!" Tatsächlich sei daraufhin einer der Räuber zurückgekommen und habe ihr das Bett ein wenig abgezogen.

Wie sich herausstellte, hatten die Diebe aus einem weiteren Schrank die Schuhe des Pfarrers, Schnupftücher, Servietten und zwei Hüte mit Flohr gestohlen. Auf dem Boden hatten sie

---

7 Der Teller, auf dem beim Abendmahl die geweihten Hostien liegen.

sämtliche Kästen und Laden aufgeschlagen, aber nichts Mitnehmenswertes darin gefunden. Die in der oberen Kammer gelagerten Vorräte waren da schon eher nach ihrem Geschmack – und das im wahrsten Sinne des Wortes. Eine ganze Speckseite und 30 Bratwürste wanderten in die Säcke und von dort in die Mägen der Räuber und ihrer Helfer.

Was den Kettenhund anging, so fand man denselben tot im Hofe liegend – ob er mit dem Halsband erwürgt oder vergiftet worden war, ließ sich zu diesem Zeitpunkt noch nicht sagen. Später stellte sich allerdings heraus, dass der treue Wächter mit Krähenaugen[8] ins Jenseits befördert worden war. Die Räuber hatten die giftigen Samen in Wurst und Brot versteckt. Auch wie sie ins Haus gekommen waren, blieb kein Geheimnis mehr: Die Leiter, auf der sie durch das obere Fenster in den Boden gestiegen waren, stand noch an Ort und Stelle. Doch was nutzte das alles, wenn niemand die Täter gesehen hatte? Der Überfall war so schnell geschehen, dass die überraschte Wärterin noch nicht einmal die Kleidung ihrer Peiniger sicher erkennen konnte! Zwar schickte man Boten mit Steckbriefen in alle Richtungen, aber viel Hoffnung verband man damit nicht. Wie auch, wenn weder Gestalt noch Kleidung der Räuber bekannt waren? Aber ausgerechnet der zurückgelassene Pflugsech führte die Behörden auf die Spur der Täter.

Einen Tag nach dem Überfall konnte die Herkunft des Sechs ermittelt werden: Die Schurken hatten es von dem vor der Haustür des Bauern Johann Georg Bieler zu Maaster stehenden Pflug abgeschlagen. Bei dessen Vernehmung nun stellte sich heraus, dass die Räuber einen der gestohlenen Kissenbezüge in Maaster verloren hatten. Was lag also näher als die Vermutung, dass die Schurken auf diesem Wege durch das Sächsische Gebiet ins Ostrauische gegangen waren? Gewiss, es war nur

---

8 Samen der Brechnuss (Nox vomita), im 17. und 18. Jahrhundert ein häufig verwendetes Mittel, um Ungeziefer aller Art zu bekämpfen. Die Samen, die man in jeder Apotheke kaufen konnte, waren allerdings auch bei Räubern und Dieben sehr beliebt.

eine schwache Spur, aber besser als nichts.
Man schickte erneut Steckbriefe aus, und siehe da: Der Zufall (oder die Göttliche Fügung) wollte es, dass der Bote am Ende seiner Reise auch nach Cösitz[9] kam und hier eine äußerst interessante Geschichte hörte. Am 24. März waren dort zwei Kerle – ein aus Jeßnitz stammender Böttcher namens Hans Heinrich Richter und Christoph Hüntsche, der ehemalige Schanckwirt von Kehrau – mit ihren Gefährtinnen aufgegriffen und festgesetzt worden. Bettler und anderes herumstreunendes Gesindel waren zu jener Zeit nirgends gern gesehen. Wenn man sie erwischte, wurden sie im günstigsten Fall nur fortgejagt; im schlimmsten Fall landeten sie im Zuchthaus oder wurden zu Strafarbeit verurteilt, und zwar selbst dann, wenn sie nichts getan hatten! Die Adeligen Gerichte zu Cösitz hatten allerdings offenbar wenig Lust, sich mit diesem Gesindel mehr als nötig abzuplagen. Man fragte die Vier nach dem Woher und Wohin und jagte sie gegen 7 Uhr abends fort, obwohl sie darum baten, man möge ihnen doch die Übernachtung in Cösitz gestatten. Erst als die unerwünschten Streuner schon weg waren, nahm man ihre zurückgelassenen Habseligkeiten genauer unter die Lupe und fand darunter einiges, was vermuten ließ, dass diese Vier bei weitem nicht so harmlos waren, wie sie vorgaben. Das Ganze war so alarmierend, dass die Cösitzer Gerichte noch in der Nacht im Amt Köthen anzeigten, dass diese vier Personen sich zu Cösitz aufgehalten hatten. Besonders der ehemalige Kehrauer Wirt Christoph Hüntsche war alles andere als ein unbeschriebenes Blatt. Zum einen hatte er nachweislich diversen Spitzbuben Unterschlupf gewährt, zum anderen hatte er wegen des auf dem Hof des Generalmajors von Hagen zu Biendorf verübten Diebstahls lange Zeit in Calbe in Arrest gesessen. Sein Aussehen war daher bestens bekannt: Hüntsche war von mittelmäßiger Statur, besaß ein breites Kreuz, sonnengebräuntes Gesicht und einen üppigen schwarzen Bart. Er trug einen dunkelgrauen Rock mit passender Weste und Hose und näselte auffallend. Hans Heinrich Richter, der

9 Heute ein Stadtteil von Zörbit in Sachsen-Anhalt.

Böttcher, war groß, hatte auffallend lange Finger und trug einen braunen Rock mit Kamelhaarknöpfen, dazu eine dunkelbraune Weste und Lederhosen. Die ältere der beiden Frauen mochte ungefähr 40 Jahre zählen, die jüngere war groß und kräftig und führte ein kleines Kind mit sich.

Die kurze Zeit ihres Aufenthalts in der Schenke hatte eine der Frauen genutzt, um etwas zu verstecken. Dabei war sie jedoch von den Kindern des Wirts beobachtet worden. Kaum waren die Vier fort, schauten sie neugierig nach: Was sie fanden, waren ein Paar schnallenbesetzte schwarze Männerschuhe, ein Stück Speck und einige geräucherte Schlackwürste. Anders als viele seiner Berufskollegen hatte der brave Cösitzer Wirt mit Diebesgesindel nichts am Hut. Er meldete daher den Fund bei Gericht und lieferte die Sachen ab. Von dort gelangten sie ins Amt Köthen, wo man rasch erkannte, dass sie aus dem Edderitzer Raubüberfall stammten.

Und das war noch nicht alles: Wenige Tage später erschien der wackere Wirt erneut im Amt, um einen geladenen Puffer und eine kurze Brechstange abzuliefern: Ersteren hatten er und die Seinen im Garten gefunden, letztere hatte eine der Frauen hinter dem Schrank versteckt. Dabei zeigte er an, die andere Frau (Anna Elisabeth Reifertin) sei am folgenden Samstag zurückgekehrt und habe seiner Tochter eine ganze Hand voll Geld für die versteckten Sachen angeboten. „Die Schuhe hat mein Mann (Christoph Hüntsche) in Halle gekauft", erklärte sie. Welche Gedanken ihr durch den Kopf gingen, als sie erfuhr, dass die Sachen längst im Amt lagen, ist nicht überliefert, aber freundlich dürften sie nicht gewesen sein.

Die Cösitzer Gerichte hatten einen Fehler begangen, indem sie die Gäste des Wirtes einfach davongejagt hatten, aber nachdem sie von dem verdächtigen Verhalten der Vier erfuhren, zögerten sie keine Sekunde, einen Boten ins Amt Köthen abzuschicken. Dort handelte man rasch und entschlossen. In der Hoffnung, die Vier zu erwischen, wurden noch in derselben Nacht einige Bürger und Diener an die Amtsgrenzen nach Prießdorf und Gnetsch und ein reitender Bote mit Steckbriefen ins Hpchfürstliche Amt Radegast geschickt. Umsonst – die Vier

schienen wie vom Erdboden verschluckt. Dass Christoph Hüntsche und seine Freundin Anna Elisabeth Reifertin diese Nacht völlig ungestört in der Schenke zu Radegast verbringen konnten, obwohl der Bote längst eingetroffen war, lässt tief blicken. Doch die Schlinge um ihren Hals zog sich langsam zu.
Wenige Tage später erfuhr das Amt Köthen, dass sich in Prießdorf ein Schankwirt einquartiert hatte, der früher die Schenke zu Klein Wülcknitz bewirtschaftet hatte und bereits mehrfach mit dem Gesetz in Konflikt gekommen war, weil er dort wissentlich Spitzbuben beherbergte. Außerdem war er eidbrüchig geworden[10]. Konnte es sich bei diesem Kerl um den gesuchten Kehrauer Schankwirt Christoph Hüntsche handeln? Es gab nur Weg, das herauszufinden. Das Hochfürstliche Amt Köthen schickte einige Bürger und Diener nach Prießdorf, um das verdächtige Individuum in Arrest zu nehmen. Die beeilten sich zwar, ihren Auftrag getreulich zu erfüllen, schleppten aber aus unerfindlichen Gründen an Stelle des Gesuchten den Prießdorfer Pachtwirt Paul Hertel, dessen Schwiegersohn Michael Sandmann und einige Bettler an. Die Prießdorfer Schenke war bei Spitzbuben aller Art eine beliebte Adresse, denn Hertel gewährte ihnen nicht nur Unterschlupf, sondern war auch immer bereit, ihnen das Diebesgut zu einem günstigen Preis abzukaufen, aber das konnte man zu diesem Zeitpunkt noch nicht wissen. Ebenso wenig ahnte man im Amt, dass die Spitzbuben die Beute des Edderitzer Raubüberfalls in Hertels Stall geteilt hatten, und zwar in Gegenwart des Wirtes! Und was Hertels feinen Schwiegersohn anging, so gehörte er selbst zu einer Bande von Spitzbuben, wenn er sich dabei auch auf kleinere Diebstähle beschränkte.
All das wussten die Behörden freilich nicht, als sie Hertel und Michael Sandmann im Amt befragten. Dass die beiden von nichts etwas wissen wollten, versteht sich von selbst. Um seine

---

10 Ein Eid hatte damals noch eine weitaus höhere Bedeutung als heute. Wer einen Eid brach, beging nicht nur eine schwere Sünde und eine Straftat, sondern verlor auch seine persönliche Ehre.

Harmlosigkeit zu demonstrieren, legte Hertel sogar einige Atteste aus Calbe und Pohley, wo er früher als Schankwirt aktiv war, vor. Es blieb daher nichts anderes übrig, als den Wirt und seinen Schwiegersohn wieder freizulassen – vorerst. Immerhin hatte ein Prießdorfer drei der bei Hertel untergekommenen Personen nicht nur sehr genau beschreiben können, sondern gab auch an, dass er dieselben Leute auch in der Cösitzer Schenke gesehen hatte. Einer von ihnen sei der Kehrauer Wirt Christoph Hüntsche, und die Anna Barbara hätte vor zwei Jahren in Gnetsch wegen eines Diebstahls in Arrest gesessen, aber wer der andere Kerl war, wusste er nicht.

Langsam fügte sich ein Mosaiksteinchen zum anderen, doch wohin die Verdächtigen von Prießdorf aus gegangen waren, wusste niemand zu sagen. Immerhin konnte man nun die Steckbriefe mit genauen Personenbeschreibungen versehen. Auch in den öffentlichen Zeitungen wurden die Steckbriefe abgedruckt, ja die durchlauchtigste Landesfürstin versprach für Hinweise, die zur Ergreifung der Täter führten, sogar eine wahrhaft fürstliche Belohnung in Höhe von 500 Talern.

Etliche Tage gingen ins Land, ohne dass etwas geschah. Die Spitzbuben wussten nur allzu gut, wie wenig derartige öffentliche Aufrufe und Steckbriefe in der Regel beachtet wurden. Warum sollten sie sich fürchten? Die Ganoven fühlten sich völlig sicher – so sicher, dass Christoph Hüntsche ohne Scheu nach Dessau und von dort aus wieder nach Klein Zerbst und damit in hochfürstlichen Territorium zu reisen. Der Klein Zerbster Einwohner Hans Andreas Lodderstett aber hatte sich die Steckbriefe und vor allem die darin angekündigte Belohnung sehr genau durchgelesen oder vorlesen lassen. Er erkannte Hüntsche und überredete ihn unter einem Vorwand, mit ihm in die Schenke zu kommen. Gleichzeitig ließ er, ohne dass Hüntsche etwas merkte, dem Amt vermelden, dass der Gesuchte sich derzeit in der Klein Zerbster Schenke aufhielt. Und so fand die kriminelle Karriere des Kehrauer Gastwirts am 31. März 1713 ein Ende. Christoph Hüntsche wurde festgesetzt, ins Amt Köthen gebracht und dort vernommen.

Natürlich gab sich Hüntsche zunächst wie die personifizierte Unschuld, doch sowohl einige seiner Bemerkungen als auch das bei ihm gefundene, aus dem Besitz des Edderitzer Pfarrers stammende Spanische Rohr ließen kaum Zweifel daran, dass man mit Hüntsche einen der Raubmörder gefangen hatte. Hinzu kam, dass sich Hüntsche bereits in Klein Zerbst äußerst verdächtig verhalten und nach seiner Festnahme der Wirtin heimliche Zeichen gegeben und sie gebeten hatte, sie solle den Stock wegnehmen und verstecken. Als sie ablehnte, versteckte er das Spanische Rohr in einem unbeobachteten Moment selbst. Er unternahm auch diverse Versuche, seine in Kehrau wartende Freundin von seiner Arrestierung in Kenntnis zu setzen, aber alles, was er dadurch erreichte, war, dass auch sie am 3. April verhaftet und an das zuständige Amt Köthen ausgeliefert wurde. Hatte man das Unmögliche vollbracht? Hatte man tatsächlich ein Mitglied jener Bande geschnappt, die seit so vielen Wochen die Menschen in Angst und Schrecken versetzte? Wer waren diese Leute, die sich in Cösitz durch ihr Verhalten so verdächtig gemacht hatten?

Christoph Hüntsche war der Sohn eines Köthener Hühnervogts und fiel schon von Jugend an durch *„liederliches Verhalten"* auf; im 18. Jahrhundert verstand man darunter einen Lebensstil, der eine ausgesprochene Arbeitsscheu mit deutlich zu großen Affinität zu Wirtshäusern, Weiberröcken und Spieltischen verband. Schließlich trat er dem Militär bei und diente 18 Jahre lang bei der kurfürstlich brandenburgischen Garde. Nach seiner Abdankung half er zunächst beim Mühlenbau und heuerte dann als Bootsknecht auf Grönlandfahrt an. Der heute so verpönte Walfang war damals ein äußerst lukratives, wenn auch sehr gefährliches Geschäft. Die wagemutigen Männer konnten auf einer einzigen Fahrt mehr verdienen als ein Handwerker in etlichen Jahren – oder ihr Leben dabei verlieren. Das Meer kannte kein Erbarmen.

Hüntsche aber hatte Glück. Fünf Mal unternahm er die gefährliche Fahrt; nach der letzten Rückkehr schloss er sich den Spitzbuben an, kaufte die Schenke in Kehrau und machte daraus ein Diebesnest. Einige Zeit ging alles gut. Der Laden

„brummte", wie man so schön sagt. Dann aber wendete sich das Blatt: Unter den Spitzbuben, die bei Hüntsche Unterschlupf fanden, waren auch jene Schurken, die es gewagt hatten, den Adelshof des Herrn Generalmajors heimzusuchen. Nach dem Einbruch bewahrte Hüntsche sogar einen großen Teil des Diebesgutes, Brecheisen und die gestohlenen Flinten für sie auf – nicht ganz uneigennützig, versteht sich. Dummerweise war es damals gängige Praxis, nach derartigen Überfällen und Einbrüchen zunächst bei den „üblichen Verdächtigen", den Wirten, Hirten und anderen Zeitgenossen, die bekanntlich auffallend häufig mit den Dieben unter einer Decke steckten, Hausdurchsuchungen zu machen. Man suchte und fand die gestohlenen Sachen bei Hüntsche und Letzterer wanderte in den Arrest. Dort war er unvorsichtig genug, seinem Zellengenossen auch noch zu erzählen, dass er den Dieben einen Bohrer geliehen habe und auch über etliche andere Einbrüche Bescheid wusste. Nein, ein harmloser Amtsuntertan sah anders aus.

Seine Gefährtin Anna Elisabeth Reifertin – Hüntsche und sie waren nicht verheiratet[11] – stammte nach eigenen Angaben aus Pößneck und hatte schon im zarten Alter von 14 Jahren einen Soldaten namens Reifert geheiratet. Vermutlich hatte Reifert die junge Anna verführt, und das war nicht ohne Folgen

---

11 Nicht anders als heute lebten auch im Mittelalter und in der frühen Neuzeit viele Paare ohne kirchlichen Segen zusammen. Bis weit ins 16. Jahrhundert hinein existierte die sogenannte clandestine („heimliche") Ehe ganz legal neben der kirchlichen Ehe. Sie entsprach in etwa unserer heutigen Zivilehe. Die zukünftigen Ehepartner schlossen einen Ehevertrag und versprachen sich in Gegenwart von Zeugen die Treue; ein Pfarrer war dazu nicht notwendig. Daneben gab es natürlich immer auch das Konkubinat und das zwanglose Zusammenleben von Partnern ohne Verträge und Verpflichtungen. Kirche und Obrigkeit waren diese nicht kirchlich sanktionierten Formen des Zusammenlebens natürlich ein Dorn im Auge.

geblieben. Vermutlich auf Druck ihres Vaters oder der Obrigkeit musste er die „Geschwächte" dann heiraten und so ihre verlorene Ehre retten.[12] Als Reifert nach 16 Jahren Ehe starb, heiratete Anna Elisabeth in Halle erneut einen Soldaten: einen gewissen Elias Müller, der erst bei den Preußischen, später bei den Sächsischen Truppen diente und nach seiner Desertation bei seinem Bekannten Christoph Hüntsche in Kehrau Unterschlupf fand, wo er von einem Spitzbuben erstochen wurde. Die Tatsache, dass Anna Elisabeth wegen dieses Mordes festgenommen und nach langer Untersuchungshaft zu drei Jahren Zwangsarbeit im Spinnhaus verurteilt wurde, lässt vermuten, dass sie am Tod ihres zweiten Mannes nicht ganz unschuldig gewesen war. Großes Verlangen danach, die ihr zugedachte Strafe abzusitzen, hatte Anna Elisabeth freilich nicht; sie flüchtete und zog seitdem mit Christoph Hüntsche, mit dem sie sich während ihrer Untersuchungshaft verlobt hatte, durchs Land.

Fast zur gleichen Zeit wie Hüntsche und die Reifertin den Behörden ins Netz gegangen waren, schlugen auch für Hans Heinrich Richter, Hans Heinrich Friese, ihre „Huren" (d.h. Lebensabschnittsgefährtinnen) Anna Barbara Försterin und Anna Dorothea Körnerin und deren 11-jährigen Sohn Hans Paul Friedrich Körner die letzten Stunden in Freiheit. Die Fünf hatten am 2. April die Mulde überquert und in einem Dorf im Amt Gräfenhainichen Herberge gefunden. Ihr Pech war, dass eben dort ein cleverer Kossate namens Christoph Muckenberg

---

12 Natürlich ist das alles bloße Vermutung, aber sie birgt eine hohe Wahrscheinlichkeit. Außerhalb des Adels beobachten wir im 15. bis 18. Jahrhundert ein verhältnismäßig hohes Heiratsalter: Im mitteldeutschen Raum lag es beispielsweise um die Mitte des 16. Jahrhunderts für Männer bei 27, für Frauen immerhin bei 24 Jahren. Hochzeiten, bei denen die Braut noch minderjährig waren, kamen selten vor und wenn, dann in der Regel, um eine bestehende Schwangerschaft im Nachhinein zu legalisieren.

noch allzu gut die Worte des Steckbriefes im Ohr hatte, in denen von einer üppigen Belohnung die Rede war.
Der Zufall wollte es, dass Muckenberg ausgerechnet zu dem Zeitpunkt in die Schenke kam, als auch Richter und Friese mit ihren Freundinnen in der Schankstube saßen. Die Fremden fielen dem mit einer gehörigen Portion Bauernschläue ausgestatteten Kossaten sofort auf, und je länger er die beiden Kerle betrachtete, desto sicherer war er, dass es sich um die Gesuchten handelte. Heimlich teilte er dem Dorfrichter und einigen anderen Nachbarn seine Entdeckung mit. „Was, wenn die beiden misstrauisch werden?" fragte einer. „Ganz einfach", gab Muckenberg zurück. „Du, Richter, und ihr – ihr verwickelt sie in ein Kartenspiel. Ich sage derweil im Amt Bescheid." – Und so geschah es: Muckenberg rannte, als wäre der Leibhaftige hinter ihm her und kam noch am selben Abend in Köthen an. Dort zögerte man keine Sekunde und schickte einen Boten ins Amt Gräfenhainichen, dazu zwei Männer aus Cösitz, um die beiden Kerle gegebenenfalls zu identifizieren. So konnten die Fünf am Morgen des 3. April festgenommen werden. Keiner von ihnen hatte das Unheil kommen sehen; Friese traf man sogar bei Anna Dorothea Körnerin *„im Hembde auf der Streue liegend"* – ein Schelm, wer „Böses" dabei denkt. Als man bei eben diesem Hans Heinrich Friese auch noch einen fast 80 Jahre alten Schaupfennig und bei Richter einige ausländische Münzen fand, die bei den brutalen Raubüberfällen als gestohlen gemeldet worden waren, waren alle Zweifel beseitigt: Diese Kerle mussten zu der gefürchteten Bande gehören.
Der 26-jährige Hans Heinrich Richter hätte es eigentlich gar nicht nötig gehabt, sich durch Rauben und Stehlen durchs Leben zu bringen. Der gutaussehende, schlanke Böttcher war als zünftiger Meister von der Böttcherinnung seiner Heimatstadt Jeßnitz aufgenommen worden und hatte damit die besten Voraussetzungen, durch seiner Hände Arbeit gutes Geld zu verdienen. Er scheint der durchtriebenste aus der ganzen Bande gewesen zu sein, doch was die Behörden und ihre Helfer am meisten beeindruckte, waren seine ungewöhnlichen Körperkräfte. In dieser Hinsicht hätte der Jeßnitzer Böttcher es

mühelos mit dem damals schon legendären August dem Starken aufnehmen können. Da die damaligen Arrestzellen in puncto Ausbruchssicherheit stark zu wünschen übrig ließen[13], hatte man Richters Füße in einen großen, langen Eichenklotz gezwungen, die beiden Hälften des Klotzes mit massiven Eisenbanden zusammengeschlossen und seine Hände mit einer sogenannten eisernen Weife mit daumendicker Eisenstange fixiert. Sich daraus zu befreien, war eigentlich völlig unmöglich. Dennoch war es Richter gelungen, die massive Eisenstange zu zerbrechen und den Bolzen der Handschellen aufzuschieben. Als er den ganzen Verlauf nach dem missglückten Fluchtversuch *„mit lachendem Munde"* dem Richter erzählte und aufgefordert wurde, eine Kostprobe seiner angeblichen Bärenkräfte abzuliefern, verbog er eine daumen-dicke Eisenstange so stark, dass sie zerbrochen wäre, wenn man ihm nicht Einhalt geboten hätte. Der Autor des uns überlieferten Berichts stellt ihm ein denkbar schlechtes Charakterzeugnis aus und behauptet – wohl nicht ohne Grund – Richter sei *„ein Ausbund von denen Spitzbuben"* und äußerst verschlagen gewesen. *„Er war sehr fertig mit dem Munde und fähig, sofort eine List und scheinbahre Außflucht und Lügen, aus aus dem Stegereiff, zu erdencken"*. schreibt er.

Schon vor längerer Zeit hatte der Böttcher wegen eines Diebstahls bei der Jeßnitzer Pfarrerswitwe in Untersuchungshaft gesessen, sich allerdings trotz zahlreicher gravierender Indizien durch einen Reinigungseid von dem Verdacht reinwaschen können. Zwar zweifelte kaum jemand daran, dass es sich um einen Meineid gehandelt hatte, aber beweisen konnte ihm das niemand. Wenige Wochen vor dem Edderitzer Raubüberfall saß er wegen eines Diebstahls beim Solnitzer Amtsverwalter erneut in Arrest, konnte aber fliehen.

---

13 Häufig wurden die Verdächtigen einfach im Haus des Scharfrichters, des Fronbüttels oder gar in einer Wirtshausssstube untergebracht, und so kam es ganz auf die Aufmerksamkeit der Wächter und die Fesselung an.

Im Gegensatz zu dem smarten Jeßnitzer Böttcher war Hans Heinrich Friese ein *„dick blintschiger Kerl"* von 42 Jahren mit breiten Schultern und starken Gliedern. Vor einigen Jahren hatte er die Hirtentochter Maria Schröterin verführt bzw. hatte sie *„in Unehren beschlafen"* und war folgerichtig dazu gezwungen worden, sie zu heiraten. Zwei Söhne waren aus dieser Verbindung hervorgegangen, doch Liebe dürfte Friese seiner Frau nie entgegengebracht haben. Ständig gab es Zank und Streit, nicht zuletzt deshalb, weil Friese nicht im Entferntesten daran dachte, sich eine reguläre Arbeit zu suchen und stattdesen dem Müßiggang frönte. Zehn Jahre vor dem Raubüberfall zu Edderitz ließ er seine unglückliche Frau mit den Kindern sitzen und schrieb sich beim Militär ein. Seinen eigenen Aussagen zufolge diente er zunächst als Kürassier in den sächsischen Truppen, wechselte, nachdem er in Bayern in französische Gefangenschaft geraten war, die Seiten, bis er schließlich desertierte und in die dänische Armee eintrat. Nachdem man ihn aufgrund von Kriegsverletzungen als dienstuntauglich entlassen hatte, verdiente er sich seinen Lebensunterhalt als Bettler und Dieb. Mit seiner derzeitigen Gefährtin Anna Dorothea Körnerin lebte er seit zwei Jahren zusammen oder schleppte sie, wie der Autor des Berichts nasermpfend vermerkte, als seine Hure mit sich herum. Wie sich herausstellen sollte, war Richter nicht nur in Edderitz, sondern auch bei dem Raubüberfall auf Hans Linge in Großpaschleben beteiligt, doch dazu später mehr.

Bevor wir uns den Herren der Schöpfung und ihren wenig rühmlichen Taten zuwenden, wollen wir noch einen Blick auf jene Frauen werfen, die das rastlose Leben auf der Straße mit ihnen teilten. Richters Gefährtin Anna Barbara Försterin zählte 25 Jahre und war 1711 im Zusammenhang mit einem größeren Diebstahl, für den man einen gewissen Hans Braune verantwortlich hielt, in Arrest gekommen.[14] Zuvor hatte sie ein dreiviertel Jahr bei Braune und seinen feinen Stiefsöhnen als

14 Dieser *„Ertz-Spitzbube"* und seine beiden Stiefsöhne Behrend und Anton werden uns noch häufiger beschäftigen.

Magd gedient. Hinsichtlich ihres Vaters machte Anna unterschiedliche Angaben, aber zumindest so viel steht fest: Als er starb, war sie noch ein Baby. Schon etliche Jahre zog die junge Frau ruhelos durchs Land, hängte sich mal an diesen, mal an jenen Kerl. Chancen auf ein reguläres, geordnetes Leben hatte sie kaum, denn wer würde eine Frau wie sie schon nehmen – eine Frau mit pockennarbigem Gesicht und äußerst zweifelhaftem Ruf?
Anna Barbara war beileibe kein hilfloses „Weibchen" und wusste sich ihrer Haut gut zu wehren, aber ohne männlichen Begleiter galten Frauen zu jener Zeit gewissermaßen als Freiwild. Kein Wunder, dass sie und Ihresgleichen sich unter der großen Schar heimatlos durchs Land ziehender Männer Gefährten suchten. Dass sie dabei häufig genug in schlechte Gesellschaft gerieten, ist nur die logische Konsequenz. Gleiches gilt auch für die mit Friese herumziehende dicke Anna Dorothea Körnerin. Als Tochter eines Lüneburgischen Bauern hätte die Mittvierzigerin eigentlich gute Chancen auf ein „ehrliches" Leben als angesehene Frau eines Bauern oder Handwerkers gehabt. Stattdessen war sie mit 16 Jahren nach Polen gezogen, hatte den Soldaten Simon Körner geheiratet und war nach dessen Tode mit ihrem Sohn Paul Friedrich nach Sachsen zurückgekehrt. Dieser 11-jährige Knabe galt zwar nach damaligem Recht noch nicht als gerichtsfähig; seine in etlichen Vernehmungen abgelegten Aussagen aber waren – auch wenn einige davon sich später als falsch herausstellten – für die Ermittler Gold wert.

Lügen haben kurze Beine...

Knapp zwei Wochen nach dem Überfall auf den Edderitzer Pfarrer konnte das Amt Köthen voller Stolz die Inhaftierung von vier des Raubes verdächtigen Kerlen und ihrer „Huren" vermelden, doch damit fing die Arbeit erst richtig an. Es galt nicht nur, herauszufinden, ob die Verdächtigen an dem Raub beteiligt und wer ihre Komplizen gewesen waren, sondern auch, welche Schurkenstücke sie sonst noch auf dem Kerbholz

hatten. Wer hätte die unzähligen offenen Fragen besser beantworten können als die Verdächtigen selbst? Es gab da nur ein kleines, aber entscheidendes Problemchen: Weder die Männer noch die mit ihnen gefangengenommenen Frauen nahmen es mit der Wahrheit allzu genau. Dabei verstrickten sie sich allerdings schon von Anfang an in derart viele Widersprüche, dass die Lügen offensichtlich waren. Beispiel gefällig?
Hans Heinrich Richter gab bei seiner ersten, noch im Amt Gräfenhainichen erfolgten Vernehmung an, er sei ein Strumpfwirker namens Gottfried Büttel und habe in Halle bei Glorius Max gewohnt, bevor er sich am 16. April 1710 beim Schönbergischen Regiment als Korporal einschrieb. Er sei jedoch bereits ein Jahr später entlassen worden und habe danach in Naumburg, Leipzig und anderen Orten gearbeitet. In Cösitz und Edderitz sei er nie gewesen, und den Kehrauer Wirt Christoph Hüntsche hätte er sein Lebtag nie gesehen. Bei diesen Behauptungen blieb er selbst dann noch, als ihm zwei Cösitzer Bauern ins Gesicht sagten, dass sie ihn in ihrer Schenke gesehen hätten. Von dem Überfall auf den alten Edderitzer Pfarrer wollte er natürlich auch nichts gehört haben, und was die Anna Barbara Försterin anging, so behauptete er einerseits, zwei Nächte bei ihr gelegen, *„aber nichts Böses mit ihr gethan zu haben“*, andererseits gab er vor, sie heiraten zu wollen, obwohl er sie kaum kennen würde. Den mit ihm verhafteten Hans Heinrich Friese würde er eigentlich kaum kennen: Er hätte ihn nur in der Schenke zu Gremmin getroffen und sei mit ihm nach Proche betteln gegangen. Dumm nur, dass der junge Paul Friedrich Körner den Ermittlern Richters wahre Identität verriet.
Damit nicht genug, versuchte der Böttcher während seiner Interims-Haft in Gräfenhainichen, den Diener Sebastian Weise und dessen Frau zu bestechen. Fünfzig Taler und seinen Rock wollte er ihnen geben, wenn sie ihm zur Flucht verhelfen würden! Von der Schwester seiner Frau und einer anderen „Weibes-Person“ aus Jeßnitz, die ihn im Gefängnis besuchten, verlangte er, sie oder die Seinen sollten ihm Werkzeug

schicken, mit dessen Hilfe er sich befreien könne. Richters Vater bot den Bitterfelder Mühlknappen 50 Taler, wenn sie seinem Sohn zur Flucht verhelfen würden. Das Geld hätten die armen Burschen freilich gut brauchen können, aber als sie hörten, dass Richter wegen Diebstahlsverdacht in Arrest saß, lehnten sie dankend ab. Richters Schwester wiederum wollte den Mühlknappen Ernst Gottlieb Wiesigcken dazu überreden, er solle 20 Mühlburschen zusammentrommeln und mit ihnen ihren Bruder befreien. Die Mühlburschen sollten 50 Taler dafür bekommen, und er, Wiesigcke, eine erkleckliche Zusatzbelohnung. Aber auch der wollte von der ganzen Sache nichts wissen. Hans Heinrich Friese wiederum behauptete bei seiner ersten Vernehmung, er sei noch niemals im Anhaltinischen Gebiet gewesen und wüsste auch gar nicht, wo das liegen würde. Als man ihm vorhielt, Zeugen hätten ihn in Köthen und Radegast gesehen, wollte er den Behörden allen Ernstes weismachen, er hätte nicht gewusst, dass diese Orte zu Anhalt gehörten! Richter wollte er nicht kennen, in Cösitz nie gewesen sein, und als die Cösitzer Bauern ihn identifizierten, leugnete er alles ab. Ein Feldkaplan, so behauptete er, habe ihn vor 12 Jahren in Braband mit der Körnerin getraut; Paul Friedrich sei sein Sohn. Der allerdings stritt das energisch ab, ebenso wie seine Mutter, die jedoch ebenfalls behauptete, ein Feldkaplan habe sie und Friese vor 12 Jahren im (damals) polnischen Königsberg getraut. Danach sei ihr Mann die Kriegsdienste getreten, was nichts anderes bedeutet, als dass er sie sitzen ließ. Als er nach 12 Jahren abdankte, sei er zu ihr zurückgekehrt und habe ihr *„betteln geholfen“*. Kurz vor Weihnachten wären sie so ins Anhaltinische gekommen. Was ihre Anwesenheit in Cösitz anginge: dort wären sie tatsächlich vor vier Wochen gewesen und hätten auf dem Adelshof etwas erbettelt, um es in der Schenke zu verzehren. Richter und seine Anna Barbara wollte sie nur in Raguhn[15] getroffen und mit ihnen nach Gremmin gegangen sein. Anders als die Männer hatte sich Anna Dorothea jedoch noch einen Rest von Ehrlichkeit und Gewissen

15 OT von Jeßnitz

bewahrt und gab bei der Zeugenkonfrontation sowohl ihre Bekanntschaft mit Richter und ihre Anwesenheit in Edderitz als auch die Lüge hinsichtlich ihrer angeblichen Heirat mit Friese zu.

Der *„Schlüßel zu aller dieser Räuber-Heimlichkeit"* aber war Anna Dorotheas Sohn Hans Paul Friedrich. Wenn er bei einigen Punkten Wahrheit und Fiktion etwas durcheinander brachte und den Männern einige Diebstähle andichtete, an denen sie gar nicht beteiligt waren, geschah das nicht aus bösem Willen, sondern aus Unwissenheit. Vieles davon mochte der Knabe in den Schenken aufgeschnappt und für bare Münze gehalten haben. Im Großen und Ganzen aber trafen seine Angaben zu. Und so erfuhren Richter und Schöppen, dass Anna Dorothea und Friese sich für längere Zeit in der Schenke zu Werderthau[16] eingemietet hatten. Während Anna Dorothea sich und ihren Sohn durch stricken und betteln durchzubringen suchte, verreiste Friese mehrfach über etliche Tage, ohne zu sagen, wohin. Am Dienstag, den 21. März, seien der Böttcher Hans Heinrich Richter, der Kehrauer Schankwirt Christoph Hüntsche, ein Jude mit krausen, schwarzen Haaren und noch zehn weitere Personen zu ihnen gekommen und gegen 1 Uhr mittags mit Friese nach Prießdorf gegangen. Dort hätten sie zu Mittag gegessen, und dann seien die Männer nach Edderitz aufgebrochen. Als sie gegen Mitternacht nach Prießdorf zurückkehrten, brachten sie unter anderem Speck und Würste mit. Die Beute teilten sie im Stall des Wirtes. Nach der Teilung seien er, seine Mutter und Friese wieder nach Werderthau gegangen, die anderen seien ins Dessauische, nach Sachsen und Christoph Hüntsche schließlich nach Gnetsch gegangen. Von Werderthau wären er, Anna Dorothea und Friese über Stummesdorf nach Cösitz gegangen, wobei Friese sich unterwegs in Radegast abseilte. Am Freitag seien auch Richter und die Reifertin in Cösitz angekommen. – was weiter geschah, haben wir bereits gehört.

---

16 bei Petersberg im Saalkreis

Der junge Paul Körner weiß aber noch mehr zu berichten: Auch der Raubüberfall bei Hans Linge in Großparschleben ginge, so behauptet der Knabe, auf das Konto von Friese, Hüntsche, des langen Becker und dessen zwei Schwiegersöhnen; bei letzterem handelt es sich um den schon erwähnten Hans Braune, der sich auch Becker oder Wahler nannte. Im Sommer 1712 hätte sich Friese mit seiner Mutter in Gröna einquartiert. Während er und seine Mutter dort blieben, verschwand Friese für acht Tage mit unbekanntem Ziel. Zwei Tage nach seiner Rückkehr wurde ein Steckbrief verlesen. Dadurch erfuhr Anna Dorothea dass ein Perückenmacher in Helfta bei einem Raubüberfall ums Leben gekommen war. Als sie ihrem Gefährten Friese die Neuigkeit erzählte, stand der sofort auf, bestellte eine Kanne Bier, die er in zwei Zügen leerte und machte sich über den Warthe-Fluss auf und davon. Bewies dieses merkwürdige Verhalten nicht, dass er an dem Raubüberfall beteiligt gewesen war? Paul behauptet sogar, einstmals, als sein Stiefvater ihn schlagen wollte, habe er gedroht, die Sache mit dem Perückenmacher zu verraten, aber Friese hätte sich nicht darum geschert, sondern gar mit Steinen nach ihm geworfen.

Paul Friedrichs weitere Aussagen bringen seinen Stiefvater noch mit etlichen weiteren Diebstählen in Verbindung, so mit dem Kirchenraub zu Belleben und dem Diebstahl in der Kirche zu Salzfurt. Unabsichtlich hatte der junge Paul Friedrich ihm dabei auch einige Taten untergeschoben, für die er nun wirklich nicht verantwortlich war. Das allerdings sollte sich erst im Laufe der nun folgenden monatelangen Inquisition herausstellen. Schuld an der unnötigen Verlängerung des ganzen Verfahrens waren die Angeklagten selbst, denn natürlich wiesen sie jedwede Verantwortung weit von sich. Paul Friedrichs Angaben und die eidlich bestärkten Aussagen der Zeugen bildeten die Grundlage des langwierigen Inquisitionsverfahrens, das sich vor allem um folgende Delikte drehte:

1) Den in der Nacht vor Weihnachten verübten Raubüberfall auf die Frau des Großpaschlebener Kossaten Hans Schröter, für den man Friese, Richter und die drei Braunes verantwortlich machte.

2) Den Diebstahl bei dem Solnitzer Amtsverwalter Johann Ernst Staudinger in der Nacht vom 21. zum 22. Februar 1713, an dem von den Inhaftierten nur Richter beteiligt gewesen sein sollte.
3) Den bereits Anno 1711 verübten Einbruch bei Hans Christoph Triebel zu Gräfenhainichen.
4) Den oben beschriebenen Überfall auf den alten Schneider Hans Linge und seine Frau in der Nacht vom 3. auf den 4. Februar 1713, der Friese, Hüntsche und den noch frei herumlaufenden Braunen zur Last gelegt wurde.
5) Den Raubüberfall auf den alten Edderitzer Pfarrer Alrico Pleske und dessen Wärterin in der Nacht vom 21. auf den 22. März 1713.
6) Außerdem gab es deutliche Hinweise dafür, dass es Richter, Friese, Hüntsche, Georg Hohmann und der Frankfurter Jude Susmann Moyses waren, die in der Nacht vom 18. zum 19. März 1713 ins Haus des Bürgermeisters Spiegel zu Bernburg eingebrochen waren und sowohl den Bürgermeister als auch dessen Knecht durch Schläge schwer verletzt hatten. Immerhin leistete Spiegel den Eindringlingen energischen Widerstand, so dass diese ohne die erhoffte reiche Beute abziehen mussten, doch an den Folgen des Überfalls hatten beide Männer noch lange zu leiden.
7) Zudem sollte Friese mit einem Komplizen in der Nacht des 9. November 1711 den Kramer Johann Barthel in Schwemsel um stolze 150 Taler erleichtert haben,
8) sich an dem Einbruch in die Salzfurter Kirche und
9) an dem Raubüberfall auf den Schankwirt zu Lemsel, bei dem der Wirt zu Tode kam, beteiligt haben,
10) am 14. Juli 1711 in die Kirche zu Belleben eingebrochen sein,
11) zwei Nächte zuvor in den Raubmord an dem Perückenmacher Johann Heckenberger zu Helfta verwickelt gewesen sein,

12) dem Dondorfer Bauern Georg Hedecke vier Wochen vor Weihnachten 1712 vier Schafe und acht Wochen später ein Kalb gestohlen haben,
13) um die gleiche Zeit einem armen Drescher zu Wörpzig eine Gans, und schließlich
14) einem Zschornitzer Bauern acht Gänse entführt haben. Außerdem wurde ihm der Diebstahl diverser Bienenstöcke zur Last gelegt.

Die Suche nach der Wahrheit sollte die Nerven aller Beteiligten auf eine harte Zerreißprobe stellen, zumal vor allem die Männer über Monate hinweg hartnäckig jedwede Beteiligung an den oben genannten Verbrechen abstritten und erst durch die Folter zum Reden gebracht werden konnten. Aber selbst dann noch widersprachen sie sich in ihren Aussagen so häufig, dass die Ermittler ein übers andere Mal fast verzweifelten. Dabei logen sie hinsichtlich der Beschreibung des Edderitzer Überfalls noch nicht einmal absichtlich – jedenfalls nicht immer – sondern wurden ein Opfer ihrer eigenen Erinnerung. Fast neun Monate waren seit dem Raubüberfall vergangen, als Hüntsche, Friese und Richter im Dezember 1713 nach erlittener Folter die Tat gestanden; kein Wunder, dass sich keiner von ihnen an alle Details erinnern konnte.
„Mit der Hülffe Gottes“, so der Berichterstatter, kam die Wahrheit nach und nach ans Licht, und diese besagte folgendes:

1) Der Raubüberfall auf den alten Schneider Hans Linge und dessen Frau war von Friese, Hüntsche, den Braunen und einem einäugigen Juden verübt worden, während
2) der tragische Einbruch in Edderitz, bei dem der unglückliche Alrico Pleske den Tod fand, sowie der Einbruch bei Bürgermeister Spiegel zu Bernburg auf das Konto von Friese, Hüntsche, Richter, Georg Hohmann und Susmann Moyses gingen.

Was den brutalen Überfall auf Hans Schröters Ehefrau anging, so gab es zwar einige Indizien, die auf die Verdächtigen wiesen,

doch sie reichten nicht aus, um das Inquisitionsverfahren auch in diesem Fall weiter zu führen.
Hinsichtlich des Diebstahls bei dem Solnitzer Amtsverwalter Staudinger richtete sich der Verdacht vor allem gegen Hans Heinrich Richter, zumal dessen Vater Tobias Richter ebenfalls wegen dieses Diebstahls in Haft genommen wurde. Als man ihm die diesbezüglich zu stellenden inquisitorischen Fragen vorhielt, wollte er erst gar nichts sagen, meinte dann, man möge nur den Kehrauer Schankwirt vernehmen und begann schließlich, zu jammern und seiner Mutter die Schuld für alles zu geben. Wenn sie nicht den neuen Gasthof in Jeßnitz gebaut und daraus eine Herberge für Spitzbuben gemacht hätte, wäre er nie auf die schiefe Bahn geraten! Aber die Spieler-Eva hatte ja die Gauner, die sich sonst bei Kaldenbach aufzuhalten pflegten, regelrecht in ihren neuen Gasthof gelockt! Vor allem die Braunen hätten ihn immer wieder zum Mitkommen aufgefordert; wenn er sich weigern wollte, hätten sie gedroht, es solle ihm so ergehen wie dem Fleischer in Harzgerode: den hätten sie in seinem eigenen Haus erstochen. Überhaupt, die Braunes: Zumindest in dieser Hinsicht scheint Richter nicht gelogen zu haben, dass sich die Balken biegen. Das Trio infernale war sehr umtriebig und zeichnete sich durch außergewöhnliche Brutalität aus. Die Braunes waren laut Richter auch für den Raubüberfall auf Hans Linge und seine Frau verantwortlich. Richter pflegte zu dem Trio ein recht vertrautes Verhältnis und war von ihnen sogar als Taufpate geladen worden.
Doch zurück zu dem Einbruch beim Solnitzer Amtsverwalter. Neben Hans Heinrich Richter waren noch sechs weitere Spitzbuben daran beteiligt, darunter die im Amt Dessau festgesetzten Gauner Hans Heinrich Kaldenbach, Jacob Johann Lorentz und Andreas Rudolph Ziemer, und während Richter die personifizierte Unschuld sein wollte, packten diese Drei aus. Ziemer hatte Richter in der Schenke seiner Mutter kennengelernt und war von ihm eingeladen worden, bei dem Einbruch mitzumachen. Die Gelegenheit dazu hatte der Jude Jacob Aaron ausgekundschaftet.

Den Diebstahl selbst hatten Richter, Ziemer und Aaron ausgeführt. Hans Heinrich Kaldenbach gab im Verhör an, Richter hätte ihn am 21. Februar nach Kleckewitz zu seinem Gevatter Braune geschickt. Dort wartete er auf das Eintreffen der anderen. Als Kaldenbach wissen wollte, wohin es gehen sollte, erhielt er die lapidare Antwort: „Das wirst du schon sehen". Am Vorwerk angelangt, warteten sie, bis das Licht im Hof ausging. Mit Hilfe einer mitgebrachten Leiter stieg Richter ein und brachte etliches Geschirr, darunter Kessel, Pfanne, zinnerne Näpfe, sechs Hemden, einen Schafspelz und anderes im Wert von mehr als 70 Talern heraus. Die Beute schleppten sie in Richters Haus und von dort zu Aaron, wo dann nach altbewährter Manier geteilt wurde. So erhielt jeder unter anderem ein neues Hemd – genau so eines, wie Richter es bei seiner Verhaftung getragen hatte. Amtsverwalter Staudinger war sich absolut sicher, dass Richters Hemd aus seinem Besitz stammte und brachte zum Beweis sogar die Frau mit, die die Hemden genäht hatte. Richter indes behauptete zunächst dreist, das Hemd gehöre ihm und blieb selbst während der Konfrontation mit dem Amtsverwalter dabei. Umso ernüchternder dürfte es für ihn gewesen sein, als die Näherin ihm gegenübertrat. Doch selbst das brachte den gerissenen Gauner nicht aus der Fassung: „Mag schon sein, dass das Hemd dem Verwalter gehört", räumte er ein, „aber gestohlen habe ich es nicht. Ein Jude hat es in meinen Hof geschmissen." Eine dümmere Ausrede hätte er sich wahrlich nicht ausdenken können! Damit nicht genug, erfand er in den folgenden Verhören immer neue Versionen, wie er in den Besitz des Hemdes gekommen sei: Mal sollte es in den Brunnen gefallen sein, als der Jude es in den Hof warf, mal behauptete er, er habe es in Gröbzig waschen lassen.

Anna Dorothea Körnerin wiederum gab im Verhör an, Richter hätte sie mit nach Siebenhausen genommen, wo sie auf dem Wege habe warten müssen, während Richter in einem Gebüsch verschwand. Als er wieder auftauchte, schleppte er einen weiß gefütterten Schafpelz mit sich, den sie ihm nach Pohley tragen musste, wo der Schneider sich des Pelzes annahm.

„Ich? Einen Schafpelz aus dem Gebüsch geholt? Kein Stückchen!" empörte sich Richter. „Freilich bin ich mit der Körnerin nach Siebenhausen gegangen, aber meinen Schafspelz habe ich von der alten Baumeisterin in Jeßnitz gekauft. Meine Ehefrau hat ihn dort für mich abgeholt." – Wundert es, dass die Frau, die er ohne eine Spur von schlechtem Gewissen sitzen ließ, davon nichts wissen wollte? Und was die Baumeisterin anging: die war schon vor 5 Jahren aus Jeßnitz fortgezogen!

Paul Friedrich Körner, seine Mutter, die Reifertin, die Försterin – sie alle belasteten mit ihren Aussagen Richter schwer, doch der blieb steif und fest bei seiner Unschuldsbehauptung. In heutigen Verfahren hätten diese Indizien für eine Verurteilung mehr als ausgereicht, doch damals galten im Strafrecht andere Regeln: Nur eidlich beschworene Zeugenaussagen durften vor Gericht verwendet werden, Aussagen von Komplizen und anderen Verbrechern hingegen dienten allenfalls als Aufhänger für weitere Ermittlungen, hatten aber im Gerichtsprozess keinen Bestand – und in Richters Fall stammten die meisten ihn belastenden Aussagen von bereits überführten Verbrechern und seinen Mitgefangenen.

Auch von den übrigen Verbrechen wollte der mit allen Wassern gewaschene Spitzbube genauso wenig wissen wie seine feinen Kumpane. Der junge Paul Friedrich Körner hatte Friese, Richter, Hüntsche und die drei Braunes des Überfalls auf den Großpaschlebener Schneider Hans Linge bezichtigt. Die Braunes, so berichtete er, hätten Friese am Tag vor dem Einbruch in Pohley abgeholt. Damals hätten noch fünf weitere Kerle hinter dem Dorf gewartet, unter ihnen auch ein einäugiger Jude, der auch bei dem Solnitzer Diebstahl mit von der Partie gewesen war. Richter wollte den Ermittlern allen Ernstes weismachen, er wüsste nicht einmal, wo das Dorf Pohley läge, und Friese würde er nicht kennen. Später gab er zwar zu, Friese in Pohley getroffen zu haben, bestritt aber, vier Wochen nach Neujahr dort gewesen zu sein. Unterstützt wird Richters Behauptung durch die eidliche Aussage des Pohleyer Wirts, der angab, er wüsste nicht, ob Richter zur fraglichen Zeit bei Friese war. Christoph Hüntsche wiederum wollte noch nicht einmal von dem Diebstahl etwas gehört haben und präsentierte den erstaunten Ermittlern ein, wie er meinte, todsicheres Alibi: In der Nacht vom 3. zum 4. Februar 1713, so behauptete er, habe er noch in Calbe in Haft gesessen. Die Akten allerdings besagten das Gegenteil.

Zwischenspiel: Der glücklose Überfall auf Bürgermeister Spiegel zu Bernburg

Wenige Tage vor dem Einbruch in Edderitz wurde in Bernburg ebenfalls ein äußerst brutaler Raubüberfall verübt. Bei den Opfern handelte es sich um den ehrenwerten Herrn Bürgermeister Spiegel und dessen Knecht. Am 18. März 1713 hatten sich die Verbrecher nachts zwischen 12 und 1 Uhr an einem Seil über die Mauer in den Hof des Spiegelschen Anwesens hinabgelassen. Das Seil selbst war zwar verschwunden, doch die Abdrücke im feuchten Mauerwerk waren ebenso unübersehbar wie die Fußspuren und einige heruntergefallene Steine. Nachdem sie die Tür des Pferdestalls mit einem Hanfseil zugebunden hatten, widmeten sie sich den mit eisernen Riegeln verschlossenen Türen des Kuhstalls und des Brauhauses und gelangten auf diese Weise an die Stubentür. Die Geräusche weckten den in der Stube schlafenden Knecht. Als der nachsehen wollte, wer sich an der Tür zu schaffen machte, sprang diese plötzlich auf, und ehe er noch reagieren konnte, traf ihn bereits ein Hammerschlag an der Schläfe. Ob der Knecht nach einem solchen Schlag tatsächlich noch rufen konnte *„Schlag Schelm, schlag!“* mag ebenso dahingestellt sein wie die angebliche Antwort des Angreifers, der mit grober und harter Stimme gesagt haben soll: *„Du Schelm, wilt du noch schreyen?“* Sei es, wie es sei, jedenfalls wurde der Bürgermeister wach und griff nach seinem Spanischen Rohr, um dem Knecht zu Hilfe zu kommen. Da landete auch schon der Knüppel eines der Räuber auf seinem Kopf. Wer nun aber glaubt, Spiegel wäre von diesem Schlag zu Boden gegangen, täuscht sich! Der Bernburger Bürgermeister muss im wahrsten Sinne des Wortes einen Dickschädel gehabt haben: Er war nicht etwa betäubt, sondern ging zum Gegenangriff über. Wenn Spiegel seinem unbekannten Gegner 15 bis 20 Schläge mit dem Spanischen Rohr versetzt und ebenso viele Schläge eingesteckt haben will, dürfte das maßlos übertrieben sein, aber Fakt ist: die beiden Männer schenkten sich nichts. Schließlich traten die drei Räuber, die mit einer solch heftigen Gegenwehr nicht gerechnet hatten, den Rückzug an.

Paul Friedrich Körner hatte angegeben, dass Hans Richter, Hans Heinrich Friese und Christoph Hüntsche an diesem Raubüberfall beteiligt waren, doch wer ihre Komplizen gewesen waren, wusste der Junge nicht, und die drei Männer verweigerten jegliche Aussage. Erst im Frühjahr 1714, als die Todesurteile gegen sie schon gesprochen worden waren, gelang es, den Fall ganz aufzuklären. Zu verdanken war es dem freiwilligen Geständnis des ebenfalls an der Tat beteiligten Georg Hohmann. Demnach hatten sich insgesamt fünf Männer zu diesem Unternehmen verbunden: Neben Hohmann und den drei oben schon Genannten war noch der Jude Susmann Moyses mit von der Partie.

Paul Friedrich Körner, von dem die ersten Hinweise stammten, hatte folgendes angegeben: Er, seine Mutter, Friese, Richter und die Försterin hätten sich in Pohley mit Hüntsche und dessen Freundin, der Anna Elisabeth Reifertin, getroffen. Richter, Friese, Hüntsche und die drei Braunes hätten jeweils sechs Pfennige zusammengelegt und ihn nach Bernburg geschickt, um einen Wachsstock und grobes Sackband zu holen; beides brauchten sie für den geplanten Einbruch. Nach der Tat, als sie in Prießdorf beisammen saßen, hätte Richter zu Friese gesagt: *„Wann wir nur noch eine viertel Stunde hätten Zeit gehabt, hätten wir schon Geld gnug wollen bekommen, Burgemeister Spiegel wehrete sich schröcklich!“* Das bestätigte auch Anna Elisabeth Reifertin im Verhör. Letztere war mit Christoph Hüntsche nach Gröna gegangen und hatte dort Georg Hohmann und die Alte Magdalena getroffen. Hohmann, so behauptete Anna Elisabeth, habe auch den Überfall auf den Edderitzer Pfarrer angestiftet.

Und die drei Verdächtigen? Die wollten wieder einmal von nichts etwas wissen. Richter behauptete frech, er würde weder das Dorf Pohley, noch Anna Elisabeth Reifertin und den Hüntsche kennen, und der wiederum wollte sich partout nicht daran erinnern, am 13. März in Pohley gewesen zu sein und dort die Reifertin und Friese gesehen zu haben. Erst nach langwierigen Verhören bequemten sich beide zu der Aussage, dass sie mit Friese, den drei Frauen und den drei Braunes sehr wohl in Pohley gewesen waren, von wo aus der Überfall auf Bürgermeister Spiegel seinen Ausgang genommen hatte.

Georg Hohmann und Susmann Moyses – Komplizen oder Anstifter?

Bereits am Anfang der Ermittlungen – noch vor Einleitung des Inquisitionsverfahrens – wird klar, dass Hans Richter, Hans Heinrich Friese und Christoph Hüntsche die Überfälle nicht allein begangen hatten. Fünf Namen werden in diesem Zusammenhang immer wieder genannt: Hans Braune und seine beiden Stiefsöhne, Georg Hohmann, und der Frankfurter Jude Susmann Moyses. Georg Hohmann, der lange Zeit wie vom Erdboden verschwunden schien, sollte den Behörden erst viele Monate später und quasi durch Zufall ins Netz gehen. Sein Fall ist so bemerkenswert, dass wir uns später noch näher mit ihm beschäftigen wollen. Ebenso bemerkenswert, wenn auch in anderer Hinsicht, ist die Persönlichkeit des Juden Susmann Moyses, denn anders als seine Kumpane konnte er durch nichts zum Geständnis gebracht werden. Seine Beteiligung an den Überfällen in Edderitz und Bernburg stand zweifelsfrei fest, doch was nützte das ohne Geständnis?

Während Friese, Richter und Hüntsche längst in Haft saßen, zog Moyses weiter auf Diebestour. Am 7. Mai 1713 unternahm er mit zwei weiteren Spitzbuben einen Einbruchsversuch bei dem Handelsmann Johann Lorentz Lange. Dieser hatte sich in Oertels Haus in Leipzig für seine Waren ein Gewölbe angemietet. Langes Angaben zufolge hatten sich die Diebe vermutlich mit Hilfe von Dietrichen Zutritt zum Waschhaus und dem angrenzenden Gewölbe verschafft. Aber das Glück war ihnen an diesem Tag nicht hold: Als der Händler einen Fremden in weißem Rock im Waschhaus bemerkte, schlug er Alarm. Der Weißrock und zwei andere Männer ergriffen daraufhin die Flucht und stießen ihn beiseite. Bei der Kontrolle zeigte sich, dass nichts von den im Gewölbe deponierten Waren fehlte, doch Langes Uhr, die er auf dem Tisch stehen hatte, war verschwunden und wurde später im Waschhaus wiedergefunden.

Die verhinderten Diebe waren auf ihrer Flucht nicht unbeobachtet geblieben, ja sogar von einem Ballenbinder verfolgt worden. So konnten Daniel Bremer und Susmann Moyses schließlich festgenommen werden. Während man in Leipzig vergeblich versuchte, die Missetäter zum Reden zu bringen, lief im Amt Köthen die Fahndung nach Susmann Moyses weiter auf Hochtouren. Umso erfreuter war man dort, als man von der Festnahme des Gesuchten erfuhr. Nur war Leipzig eben Sachsen, während das Amt Köthen zum Herzogtum Anhalt gehörte. Man konnte also nicht einfach den Leipziger Diebstahlsversuch und die im Anhaltinischen verübten Verbrechen in einem Verfahren bündeln, sondern musste höflichst bitten, man möge den Verbrecher im Rahmen eines Amtshilfeverfahrens nach Köthen überstellen – gegen die Entrichtung der den Leipziger Gerichten bisher entstandenen Kosten natürlich. In Leipzig allerdings reagierte man verhalten; die Stadtgerichte wollten zunächst abwarten, wie der Schöppenstuhl in dem gegen Moyses wegen des missglückten Einbruchs angestrengten Inquisitionsverfahren entscheiden würde. Erst das Eingreifen des Sächsischen Kurfürsten höchstselbst brachte die Lösung für das entstandene Dilemma: Seine Durchlaucht befahlen, Daniel Bremer zur Strafarbeit beim Festungsbau zu schicken und Susmann Moyses nach Köthen zu überstellen. Und so geschah es.

Soweit – so gut, oder: so weit – so schlecht, denn der etwa 25-jährige Moyses dachte gar nicht daran, irgend etwas zu gestehen. Er gab sich als Händler, der von Messe zu Messe reiste, aus und wollte weder sich weder in Dessau, noch in

Bernburg oder Köthen näher auskennen und auch sonst in keinem Dorf gewesen sein, das nicht unmittelbar an der Hauptstraße lag. *„Man konte auch, so offt und worüber er nur gefraget wurde, keine andere Antwort von ihme erhalten, als, ich weiß nicht, ich kenne die Leute nicht, ich bin da nicht gewesen; und wann Zeugen aufgestellet und in seiner Gegenwart vereydet wurden, fragte er sie, ob sie auch die Zehen Geboth könten? Ob nicht darin stünde, du solt kein falsch Zeugnüs geben?"* klagt unser Berichterstatter. Mit allen Tricks versuchte er, die Zeugen zu verunsichern, und wenn gar nichts anderes half, behauptete er allen Ernstes, der Teufel würde den Zeugen die Augen verblenden, *„daß sie ihn vor denjenigen ansehen; er wäre es aber doch nicht."*

Susmann Moyses war, das muss man ihm lassen, ein hervorragender Menschenkenner und ein guter Psychologe. Diese Fähigkeiten hatten ihm bisher immer geholfen, sich aus der Affäre zu ziehen. Diesmal aber ging seine Rechnung nicht auf: Die Schankwirte von Drebel und Pohley hatten eidlich beschworen, Moyses sei an den fraglichen Tagen vor dem Überfall zu Bernburg bei ihnen gewesen. Nun wusste Moyses sehr genau, welche Streiche das menschliche Erinnerungsvermögen zuweilen spielt und gedachte sich dieses Wissen zunutze zu machen. Er bat also, man möge auch die Ehefrauen der Gastwirte zur Vernehmung laden, diesen einen anderen, seine Kleider tragenden Mann gegenüberstellen und sie fragen, *„ob dieses der Jude sey, so bey ihnen logiret"*, als Richter, Friese und die anderen bei ihnen waren.

„Dann werden sie JA sagen, und ihr werdet erkennen, dass sie falsch wider mich schwören." Susmann Moyses war sich seiner Sache absolut sicher, doch er sollte sich täuschen. Die Wirtin von Pohley lag im Kindbett und konnte daher nicht vernommen werden, die Wirtin von Drebel aber, als man ihr einen der Wärter in Moyses' Kleidern vorführte, schüttelte nach längerem Nachdenken den Kopf. „Nein, diesen Mann habe ich nie gesehen", erklärte sie mit Bestimmtheit. Nun musste Moyses seine Kleider wieder anziehen und wurde ebenfalls vorgeführt. „Das ist der Mann, der damals bei uns übernachtete. Er hatte

zwar damals einen braunen Rock an, aber ich bin mir dennoch völlig sicher." Soweit die Wirtin.

Der lange Weg zur Wahrheit

Der Raubüberfall im Pfarrhaus zu Edderitz hatte den Stein ins Rollen gebracht, doch bis alle Beteiligten endlich überführt und zumindest die gröbsten zwischen ihren Geständnissen existierenden Widersprüche aufgeklärt werden konnten, sollten viele Monate ins Land gehen. Vor der Tat hatten sich die Räuber in der Prießdorfer Schenke getroffen. Hier warteten ihre Gefährtinnen, und hierhin kehrten sie auch nach dem Überfall wieder zurück, um die Beute zu teilen. Auf das Schweigen der Wirtsleute konnten sie sich verlassen: Die beiden hatten ein äußerst dehnbares Gewissen und waren immer bereit, den Spitzbuben der Region sowohl Unterschlupf zu gewähren als auch das Diebesgut zu verstecken oder aufzukaufen.
Christoph Hüntsches Gefährtin Anna Elisabeth Reifertin behauptete nach längerem Herumlavieren im Verhör, sie sei mit Hüntsche am Sonntag, den 19. März, von Dröbel über Köthen nach Kleinbadegast gezogen. Dort hätten sie zwei Mal übernachtet und wären dann am Dienstag früh nach Halle gewandert und schließlich am 24. März von Halle nach Cösitz gereist. In Prießdorf seien sie nur auf der Weg nach Halle kurz eingekehrt, hätten dort aber weder Moyses, noch Richter und Friese gesehen. Vielleicht wäre sie mit dieser Legende sogar durchgekommen, wenn sie nicht den Fehler begangen hätte, den zu ihrer Bewachung abgestellten Bürgersleuten in der Haft zu erzählen, dass sie Dienstag (21. März) über Nacht in Prießdorf geblieben war, weil ihr die Füße so weh taten. Als man ihr diese ihre eigene Erzählung vorhielt, wollte Anna Elisabeth davon zunächst nichts wissen. „Wenn du nicht endlich die Wahrheit sagst, wird der Turm dich eines Besseren belehren!" drohte man ihr. Das wirkte. Wenig später ließ Anna Elisabeth über die Wächter ausrichten, sie wolle jetzt alles erzählen.

Wieder in die Gerichtsstube geführt, erklärte Hüntsches Freundin, sie seien am Sonntag nach Kleinbadegast gegangen und hätten dort Georg Hohmann *„nebst einem kurtzen Weibes-Menschen"* getroffen – bei letzterer handelte es sich um Johanna Sophia Rosin. Hohmann hätte sich auf dem Boden versteckt, damit ihn niemand sehen konnte. Außerdem sei da noch **„ein Kerl im braunen Rocke mit schwartzen krausen Haaren"** gewesen, der sich als Holländer ausgab. Sie alle seien bis Dienstag in Kleinbadegast geblieben und von dort nach Prießdorf gegangen. Dort hätten sie Hans Heinrich Friese, die Anna Dorothea Körnerin und ihren Sohn, sowie Hans Heinrich Richter und die Anna Barbara Försterin getroffen. Sie hätten zusammen Kalbfleisch gegessen, und am Abend seien die fünf Männer mit unbekanntem Ziel fortgegangen. Während Anna Barbara und Anna Dorothea mit ihren Jungen in der Schankstube übernachteten, legten sich Anna Elisabeth Reifertin und Hohmanns Begleiterin im Stall schlafen.

Gegen vier Uhr morgens kehrten die Kerle zurück. Friese brachte einen Sack mit Speck und Würsten und warf ihn in den Stall. Die Anwesenheit der beiden Frauen war ihnen offenbar gar nicht recht. Der Reifertin klangen Richters Worte noch Monate später im Verhör in den Ohren: *„Ich wolte, daß euch der Donner und der Hagel erschlüge!"* knurrte er. *„Hat euch der Donner und der Hagel in Stall geführt? Hätte euch das Wetter nicht können in der Stube behalten?!"* Dann warf er seiner Gefährtin ein Paar Schuhe und schwarze Strümpfe zu. Auch zwei Hüte und zwei Flore hätten die Männer mitgebracht, erklärt die Reifertin im Verhör. Einen Hut mitsamt Flor erhielt Friese, den anderen Hohmann. Während der Beuteteilung sei auch die Wirtin mit der Laterne gekommen, und Richter hätte ihr, der Reifertin, ein Wachslicht zum Halten gegeben. Sie aber habe das Licht wütend zu Boden geworfen – angesichts des selbstherrlichen Agierens der Männer eine durchaus verständliche Reaktion.

Nach der Aufteilung der Beute brachen sie noch vor Tagesanbruch auf. Mehr als 24 Stunden waren die Männer mittlerweile auf den Beinen, und auch die Frauen hatten nur

wenig Schlaf gefunden, doch diese Vorsichtsmaßnahme war überlebenswichtig. Jeder Spitzbube wusste, wie gefährlich es war, in der Nähe des Tatorts zu bleiben. Üblicherweise dauerte es nur wenige Stunden, bis die zuständigen Gerichte Bauern, Bürger und Soldaten losschickten, um in sämtlichen Schenken und Häusern der Umgebung nach Verdächtigen zu suchen. Bis dahin musste man weit genug weg sein.
Auch die Prießdorfer Wirtin, die als Mitwisserin und Hehlerin ebenfalls verhaftet worden war, sah schließlich ein, dass es besser für sie war, die Karten auf den Tisch zu legen. Nach langem Leugnen gab sie *„mit weinenden Augen“* an, *„sie wolte nun ihr Hertze gäntzlich ausschütten“*. Der Edderitzer Diebstahl sei tatsächlich in ihrem Stall geteilt worden. Sie hätte ein kleines Häufchen Geld und einige Löffel mit gedrehten Stielen gesehen. Ihre Behauptung, sie hätte die Diebe mit den Worten: *„Macht euch fort, dass ich kein Unglück davon habe!“* angefahren, ist wohl eher der hilflose Versuch, sich selbst in ein nicht ganz so schlechtes Licht zu stellen; einer der Räuber nämlich erklärt später, die Wirtin habe einen Anteil von der Beute gefordert. Ihr Mann hätte danach immer in Furcht gelebt und sei schließlich bei ihrem Bruder untergetaucht. Genutzt hat es ihm freilich wenig; einige Monate später ging auch Paul Hertel den Ermittlern ins Netz und musste sich für seine Hehlerei verantworten.

Nachdem sowohl die Zeugen eidlich vernommen als auch die Verdächtigen verhört und mit den Zeugen konfrontiert worden waren, wurden auf der Grundlage der gewonnenen Erkenntnisse die Frageartikel formuliert, über die die Gefangenen in der Folge vernommen werden sollten. Diese Artikel stellten gewissermaßen das Herz eines jeden Inquisitionsverfahrens dar. Charakteristisch für diese Art des Ermittlungsverfahrens war ja gerade, dass die Delinquenten nicht willkürlich, sondern nur über genau definierte Artikel befragt werden durften; im Vergleich zu der vorher üblichen Praxis brachte das für die Verdächtigen ein deutliches Plus an Rechtssicherheit.

Nacheinander wurden die Männer und Frauen auf die Artikel verhört, doch ihre Antworten waren so widersprüchlich, dass nur eines unzweifelhaft feststand: Sie logen, dass sich die Balken bogen. Schauen wir uns das am Beispiel der 28. zum Edderitzer Überfall formulierten Frage, in der es um das Schicksal des Kettenhundes ging, an: Bei der Tatortbesichtigung fand man den Hund tot unter dem Fenster liegen. Das Halsband war so fest zugeschnallt, dass man im ersten Augenblick glaubte, die Räuber hätten den Köter erwürgt. Bald aber stellte sich heraus, dass der Hund mit Krähenaugen vergiftet worden war. Anna Elisabeth Reifertin hatte anfangs nichts von dem Hund wissen wollen, war aber später nach und nach herausgerückt mit dem, was sie von den Männern gehört hatte. Die Krähenaugen hatte Christoph Hüntsche am Sonntag, als sie über Köthen nach Kleinbadegast gewandert waren, in der Apotheke gekauft. Sie, die Reifertin, hätte die Samen selbst gesehen: Ganz braun und rau wären sie gewesen, und Hohmann habe sie mit dem Messer klein geschnitten. Christoph Hüntsche allerdings bestritt energisch, die giftigen Samen gekauft zu haben. Der Apotheker und sein Geselle konnten oder wollten sich nach all der Zeit nicht mehr genau erinnern, ob sie Hüntsche in der Apotheke gesehen hatten, doch der Barbier Melsovius hatte ihn an jenem Sonntag hineingehen sehen. Selbiges sagte er Hüntsche auch ins Gesicht, aber der blieb bei seinem Leugnen.

Richter, Friese und Susmann Moyses wollten von dem Gift natürlich auch nichts wissen und blieben auch bei der Gegenüberstellung mit der Kronzeugin Anna Elisabeth Reifertin dabei. „Hüntsche führt mich ins Unglück!" brach Anna Elisabeth schließlich heraus. „Wenn er sich von Hohmann ferngehalten hätte, wäre alles gut! Ich kann nicht länger schweigen!" Verzweifelt bat sie ihren Gefährten, die Wahrheit zu bekennen, *„daß er noch Gnade bekäme, daß er noch begraben würde und ihm nicht die Raben fressen."*

Hans Richter, so berichtet sie stockend, hätte ihr unterwegs erzählt, ihr Christoph und Hohmann hätten die Wärterin des Pfarrers gebunden, er selbst und Friese aber hätten den Pfarrer

gefesselt, und der Jude hätte vor der Stube Wache schieben müssen. Und wie reagiert Christoph Hüntsche, als Anna Elisabeth ihm dies alles ins Gesicht sagt? Jener Mann, mit dem sie viele Monate lang Freud' und Leid geteilt hatte? – Hüntsche streitet alles ab und behauptet, die Reifertin würde ihm das alles nur aus Hass nachreden. Die Worte müssen die unglückliche Frau zutiefst getroffen haben. „Aber ich habe dir doch nie etwas getan!" schluchzt sie. „Ich war immer für dich da, Liebster!" Wenigstens das muss Hüntsche endlich zugestehen, doch ansonsten bleibt er bei seinem Leugnen.
Auch die anderen Männer denken gar nicht daran, auch nur das kleinste Fitzelchen zuzugeben, und das mit gutem Grund: Für jedes einzelne der ihnen zur Last gelegten Verbrechen droht ihnen die Todesstrafe. Ihre einzige Chance, dem Scharfrichter zu entkommen, ist, sowohl im gütlichen Verhör als auch in der Tortur standhaft zu bleiben. Die Folter als ultimatives Mittel der Wahrheitsfindung durfte nicht willkürlich und nur bis zu dem im Urteil des Schöppenstuhls festgelegten Grad angewendet werden. Überstand man diese Qualen, blieb nach geltender Rechtssprechung (fast) nichts anderes übrig, als die Anklage fallenzulassen und die Delinquenten auf freien Fuß zu setzen. Allenfalls des Landes verweisen durfte man sie dann noch.
Für erfahrene Spitzbuben war diese seit Jahrhunderten gängige, tausendfach bewährte Praxis fast wie eine Art „Freifahrtschein". Das Wissen um die im Zusammenhang mit der Folteranwendung geltenden Regeln und Gesetze gab vielen die Kraft, die Qualen zu überstehen. Im mitteldeutschen Raum kam noch ein weiterer Punkt hinzu: Die hier agierenden Schöppenstühle und Juristenfakultäten ordneten nur in den seltensten Fällen die Anwendung des dritten und höchsten Foltergrades an. Hans Richter, Hans Heinrich Friese, Christoph Hüntsche und Susmann Moyses hatten daher allen Grund, sich „dumm" zu stellen. Doch ihre Rechnung sollte nicht aufgehen.
Die mehrere Bände umfassenden Akten werden mit der Bitte um Rechtsbelehrung an den Leipziger Schöppenstuhl geschickt, und die in den Rechten wohlbewanderten Juristen

sprechen am 23. November 1713 für Recht: „*Werden vorgedachte Hüntsch, Richter und Friese beschuldiget, daß sie biß anhero des Stehlens und Raubens sich beflissen, denen Leuten hin und wieder das Ihrige entwendet, sie in denen Häusern überfallen, gebunden und durch Bedrohung auch würckliche Ausübung grosser Gewaltthätigkeiten zu Anzeigung ihres Vermögens gezwungen, sie wohl gar ermordet, und des Ihrigen beraubet, insonderheit in der Nacht zwischen den 21. und 22ten Martii dieses Jahres bey dem Pfarrer zu Edderitz Alberico Pleßken eingebrochen, selbigen nebst seiner Wärterin Marien Catharinen Triptoin die Hände auf den Rücken, wie auch die Füsse gebunden, sie aufs Gesichte, die Betten aber über sie geworffen, darunter der Pfarrer ersticket und gestorben, ... ferner in der Nacht vor dem 4ten Februar des annoch lauffenden Jahres Hanß Lingen und dessen Ehe-Frau Amonen zu Grossen-Paschleben auf gleiche masse tractiret, überfallen und gebunden, davon der Mann vom 4. biß 5ten Februar ohne Verstand beyde aber eine Zeitlang kranck gelegen, ... Hiernechst am 18ten Martii mehr besagten Jahres zur Nacht in des Burgermeister Christoph Spiegels zu Bereubung Hauß gedrungen, den Knecht mit einem Hammer, ihn aber sonst Wund geschlagen, welcher sich jedoch ihrer dergestalt, daß sie, ungeachtet sie ihn des Seinigen zu berauben in Willens gehabt, würcklich nichts mit hinweg gebracht erwehret.....*“ Über etliche Seiten erstreckt sich die erbetene Rechtsbelehrung, in der übrigens auch die außerehelichen Beziehungen der Delinquenten „gebührend“ Beachtung finden. Nach langwieriger Erläuterung der Rechtsgründe[17] entscheiden sich die Schöppen für einen außergewöhnlichen Schritt: Sie ordnen für Friese und Hüntsche den höchsten Foltergrad an. Wörtlich heißt es: „*...daß, wenn offt angeregter Hüntsch, Richter und Friese ihr Bekäntniß anderweit in Güte richtig nicht thun wollen, und was den Richtern beygemessenen Ehebruch anbetrifft, dessen Ehefrau zuforderst hierüber zu vernehmen, ihm dieses sein Verbrechen nicht verzeihen, noch gebrochener Treu und*

17 Das Urteil ist im Anhang vollständig angegeben.

Glaubens ungeachtet ferner ehelich beyzuwohnen sich erklären solte, man wohl befugt, sie, in so weit wegen Richters nicht etwa die ... angedeutete Beschwerung daran hinderlich fallen solte, worüber zuforderst eines verständiigen Medici Gutachten einzuholen, mit der Schärffe, jedoch wegen des Solnitzischen Diebstahls Richter nur ziemlicher Weise, anzugreiffen, selbigem auch und Friesen wegen des beygemessenen Ehebruchs so wohl den letztern wegen der Schwemselischen Deube, der gestohlenen Schaafe, Kalbs, Ganß und Bienenstöcke nur biß auf und unter der Zuschnürung mit denen Banden befragen zu lassen..."

Bis ins kleinste Detail geben die Schöppen die Frageartikel vor, in denen neben den beschriebenen Raubüberfällen und den anderen weiter oben genannten Delikten dem Thema Ehebruch und Sex ein fast schon voyeuristisches Interesse entgegengebracht wird. Richter sollte man fragen, ob er nicht mit der Anna Barbara Försterin, Friese, ob er nicht mit der Anna Dorothea Körnerin und der Alten Magdalena „*sich fleischlich vermischet und Ehebruch getrieben*" hätte. Ob sie „*das Werck der fleischlichen Unzucht mit ihnen würcklich vollbracht, und den Saamen in ihren Leib lauffen lassen?*" Wann, wo und wie oft? - Wahrlich, die Herren Juristen lassen nichts aus!

Die mit höchster Sorgfalt aufgezeichneten Geständnisse sollen sodann mitsamt den bereits vorliegenden Akten zurück an den Leipziger Schöppenstuhl geschickt werden, der dann über das weitere Schicksal der drei Männer, des Juden Susmann Moyses und der drei Frauen entscheiden wird. Einzig Anna Dorotheas Teenagersohn Paul Friedrich, der seit fast acht Monaten unschuldig in Haft sitzt, soll dem Urteil des Schöppenstuhls gemäß freigelassen werden. Und noch eines ordnen die Leipziger Juristen an: Gegen die Wirte und Wirtinnen, bei denen die Verbrecher Unterschlupf fanden, solle sowohl deswegen als auch hinsichtlich der von ihnen angenommenen Hehlerwaren mit der Inquisition verfahren werden.

Intermezzo: Ein missglückter Ausbruchsversuch

Etliche Wochen musste man im Amt Köthen auf das heißersehnte Rechtsgutachten aus Leipzig warten, und das nicht nur aufgrund des umfangreichen Aktenmaterials, sondern auch deshalb, weil der Leipziger Schöppenstuhl – genau wie heutige Gerichte übrigens – in Arbeit geradezu erstickte. Hans Heinrich Richter nutzte die Wartezeit für einen ebenso bemerkenswerten wie dilettantisch ausgeführten Ausbruchsversuch.
Nach seinem ersten missglückten Befreiungsversuch[18] stand fest, dass gewöhnliche Ketten und Handschellen in Richters Fall nicht ausreichten. Man schloss ihn daher in eine sogenannte „eiserne Jungfrau" ein – eine ganz besonders perfide und „todsichere" Art der Sicherungsverwahrung, die den Delinquenten zu absoluter Bewegungslosigkeit verdammte, so dass er selbst zum Aufstehen die Hilfe eines Wächters benötigte. Richters eisernes Gefängnis bestand aus einem vom Kinn bis zu den Füßen reichenden Stab mit mehreren Bügeln: einer davon wurde um den Hals, zwei um den Oberkörper hinten zusammengeschlossen; Hände und Beine steckten ebenfalls in derartigen Bügeln. In diesem regungslosen Zustand musste Hans Heinrich Richter 24 Stunden am Tag verharren, ausgenommen die Zeiten, in denen er ein dringendes Bedürfnis zu erledigen hatte. Wenn es *„die Requisita Naturae erforderten"*, wurden seine linke Hand und die Beine losgeschlossen, und er durfte sodann unter Aufsicht sein großes oder kleines Geschäft erledigen. Den zum Wachdienst abgeordneten Bürgern wurde dabei nachdrücklichst eingeschärft, auf diesen gefährlichen Vebrrecher ganz besondere Obacht zu haben. Aus solch einem Gefängnis zu entkommen, war nach menschlichem Ermessen völlig unvorstellbar. Und doch wäre es Richter beinahe gelungen. Lange Zeit sann er auf eine Möglichkeit, seine Wächter zu überlisten, bis ihm das Schicksal endlich einen Wärter zuteilte,

---

18 Siehe oben

den die Natur nicht gerade mit überragender Intelligenz ausgestattet hatte. Dieser Unglücksrabe wollte sich von Richter ein Pfeifenrohr schnitzen lassen und gab ihm dazu nicht nur ein hartes Stück Holz, sondern auch ein Messer! Der Böttcher merkte sofort, dass er mit diesem Holz etwas ganz anderes machen konnte als ein Pfeifenrohr daraus zu fertigen. Er behauptete also frech, das Holz sei zu hart und verlangte ein weichteres. Der gutmütige Wächter fiel auf die List herein und brachte ein Stück Weichholz; im Gegenzug erhielt er das gewünschte Pfeifenrohr. Das erste, harte Holz aber schnitzte Richter so zurecht, dass er damit das am Hals hängende Schloss öffnen konnte. Gelegenheit dazu erhielt er, als seine Hände zum Essen los gemacht wurden. Dabei ging er so geschickt vor, dass niemand bemerkte, dass ein Teil seiner Fesselung unbrauchbar geworden war. Auch dass die in der Wand steckende Haspe nur noch locker in ihrer Fassung steckte, blieb unbemerkt. Dann kam der Moment, auf den er so lange gewartet hatte: Als Richter wieder einmal mit der linken Hand und beiden Beinen losgeschlossen wurde, und mit der eisernen Jungfrau auf den Boden vor die Stube gebracht wurde, um dem Ruf der Natur zu folgen, waren die Wächter zu bequem, hinauszugehen, sondern begnügten sich damit, den Gefangenen durch die geöffnete Stubentür zu überwachen. Große Aufmerksamkeit legten sie dabei indes nicht an den Tag. Schon hatte Richter die Bügel von Hals und Leib geöffnet und die eiserne Jungfrau still und leise beiseite gestellt. In aller Eile schloss er die Stubentür, rannte die Bodentreppe hinunter, legte eine Kette vor die Bodentür und hängte ein Schloss hinein, so dass die Wächter ihm nicht folgen konnten. Fast wäre ihm die gewagte Flucht gelungen, wenn ... ja wenn er sich die Zeit genommen hätte, auch die Kette an seinem Bein loszuwerden. Das laut vernehmliche Klappern und Poltern, als er die Treppen herunterlief, alarmierte die in der unteren Stube weilende Frau des Dieners. Die resolute Dame *„von ziemlicher Stärcke"* stürzte sich auf den Flüchtigen und hielt ihn so lange fest, bis die oben eingeschlossenen Wächter aus den Fenstern um Hilfe schrien. Die durch den Lärm wach gewordenen Nachbarn befreiten die

Wächter, und das war das Ende der waghalsigen Flucht. Der gerissene Gauner machte auch gar keinen Hehl daraus, dass er den Ausbruch bereits 14 Tage lang sorgsam vorbereitet hatte.
Während Hans Heinrich Richters Gewissen im Dauertiefschlaf lag, wurde seine Gefährtin Anna Barbara von Gewissensbissen gequält. Eines Tages bat sie die Wächter, den Gerichten zu melden, sie wolle auspacken. Sie hätte, so beteuert die unglückliche Frau, so lange geschwiegen, weil sie fürchtete, die Räuber würden sich an ihr rächen und ihr die Zunge aus dem Hals schneiden.
Anna Barbaras freiwilliges Geständnis, auch wenn ihr die Erinnerung in einigen Punkten einen Streich spielte, ist für die Ermittler Gold wert. Richter aber leugnet nach wie vor, und selbst Anna Barbaras Vorwurf, sie müsste seinetwegen leiden, lässt sein Gewissen kalt. Und so nahm das Schicksal seinen Lauf.

Ende November hielten die Gerichte des Amtes Köthen endlich das Leipziger Urteil in den Händen. Bevor die darin enthaltenen Bestimmungen jedoch umgesetzt werden konnten, musste das Urteil vom Kurfürsten bestätigt werden; Bürokratie wurde eben auch schon vor 300 Jahren in Deutschland groß geschrieben. Das Amt Köthen schickte also einen Boten an den kurfürstlichen Hof, wo man rasch erkannte, dass bei der Anwendung der Folter nicht nach dem üblichen Schema vorgegangen werden konnte. Man war sich durchaus bewusst, dass erfahrene Ganoven die hinsichtlich der Folter im Gesetz vorgeschriebenen Regeln für ihre Zwecke nutzten. Es sei, so heißt es in dem vom kurfürstlichen Hof übermittelten Brief, *„satsam zu vermuthen, daß sie, wie es bey der Tortur hergehe, was für Instrumenta dabey pflegen gebraucht zu werden, und wie weit wider sie zu verfahren, von andern ausgehärteten Spitzbuben satsame Nachricht erhalten"*, und dass sie deshalb lieber alle Foltergrade aushalten würden als die Wahrheit zu bekennen. Die Leipziger Schöppen hatten sich mit ihrer Folteranordnung als Theoretiker reinsten Wassers geoutet. Wenn man, so das kurfürstliche Schreiben, der üblichen

Verfahrensweise folgen würde, müssten alle drei Foltergrade innerhalb von einer Stunde durchexerziert werden, und das wäre *„bey diesem Urthel ohnmöglich ins Werck zu richten“*. Wie auch, angesichts einer solchen Zahl von Frageartikeln? Siebenundneunzig waren es bei Hans Heinrich Friese, 70 bei Hans Heinrich Richter, und immerhin 66 bei Christoph Hüntsche. Während der Folter mussten den Verdächtigen sämtliche Fragen wieder und wieder vorgehalten werden, was allein schon die vorgegebene Zeitspanne deutlich überschritten hätte. Und nicht nur das: auch die Antworten mussten akribisch genau notiert werden. Am kurfürstlichen Hof, wo man mit deutlich mehr praktischem Verstand ausgestattet war als die hochgelehrten Leipziger Juristen, wurde rasch erkannt, dass die ganze Prozedur mehr als zwei Stunden in Anspruch nehmen würde, was *„die Inquisiten ziemlich, und mehr, als selbige etwa menschlicher Vernunfft nach ertragen könnten, entkräfften würde.“* Glücklicherweise hatten die Autoren der Peinlichen Halsgerichtsordnung Karls V. (Carolina) vor fast 200 Jahren auch für solche Situationen vorgesorgt und den Territorialherren die Möglichkeit eingeräumt, von der für die Tortur vorgeschriebenen Verfahrensweise nötigenfalls abzuweichen. Ihro Hochfürstliche Durchlaucht befiehlt daher gnädigst, die Scharfrichter sollen ihre Aufgabe *„mit allen Fleiß, ihrem besten Wissen nach verrichten“*, aber die einzelnen Folteranwendungen auf drei Tage zu verteilen und dabei jeweils so lange mit der Folter fortzufahren, wie es ohne Gefahr für Leib und Leben der Delinquenten möglich ist. Wie weise die Entscheidung, vom üblichen *modus Torturae* abzuweichen, war, sollte sich bald zeigen.

Friese und Hüntsche hatten sich, wie sie später selbst bekannten, fest vorgenommen, nichts zu bekennen, *„in Meynung, daß diese Tortur in einer Stunde nach einander gäntzlich vollbracht werden würde“*. Selbst als ihnen bei der Verkündung des Urteils ihre für die Folter festgelegten Termine und die anzuwendende Verfahrensweise mitgeteilt wurden, gaben sie sich noch siegessicher. Was die beiden Männer nicht bedacht hatten war, dass die durch die Folter verursachten

Qualen mit der Abnahme der Folterinstrumente nicht zu Ende waren.

Am 4. Dezember 1713 wurde das Urteil den drei Delinquenten mitgeteilt, verbunden mit der vergeblichen Mahnung, doch endlich die Wahrheit zu gestehen. Bei so viel Halsstarrigkeit blieb nichts anderes übrig, als dem kurfürstlichen Befehl in allen Einzelheiten Folge zu leisten.

Friese war der erste, der die „Überzeugungskraft" der Folterinstrumente zu spüren bekam. Einen Tag nach der Urteilsverkündung wurde er nach einem letzten, vergeblichen „gütlichen" Verhör in die Folterkammer geführt. Den Scharfrichtern hatte man hinsichtlich der Reihenfolge, in der sie ihre Instrumente zum Einsatz bringen würden, völlig freie Hand gelassen. An diesem ersten Tag überstand Hans Heinrich Friese Daumenstöcke und Schnüre[19], ohne in den entscheidenden Punkten auch nur das Geringste zu bekennen. Zum Schluss der ersten Foltersitzung wurde ihm mitgeteilt, dass man am nächsten Tag mit der Folter fortfahren würde. Friese verzog keine Miene.

In der Nacht aber verschlimmerten sich die Schmerzen. Friese litt Höllenqualen. Völlig zermürbt schickte er den Diener am nächsten Morgen zum Amtmann und ließ ihm ausrichten, er wolle seine Schuld bekennen, nur möge man ihn nicht in die Gerichtsstube bringen, sondern das Verhör bei ihm im Gefängnis durchführen, weil er fürchtete, man würde ihn sonst wieder in die Folterkammer schleppen. Ganz so weit entgegenkommen wollte man ihm aber dann doch nicht. Sein Bekenntnis müsse er schon im Gerichtshaus tun, wurde ihm mitgeteilt, doch *„wann er in Güte bekennen würde, würde er auch mit fernerer Marter verschonet"*.

Und so legte Hans Heinrich Friese am 6. Dezember zum ersten Mal ein Geständnis ab und gab seine Beteiligung an den Raubüberfällen zu. Natürlich versuchte, die Rolle, die er dabei gespielt hatte, zu verharmlosen. Auch die Behauptung, er hätte

---

19 Die fest angezogenen Schnüre schnitten tief in die Handflächen ein und verursachten furchtbare Schmerzen.

sich sonst durch Betteln ernährt und der Edderitzer Raubüberfall sei seine erste Missetat gewesen, stellte sich rasch als falsch heraus, aber immerhin: Friese gab zu, die alte Wärterin des Pfarrers gehalten zu haben. Richter, Hüntsche und Hohmann hätten erst den Pfarrer gefesselt und wären dann zu ihm gekommen, um die Wärterin zu binden. Er selbst habe dabei nicht mitgeholfen, sondern ihr nur die Augen mit dem Bett zugehalten. „Als die anderen den Pfarrer fesselten, habe ich gezittert und gebetet!" beteuert er. Das allerdings ist ebenso wenig glaubwürdig wie seine Behauptung, er und der Kehrauer Wirt hätten anfangs gar nicht mitmachen wollen, aber Hohmann hätte nicht locker gelassen. Sie hätten zuerst auch nicht gewusst, wohin es gehen sollte, und als sie am Pfarrhaus standen, hätte Hüntsche sich weigern wollen. Hohmann und Richter hätten sie nicht gehen lassen wollen, und Hohmann hätte gesagt, der Pfarrer sei sein Vetter, und er wüsste, dass er sein Geld vor dem Bett stehen hätte. Hohmann wäre als erster über die Leiter in den Garten geklettert, gefolgt von Richter. Diese beiden hätten dann erst die Hoftür aufgemacht und die Stubentür mit den Pflugsech aufgebrochen. Der Jude Susmann Moyses hätte derweil im Hof Wache stehen müssen und so weiter.

Richter, Hüntsche und Hohmann hätten die Betten auf den Pfarrer gedeckt, und überhaupt sei Hohmann immer *„der Vornehmste"* von allen gewesen. Die alte Wärterin hätte sich das Bett selbst über den Kopf gezogen und er hätte nur aufgepasst, dass sie sich nicht wieder aufdeckt – glaubte er wirklich, dass ihm irgend jemand eine solche abstruse Behauptung abnimmt? Aber nach all den Monaten des Leugnens sind die Gerichte froh, dass Friese sein halsstarriges Leugnen überhaupt aufgibt, und sehen über solche „Kleinigkeiten" großzügig hinweg – vorerst zumindest. Das Geld hätten die anderen Drei aus dem Koffer genommen und in einen Quersack gesteckt. Wenn er sich richtig erinnerte, hätte Hohmann die Löffel aus dem Schrank genommen. Den Kelch hätte er nicht gesehen, aber Hüntsche hätte auf dem Rückweg nach Prießdorf zu ihm gesagt: „Wir haben Silber!"

„Ihr werdet mir ja wohl auch etwas davon geben, oder?“ habe ich ihn gefragt, und Hüntsche hat geantwortet: „Du sollst deinen Teil davon haben.“ – „In Prießdorf hat dann die Anna Elisabeth das ganze Silber in ihren Korb getan. Die Anna Elisabeth hat die Schuhe und alles nach sich gerafft. Von den Bratwürsten habe ich zwei Stück bekommen; die Anna Elisabeth hat, soweit ich mich erinnern kann, Richters Anteil an Würsten an sich genommen. Wie viele das waren, weiß ich nicht mehr. Die Anna Barbara und die Anna Dorothea haben in der Stube geschlafen und nichts von der Beute gesehen, bis Hohmann sie gerufen hat. Da waren wir anderen aber schon aus dem Stall heraus. Der Schenke kam im Hof hinter uns hergerannt und rief, wir seien ihm noch die Zeche schuldig, die sollten wir bezahlen. Er und seine Frau kamen auch zu uns in den Stall, aber da hatten wir schon fast alles unter uns aufgeteilt. Ob sie etwas von der Beute bekommen haben, weiß ich nicht.“ – Soweit Hans Friese.
Fällt Ihnen etwas auf? Richtig: Nach achteinhalb Monaten wartet Friese mit einer solchen Vielzahl an Details zu den Vorgängen in jener verhängnisvollen Nacht auf, dass eigentlich nur zwei Erklärungsmöglichkeiten dafür existieren: Entweder der Kerl hatte ein photographisches Gedächtnis, oder er füllte die Lücken in seiner Erinnerung mit Phantasie – ob bewusst oder unbewusst, mag jeder selbst entscheiden.
Die Beteiligung an dem Raubüberfall auf den alten Schneider von Großpaschleben und dessen Ehefrau bestritt Hans Friese nach wie vor. Den hätten die drei Braunes vollbracht. Ebenso bestritt er den Ehebruch mit Anna Dorothea Körnerin und die anderen ihm vorgeworfenen Diebstähle.

Endlich ein Geständnis! War das der Durchbruch in diesem sich schon über so viele Monate erstreckenden Verfahren? Die Antwort dürfte wohl kaum jemanden noch überraschen: Natürlich nicht! Auch die Gerichte hatten wenig Hoffnung, aber sie wollten die sich ihnen bietende Chance nicht verstreichen lassen. Unmittelbar nachdem Friese seine Aussagen beendet hatte, konfrontierten sie ihn mit jedem der drei anderen Gefangenen und ließen ihn sein Geständnis wiederholen. Der Erfolg war – wir ahnen es – gleich Null. Aber auch mit Frieses Aussagen waren die Gerichte noch lange nicht zufrieden. Insbesondere seine Behauptung, er habe mit dem Überfall auf das Schneiderehepaar nichts zu tun, war so wenig glaubwürdig, dass man ihm androhte, er werde am nächsten Morgen erneut Bekanntschaft mit dem Scharfrichter machen, wenn er sich nicht eines Besseren besänne.

Diese wenig erfreulichen Aussichten ließen Friese in der Nacht kaum zur Ruhe kommen. „Ihr habt Euer Leben doch ohnehin verwirkt. Warum wollt Ihr Euch noch quälen, Mann?“ redete der Wachdiener auf ihn ein. „Weshalb gebt Ihr den Überfall nicht endlich zu?“

„Ihr habt ja recht, Mann“, seufzte Friese endlich. Als der neue Tag hereinbrach, meldete der Diener im Amt, Friese habe seinen Widerstand aufgegeben und seine Beteiligung an dem Raubüberfall auf das Ehepaar Linge gestanden. Sofort wurde er in die Gerichtsstube gebracht, wo er folgendes aussagte: An dem Raubüberfall waren außer ihm zwei von den Braunes, der einäugige Jude, der schon in Dessau im Gefängnis gesessen hatte, und Christoph Hüntsche beteiligt. Letzterer hatte im Garten, er selbst im Dorf Schmiere gestanden, während die Braunes und der Jude ins Haus gingen. Abends um 9 Uhr hätten sie sich in Streubers Garten zu Großpaschleben versammelt. Die Braunes und der einäugige Jude wären aus Bernburg, er selbst aus Geutz, und Hüntsche aus Köthen gekommen. Der lange Braune wäre mit Hilfe einer Leiter durch ein Loch über die Hoftür eingestiegen und hätte die Tür aufgemacht. Im Hof hätte er, Friese, nicht weiter mitgewollt, aber Braune hätte ihm Prügel angedroht für den Fall, dass er kneifen würde. Wer Hans Linge und sein Weib gefesselt hätte, wüsste er nicht, denn er hätte ja draußen Schmiere gestanden. Hüntsche wäre anfangs nicht mit im Haus gewesen, aber zum Schluss wohl auch hineingegangen. „Die Frau hat sehr geschrien“, erinnert sich Friese. „Das konnte ich unter dem Fenster gut hören.“ – Unter dem Fenster? Wollte Friese nicht im Dorf Schmiere gestanden haben? Spätestens an dieser Stelle

dürfte klar sein, dass auch dieses Geständnis nicht völlig der Wahrheit entspricht.
Etwa eine Stunde dauerte der Überfall. Die Beute trugen Hüntsche und der lange Braune in zwei Säcken weg. Er, Friese, hätte zwei Groschen, einen grünen Rock, drei Ellen Leinwand, ein Handtuch, das er dem Schenken zu Pohley gegeben hätte, und zwei Würste bekommen. Warum sie den Überfall auf den armen Schneider überhaupt gemacht hätten? Nun, irgend jemand hätte den Braunes erzählt, der Schneider habe viel Geld, meint Friese.
Wieder wird er unmittelbar nach seiner Aussage mit Christoph Hüntsche konfrontiert und wiederholt in dessen Gegenwart sein Geständnis. Der Kehrauer Ex-Wirt aber bleibt bei seinem Leugnen und behauptet, er hätte zum Zeitpunkt des Diebstahls noch in Calbe eingesessen – eine ebenso dreiste wie plumpe Lüge. Die Folgen seiner Halsstarrigkeit bekommt er schmerzhaft zu spüren, denn nun wird auch an ihm das Leipziger Urteil Punkt für Punkt vollstreckt. Erste Station: die „gütliche" Befragung in der Gerichtsstube – Fehlanzeige. Zweite Station: Anwendung des ersten Grades, das heißt, Befragung in der Folterkammer und in Anwesenheit des Scharfrichters, der bei dieser Gelegenheit auch seine Instrumente vor dem Delinquenten ausbreitet. Nachdem auch diese letzte Chance verstrichen ist, schreitet der Scharfrichter zur Tat und beginnt die Folter in altbewährter Manier mit dem Anlegen von Daumenstöcken, gefolgt von den Schnüren. Beides wird bis zum Äußersten exerziert, weit über das für den zweiten Foltergrad übliche Maß hinaus[20], aber der Wirt schweigt so

20 Der zweite Foltergrad – die Folter „(ge)ziemlicher Maßen" – durfte die Gesundheit des Delinquenten nicht dauerhaft gefährden und wurde dann angeordnet, wenn man von der Schuld des Inquisiten nicht hundertprozentig überzeugt war. Hatte er die Folter überstanden und sich somit nach geltendem Recht von dem auf ihm lastenden Verdacht gereinigt, sollte er keine bleibenden Schäden zurückbehalten. Dass es in der Praxis natürlich immer wieder auch

eisern, dass selbst der erfahrene Scharfrichter und seine Knechte aus dem Staunen nicht heraus kommen. Fassungslos meldet er im Amt, *„daß bey dem scharffen Schnüren an den lincken Arm kein Blut, ausser etwas, so nur wie Feuchtigkeit gewesen, sich gefunden"*. Für den Scharfrichter gab es dafür nur eine Erklärung: Der Gefangene konnte sich „fest", d.h. unverwundbar, machen. Und hatte Hüntsches Gefährtin, die Reifertin, nicht dem Amtsdiener gegenüber spöttisch erwähnt, sie könnten ruhig scharf anziehen, *„er könnte sich fest machen"*? – „Als sich mein Mann, der Elias Müller, in Leipzig mit Hüntsche geschlagen hat, hat er ihm mit dem Degen drei starke Schläge in die Brust gegeben. Nicht einen Kratzer hat er davon getragen, während der Degen ganz krumm geworden ist. Ich glaube, Christoph kann sich fest machen[21]", berichtet Anna Reifertin in der Gerichtsstube.

Am nächsten Tag wird Christoph Hüntsche erneut „in Güte" befragt und danach den Scharfrichtern übergeben. Was dieser Mann an Schmerzen auszuhalten vermag, ist nahezu unglaublich. Weder die sogenannten Kloben noch die Elevation[22] lösen seine Zunge. Erst als die Spanischen Stiefel angelegt und zugeschraubt werden, bricht sein Widerstand zusammen. „Ich will die Wahrheit bekennen", schreit er, „nur lasst mich los." Die Scharfrichter beeilen sich, sein Flehen zu erfüllen, ja man kleidet ihn auf seine Bitte hin sogar an, ehe man ihn in die Gerichtsstube bringt. Dort legt der Kehrauer Ex-Wirt, ein

---

zu bleibenden Folterschäden kam, dürfte nicht überraschen. Die Scharfrichter waren allerdings im eigenen Interesse gut beraten, die Folter nicht über das im Urteil bestimmte Maß hinaus zu vollstrecken, wenn sie nicht empfindliche Geldbußen oder weit schlimmere Strafen in Kauf nehmen wollten.

21 Sich festmachen bedeutet, sich unverwundbar zu machen.

22 Bei der Elevation werden die Hände auf dem Rücken zusammengebunden und der Delinquent daran in die Höhe gezogen. Dabei kommt es häufig zum Auskugeln der Schultergelenke und Sehnenrissen.

Geständnis ab, das in wesentlichen Zügen mit Frieses Geständnis übereinstimmt, in Details jedoch davon abweicht, zumal auch Hüntsche natürlich versucht, seine Rolle bei den Raubüberfällen zu verharmlosen. So kann er nach Frieses Geständnis zwar nicht abstreiten, in das Pfarrhaus mit eingedrungen zu sein, behauptet aber, er habe nur das Licht gehalten – der Böttcher (Richter) und Georg Hohmann hätten den Pfarrer angefallen, und Friese habe bei der Magd gestanden.
Wie Friese gibt auch Hüntsche Details an, die er unmöglich nach all der Zeit noch wissen kann. Die Aufgabe der Gerichte wird dadurch nicht einfacher, und als Richter schließlich auch noch sein „Geständnis" ablegt, wird das Chaos komplett.
Apropos Richter: In seinem Fall hatten sich die Leipziger Schöppen neben den Raubüberfällen und anderen Diebstählen des offensichtlichen Ehebruchs angenommen. Ein solcher galt nach dem Gesetz noch immer als todeswürdiges Verbrechen, doch hatten sowohl die Autoren der Carolina als auch deren Vorgänger hatten gewissermaßen ein „Schlupfloch" gelassen, aufgrund dessen die Todesstrafe nur selten vollstreckt wurde: Verzieh nämlich die betrogene Ehefrau den „Fehltritt" und erklärte sich bereit, ihrem untreuen Gatten trotz allem „wieder ehelich beywohnen" zu wollen und ihm gegebenenfalls ins Exil zu folgen, so wurde er – wenn überhaupt – mit Landesverweisung abgestraft. In den meisten Fällen „verziehen" die Betrogenen tatsächlich, und zwar sowohl aus tief empfundener christlicher Nächstenliebe als auch aus rein praktischen Gründen heraus. Richters ungeliebte Ehefrau bildete da keine Ausnahme. Als sie vom Jeßnitzer Rat darüber vernommen wurde, erklärte sie, sie habe niemals bemerkt, dass ihr Mann sie mit der Försterin betrogen habe, und wolle daher gerne ihrem Mann verzeihen.
Bemerkenswert ist außerdem, dass entsprechend dem Urteil der Leipziger Schöppen vor Anwendung der Folter zunächst Richters Gesundheitszustand begutachtet werden sollte. Der Böttcher hatte nämlich bei seiner Festnahme in Gräfenhainichen über einen Schaden am Bein geklagt, den er sich bei

einem Sprung zugezogen haben wollte. Der Amtsbader stellte damals bei der Untersuchung eine große Beule am Oberschenkel fest, die er durch aufgelegte Pflaster behandelte. Monate später ließ man Richter infolge des Urteils durch zwei Mediziner und einen Barbier begutachten, die jedoch feststellten, dass des Böttchers angeblicher Beinschaden längst gänzlich ausgeheilt war, so dass der Anwendung der Folter nichts im Wege stünde. So wurde auch Hans Richter, nachdem er in Güte nichts bekannt hatte, den Scharfrichtern übergeben. Anders als bei seinen Vorgängern hatten sie mit dem Böttcher nur wenig Arbeit, denn bereits bei den Daumenstöcken erklärte sich Richter jammernd zum Geständnis bereit.

Zurück in der Gerichtsstube, wollte er den Gerichten zunächst weismachen, die Braunes, Hüntsche und Fleischer Heinrich hätten am 20. März eine Kirche bei Dehlitzsch bestohlen und seien am 21. März mit einem Beutel voll Geld in sein Haus gekommen. Den Beutel hätten sie in seinem Hof unter dem Holz versteckt. Am nächsten Morgen seien sie mitsamt dem Geld wieder aufgebrochen. Als man ihn mit Nachdruck daran erinnerte, dass ja in der Nacht vom 21. zum 22. März der Raubüberfall in Edderitz geschah, zuckte Richter mit den Schultern und meinte, dann habe er sich eben geirrt: Es wäre nicht der 20. März, sondern der 20. Februar gewesen, als die Braunes die Kirche beraubt hatten.

Der Wirt zu Pohley habe die Braunes dazu angestiftet, einen Bauern in Großpaschleben zu bestehlen, der viel Geld im Keller versteckt haben sollte. Das wiederum ist durchaus glaubwürdig; es war ein offenes Geheimnis, dass viele Wirte mit den Spitzbuben zusammenarbeiteten. Die Braunes hätten aber erst ihre Weiber weggebracht, und in der Zwischenzeit hätte Christoph Hüntsche sich mit Friese und Hohmann zusammengetan, um den Bauern auszurauben. Sie kamen aber nicht weiter als bis zur Tür. Da lag nun all das Geld – so nah, und doch unerreichbar fern! Es war zum.... „Ich weiß noch ein anderes Ziel!“ soll Hohmann zu seinen Komplizen gesagt und vorgeschlagen haben, seinem Vetter einen unliebsamen Besuch abzustatten. Dieser Vetter wiederum soll niemand anders als

Alricus Pleske, Pfarrer zu Edderitz, gewesen sein.
Es ist eine reichlich verworrene Geschichte, die der Böttcher in der Gerichtsstube zum Besten gibt. Und es wird noch schlimmer, so dass am Schluss wohl nicht einmal Richter selbst noch weiß, wie dieses Chaos aus Wahrheit, Halbwahrheiten und frei erfundenen Elementen aufgelöst werden könnte. Für die Gerichte jedenfalls dürfte das Ganze ein regelrechter Albtraum gewesen sein. *„Ob nun zwar Friese, Hüntsche und Richter ihre Bekäntniß gethan, So waren doch dieselbe noch in vielen Puncten untereinander different, dahero dann den folgenden Tag Richtern seine Aussage von Wort zu Wort nochmahls fürgeleget ward.“* Richter indes bleibt bei seinen Behauptungen, und stellt die Gerichte damit vor ein Dilemma. Wie sollen sie die Wahrheit herausfinden? Die wiederholte Konfrontation der Delinquenten miteinander hilft zwar, einige Widersprüche aufzuklären, indem der eine oder andere einräumt, sich in Detailfragen geirrt zu haben, doch insgesamt bleiben zu viele Ungereimtheiten übrig, und Susmann Moyses leugnet ohnehin alles.

Intermezzo: Die Geschichte der Johanna Sophia Rosin

Insgesamt fünf Personen waren an dem Überfall auf den Edderitzer Pfarrer beteiligt. Vier davon saßen seit etlichen Monaten in sicherem Gewahrsam – drei von ihnen hatten nach langem Leugnen endlich ein Geständnis abgelegt. Ebenso wie die Männer mussten auch ihre Freundinnen im Arrest sitzen – mitgegangen, mitgefangen, mitgehangen, so lautete die Devise. Was aber war mit Nummer Fünf? Sollte Georg Hohmann dem langen Arm des Gesetzes entkommen? Natürlich nicht, doch lange bevor man auch ihn zur Strecke brachte, wurde jene unglückliche Frau geschnappt, die für kurze Zeit in seiner Begleitung unterwegs war. Für die Gerichte bestand kein Zweifel daran, dass diese Johanna Sophia Rosin sich mit Hohmann *„fleischlichen vermischt“* hatte, und wahrscheinlich traf das auch zu, obwohl sowohl Johann Sophia als auch George Hohmann den Beischlaf beständig abstritten.

Die Nachricht von der Gefangennahme der Frau erreichte das Amt Köthen, kurz nachdem man die Akten mit den Geständnissen der drei Räuber und dem fortgesetzten Leugnen des Juden Susmann Moyses zur Verspruchung an den Leipziger Schöppenstuhl geschickt hatte. Nachdem ein Zeuge die im Amt Giebichenstein einsitzende Person als diejenige Frau identifiziert hatte, die in Kleinbadegast in Begleitung des Georg Hohmann gesehen wurde, wurde Johanna Sophia Rosin gegen Erstattung der in Giebichenstein bisher angefallenen Haftkosten am 29. Dezember 1713 nach Köthen überstellt. Bereits einen Tag später meldete der Wächter im Amt, dass *„die inhafftirte Eißlebische Fiecke auf sein Zureden den gantzen Handel gestanden und insonderheit bekennet, daß sie zu Prießdorff im Stalle gewesen, als die Diebe den Edderitzer Diebstahl getheilet, und daß dabey gewesen ein Blinschiger untersetzigter Jude, ein langer schöner Kerl mit der Peruque, Ingleichen noch ein dicker starcker blinschiger Kerl, wie auch ein Alter schwärtzliger Kerl, und ein Kerl in einem grauen Bauer-Rocke"*. Wer aber war diese Frau, und wie war sie in die Gesellschaft der Räuber geraten?

Johanna Sophia Rosin, die ihr Alter mit 27 Jahren angab, stammte aus Hedersleben (b. Eisleben) und gab an, ihr Vater habe seine Ehefrau – ihre Mutter – sitzen gelassen und sei mit einer anderen durchgebrannt. Ihr Mann, der Maler Johann Friedrich Rose, war bereits vor sechs Jahren gestorben.

Mit 21 Jahren zur Witwe geworden, musste die junge Johanna Sophia sich fortan alleine durchs Leben schlagen – in der damaligen Zeit keine leichte Aufgabe. Eine Zeit lang wohnte sie bei einem Glaser in Halle und verdiente sich durch Spinnen ein wenig Geld, später zog sie nach Magdeburg. Bei ihrer Rückkehr besuchte sie einen gewissen Georg Petsche, den sie noch von früher kannte und der schon lange gedrängt hatte, sie solle doch einmal wieder vorbeikommen. Als sie in die Stube trat, traf sie dort einen Kerl, der einen Krug Branntwein vor sich hatte und sich nur noch mit Mühe auf dem Stuhl hielt.

Irgendwie kam ihr der Typ bekannt vor, und als er den Kopf hob, wusste sie auch, woher: Das war derselbe Kerl, der sie von

einem kleinen Dorf mit sich genommen und später den Diebstahl in Edderitz begangen hatte!
„Was sitzt du so liederlich da?“ fuhr sie ihn an. Der Kerl seufzte abgrundtief: „Wie sollte ich nicht, bei diesem Unglück? Rock und Schuhe haben sie mir gestohlen! Ach ich armer, unglücklicher Mensch!“ Später, so gibt Johanna Sophia zu Protokoll, sei ein Grenadier in die Stube gekommen und habe ihn den Werbern zugeführt, die gerade wieder einmal auf der Suche nach neuen Rekruten waren. Die hätten den Kerl fürs Militär geworben und ihm fünf Taler in die Hand gedrückt. Bevor er fortging, hätten sowohl er als auch der Grenadier sie beschworen, nichts zu verraten.
Wenn Johanna Sophia behauptet, sie wüsste nicht, ob der Kerl, den sie in der Stube getroffen hatte, Georg Hohmann hieße, ist das sogar glaubwürdig, denn viele Räuber legten sich mehrere (falsche) Namen zu, die sie wechselweise gebrauchten. Als sie ihn kennenlernte, habe er sich jedenfalls für einen Schiffsknecht ausgegeben. Sie hätten sich im Streit getrennt, denn in dem Dorf, wo der Edderitzer Diebstahl geteilt wurde, hätte sie der Frau, mit der sie im Stall übernachtet hatte, ihr Tuch geliehen und es nicht zurückbekommen. „Ich habe dem Kerl gesagt, er soll mir das Tuch wieder heranschaffen, aber der wollte erst gar nicht, und als ich ihm gedroht habe, hat er mich in ein kleines Dorf geführt. Wie das Dorf heißt, weiß ich nicht – es gab dort ein Gebüsch und nur ein paar Häuser. Dort habe ich die Frau aus dem Stall wiedergetroffen, aber mein Tuch habe nicht bekommen!“ Johanna Sophia ballte die Fäuste.
Sie sei dann mit dem Kerl in ein anderes Dorf gegangen, von wo aus er mit einem langen Menschen, der einen weißen Rock und ein rotgestreiftes Wams trug, fortging, während sie nach Halle weiter zog.
In Köthen habe sie acht Wochen bei der Wendin im Schwarzen Bär gewohnt. „Die hatte ein böses Bein und hat gesagt, das sei ihr angehext worden. Nach ein paar Tagen habe ich auch ein dickes Bein bekommen und bin zu einem Schmied in einem Dorf bei Güsten gegangen, der sich aufs Heilen versteht. Der aber hat gesagt, es sei die Weiße Rose, die könne er nicht

heilen. Deshalb bin ich zu einem Hirten bei Halle, der mir gesagt hat, ich solle mich mit Schwarzkümmel, Dill und Weihrauch räuchern[23]. Das habe ich auch getan, und da ist das Bein augebrochen, und es sind zehn Löcher aufgebrochen, und daraus kamen Nadeln und Zwirn, und das habe ich dann verbrannt....“ Wunden, aus denen Nadeln, Zwirn und ähnliches quellen? Was es mit derartigen Geschichten, die damals übrigens recht häufig berichtet werden, auf sich hat, ist unklar. Möglicherweise haben wir es hier mit den Auswirkungen eines psychologischen Phänomens zu tun, das sich mit dem Begriff „Hexenwahn“ nur unzureichend beschreiben lässt. Im 17. und 18. Jahrhundert zweifelte kaum jemand an der Existenz von Hexen. Schwärende Wunden, Milchmangel bei Kühen, Unfruchtbarkeit – all das wurde dem Wirken böser Hexen zugeschrieben. Wunden, aus denen angeblich Zwirn und Nadeln quollen, gehören gewissermaßen zu den „Grundzutaten“ des Hexenglaubens; weil Johanna Sophia fest daran glaubte, dass ihr Beinleiden durch Hexerei verursacht wurde, sah sie die Nähutensilien aus den aufgebrochenen Wunden quellen – dabei war es vermutlich „nur“ Eiter. Doch genug davon.

Nach einem kurzen Intermezzo in Halle zog Johanna Sophia über Köthen nach Kleinbadegast, wo sie den Kerl, der ihr Unglück werden sollte, kennenlernte (die Rede ist natürlich von Georg Hohmann). Die Frau, die in Prießdorf mit ihr im Stall geschlafen hätte, sei mit einem *„schnadderichen schwartzen Manne, so durch die Nase genoddelt und einen schwartzgrauen Rock angehabt“*, auch dorthin gekommen, ebenso ein untersetzter , schwarzhaariger Jude, fährt die junge Frau fort. Nach drei Tagen wären sie alle nach Prießdorf gegangen. Dort hätte die Wirtin *„den Schnodderichen gefragt, was sie, die Rosin, vor eine wäre.“* Auf seine lapidare Antwort: *„Es ist eine Frau“*, hätte die Wirtin hinterhergehakt: *„Hält sie auch reinen Mund?“* Und da habe der Mann gemeint: *„Man muß ihr nichts sehen lassen.“*

---

23 Dem Räuchern wurde reinigende Wirkung zugeschrieben.

Johanna Sophia Rosins einziges Verbrechen bestand darin, dass sie zur falschen Zeit am falschen Ort gewesen und so mit den falschen Leuten in Kontakt gekommen war. All die Jahre seit dem Tod ihres Mannes hatte sie sich redlich mit ihrer Hände Arbeit ernährt, und das, obwohl sie seit einem Unfall vor sechs Jahren keine schwere Arbeit mehr verrichten konnte. Manchmal blieb ihr nichts anderes übrig, als zu betteln. Als sie Hohmann in Kleinbadegast kennenlernte, schien ihr diese Begegnung beinahe wie ein Geschenk des Himmels. Hohmann war freundlich zu ihr, und auch sonst gefiel er ihr recht gut. Die anderen Personen, mit denen sie in Kleinbadegast zusammengekommen war, kannte Johanna Sophia nicht, ja sie wusste nicht einmal ihre Namen. Die Frau, mit der sie in Prießdorf übernachtet hatte, hätten sie Anna Liese genannt, und den Juden hätten sie den Holländer genannt, aber sonst .... Johanna Sophia schüttelt hilflos den Kopf und versucht, sich an die lange zurückligenden Märztage zu erinnern.
Als die Kerle damals von ihrem Raubzug nach Edderitz zurückkehrten, wäre es mächtig laut im Hof geworden. Der Wirt hätte Licht gebracht, und damit wären die Spitzbuben in den Stall gekommen und hätten sich im Ring niedergekniet, um die Beute zu teilen. Der Wirt hätte auch sie und die Anna Liese aufgeweckt. Woraus die Beute im einzelnen bestand, konnte Johanna Sophia nicht erkennen; sie hatte nur ein paar Messer, Speck und Würste gesehen, und das Geld hätten die Diebe in Häufchen geteilt.
„Die Wirtin konnte gar nicht genug kriegen!“ stößt Johanna Sophia angewidert aus. *„Ihr Teufels-Krob, packt euch fort!* hat sie geflucht.“
Nach der Teilung trennten sich die Wege der Diebe. „Als wir von dem Dorf, in dem ich mein Tuch wiederholen wollte, zurück gegangen sind, haben wir uns gestritten.“ Johanna Sophia schaudert. „Ich habe dem Kerl den Diebstahl vorgworfen und ihn Spitzbube genannt. Deswegen hat er mich geprügelt, dass mir die Achsel ganz angeschwollen ist und gedroht, mir ein Messer in den Leib zu stoßen, wenn ich ihn noch einmal so nennen würde.“

Von dem Diebstahl hatte Johanna Sophia nichts außer einem Messer und ein kleines Stückchen Wurst bekommen. Hohmann hatte ihr zwar dafür, dass sie seinen Korb mit der Beute tragen musste, einen Gulden für ein Paar Schuhe versprochen, aber stattdessen nur vier Groschen gegeben.

Auch Johanna Sophia Rosins Geständnis ist nicht frei von Widersprüchen, doch diese sind eher der langen seitdem verflossenen Zeit zuzurechnen. Es sind Detailfragen, wie z.B., an welchem Tag sie nach Kleinbadegast kam usw. In der Konfrontation mit Anna Elisabeth Reifertin klären sich die meisten dieser Widersprüche denn auch auf, indem Johanna Sophia einräumt, dies und das könne sein, sie könne sich aber nicht mehr genau erinnern. Nach Abschluss der Vernehmungen werden auch ihre Akten gen Leipzig zur Verspruchung verschickt. Von dort trifft nach einigen Wochen das Urteil ein, das über das weitere Schicksal der acht Männer und Frauen entscheiden soll.[24] Ausführlich werden darin der Ablauf des Edderitzer Überfalls und alles, was die Delinquenten gestanden hatten, reflektiert – Geständnisse, die zum Teil erst nach Anwendung der Folter erfolgten. Die Sorgfalt, mit der die Leipziger Schöppen die von Hochfürstlichen Gnaden angeordnete Art und Weise der Folterprozedur rechtfertigen, lässt aufhorchen. Die Folter auf mehrere Tage zu verteilen, war in der Tat so unüblich, dass ein geschickter Anwalt leicht auf die Ungültigkeit der Geständnisse hätte plädieren können. Im Urteil wird daher nochmals betont, dass die Beweislage auch ohne Geständnisse so eindeutig war, dass jedes Mittel gerechtfertigt war, um die so dringend benötigten Geständnisse zu erhalten. Außerdem hätten die Inquisiten sich die Schmerzen durch ihr hartnäckiges Leugnen selbst zugezogen, und bei keinem von ihnen sei zum höchsten Foltergrad geschritten worden. Sollten Friese, Hüntsche und Richter auf ihren Geständnisse vor öffentlich gehegtem peinlichen Halsgericht nochmals *„freywillig verharren“* oder – für den Fall, dass

---

24 Der vollständige Wortlaut ist im Anhang wiedergegeben.

einer von ihnen widerrufen würde – ihrer Taten nach üblicher Rechtspraxis überführt werden, so sollten sie *„dieser ihrer begangenen und gestandenen Missethaten halber zu der Feimstadt geschleiffet, und folgends mit dem Schwerdte vom Leben zum Tode gerichtet und gestraffet, auch nach vollbrachter Execution die Cörper, ein jedweder auf ein besonder Rad geleget und geflochten werden."* – Eine grausame Strafe, gewiss, und doch: Auch dem verruchtesten Verbrecher gestand das Gesetz nach der Verkündung des (ersten) Urteils die Möglichkeit zu, sich zu rechtfertigen und in Berufung zu gehen. Dies konnte er entweder selbst tun, oder die sogenannte Defension einem erfahrenen Anwalt übertragen; unbemittelten Delinquenten wurde ein Pflichtverteidiger zugeteilt.

Anna Barbara Försterin, Anna Dorothea Körnerin und Johanna Sophia Rosin wurden beschuldigt, nicht nur von den Diebstählen und Räubereien ihrer Gefährten profitiert zu haben, sondern auch und vor allem sich mit ihnen *„fleischlich vermischet und Ehebruch getrieben"* zu haben. Für den ursprünglich ebenfalls erhobenen Vorwurf, Anna Barbara und Anna Dorothea seien bei den Diebstählen dabei gewesen oder hätten die Männer dazu angestachelt, hatten sich aber keine weiteren Anhaltspunkte ergeben. Die diesbezüglichen Behauptungen des Knaben Paul Friedrich Körner waren gerichtlich nicht verwertbar: zum einen war Paul Friedrich noch nicht gerichtsmündig[25], so dass seinen Aussagen allenfalls informativer Charakter beigemessen werden durfte. Zum anderen hatten sich mehrere seiner Angaben als falsch herausgestellt, was die Glaubwürdigkeit des jugendlichen Zeugen in ein denkbar schlechtes Licht stellte, wie die Leipziger Schöppen ausdrücklich betonen.

Die von den Frauen eingestandene Annahme einiger Beutestücke hatten sie durch die bisher erlittene Haft bereits mehr als ausreichend abgebüßt. Was blieb, war also der

---

25 Kinder und Jugendliche unter 14 Jahren waren nach geltendem Recht noch nicht strafmündig.

Vorwurf des Ehebruchs, den alle drei bisher hartnäckig abstritten. Diesbezüglich sei jedoch, so heißt es im Urteil, ein sehr starker Verdacht vorhanden, da alle drei mit den Männern *„auf eine rechtschaffenen Weibes-Personen unanständige Art herum gezogen"* seien. Man hatte Anna Barbara neben Richter, Anna Dorothea neben Friese und Johanna Sophia neben Hohmann schlafend gefunden. Die beiden Erstgenannten waren dabei gar nur mit einem Hemd bekleidet! Zudem konnte Anna Dorothea nicht leugnen, dass sie sich hier und da als Frieses Eheweib ausgegeben hatte. Dass die Paare miteinander geschlafen haben, bezweifeln die Leipziger Schöppen nicht. Die Frage ist nur: Wussten die Frauen, dass ihre Gefährten verheiratet waren oder mit anderen Worten: Hatten sie wissentlich Ehebruch begangen oder nicht?
Susmann Moyses schließlich wurde nicht nur die Beteiligung am Edderitzer Überfall, sondern auch die Mittäterschaft bei mehreren anderen Einbrüchen zur Last gelegt. So sollte er in der Ostermesse 1713 mit einem unbekannten Kerl in Leipzig einen Einbruchsversuch bei Kaufmann Johann Lorentz Lange unternommen haben. Die Diebe hatten die Tür zum Waschhaus aufgebrochen und sich mit Hilfe eines Dietrichs Zutritt zur angrenzenden Stube verschafft. Bei dem Versuch, den dort aufbewahrten Reisekoffer des Kaufmanns aufzubrechen, waren sie indes gestört worden und mussten ohne Beute abziehen. Erfolgreicher war Susmann Moyses bei der Leipziger Neujahrsmesse gewesen, als er einem Kaufmann Silber und Bargeld im Wert von 300 Talern entwendete. All das aber leugnete der Jude mit bewundernswerter Hartnäckigkeit.
Bisher waren sowohl die drei Frauen als auch Susmann Moyses mit der Folter verschont worden. Dies sollte sich nun ändern. Das Leipziger Urteil bestimmt, dass die vier Angeklagten durch Anwendung des ersten Foltergrades zum Geständnis bewegt werden sollten. Im Unterschied zu den höheren Foltergraden handelt es sich hierbei um eine sehr effektive psychologische Folter. Der Scharfrichter sollte die Angeklagten nackt ausziehen, zur Leiter führen, ihnen die Folterinstrumente zeigen und die Daumenstöcke anlegen. In Susmann Moyses'

Fall sollten darüber hinaus auch die Schnüre zur Anwendung kommen, die bereits in den Bereich des zweiten Foltergrades gehörten. Ausgehend von den dann (hoffentlich) vorliegenden Geständnissen sollte sich das weitere Schicksal der Vier entscheiden,

Über das Schicksal der Anna Elisabeth Reifertin hingegen entschieden die Leipziger Schöppen schon jetzt. Sie war die Einzige, die den Beischlaf zugegeben und damit die (berufliche) Neugier der Schöppen gestillt hatte. Glücklicherweise war Christoph Hüntsche Witwer, so dass sie sich lediglich des unehelichen Geschlechtsverkehrs, nicht aber des Ehebruchs schuldig gemacht hatte. *„Wegen der ihr beygemessenen Hurerey mit Hüntschen... und anderer Begünstigungen“* sollte sie keine weitere Bestrafung erhalten – die monatelange Untersuchungshaft war Strafe genug. Die Leipziger Schöppen ordnen zwar an, Anna Elisabeth solle die entstandenen Gerichtskosten ersetzen, stellen jedoch die Höhe der Zahlungsleistungen in das Ermessen der zuständigen Gerichte. Dabei dürfte ihnen allerdings genauso gut wie den Köthener Gerichten klar gewesen sein, dass bei der Reifertin nichts zu holen war, so dass sie vermutlich mit einigen Groschen davonkam. – Soweit das Leipziger Urteil, und das natürlich alles „Von Rechtswegen“.

Wie üblich wurde der Rechtsspruch sofort nach Empfang zur Bestätigung an den Fürstenhof geschickt und sodann den Verhafteten verkündet. Hüntsche, Friese und Richter dürften nichts anderes als ein Todesurteil erwartet haben, doch nur Hüntsche hatte sich offenbar bereits mit seinem Schicksal abgefunden. Resignierend erklärte er, auf eine Defension zu verzichten; ob er tatsächlich *„gerne sterben“* wollte, wie es in unserer Quelle heißt, dürfte allerdings fraglich sein. Die einzige Gnade, die sich der Kehrauer Wirt ausbat, war, nach seiner Hinrichtung nicht aufs Rad geflochten, sondern begraben zu werden.[26]

---

26 Wenn er sein Leben schon verlieren musste, so wollte der

Hans Heinrich Friese erklärte, mit großer Dankbarkeit die Möglichkeit einer Defension annehmen zu wollen und bat um die Bestellung eines Pflichtanwalts. Hans Richter hingegen wollte seine Defension lieber selbst in die Hand nehmen.
Susmann Moyses wiederum beharrte nach wie vor auf seiner Unschuldsbehauptung, und auch die Frauen wollten von dem ihnen zur Last gelegten Beischlaf nichts wissen. Allen Vieren wurden in der Folge die für die Tortur angesetzten Termine mitgeteilt. Für Anna Elisabeth Reifertin hingegen öffneten sich am 26. Januar des Jahres 1714 die Pforten zur Freiheit. Die obligatorische Urfehde dürfte sie mit Freuden abgelegt haben. Mit der Ermahnung, sich fortan im Anhaltinischen nicht mehr blicken zu lassen, wurde sie sodann fortgejagt. Ihre Spur verliert sich im Dunkel der Zeit.
Und noch eine andere Frau wurde wenig später für ewige Zeiten des Landes verwiesen: Anna Maria Hertelin, die raffgierige Schenkin von Prießdorf. Die Strafe für ihre all zu enge Bekanntschaft mit Dieben und Räubern fiel äußerst glimpflich aus: In anderen Fürstentümern des Reiches hätte sie mit Festungshaft oder Schlimmeren rechnen müssen.

Susmann Moyses wurde am 23. Januar 1714 in die Folterkammer geführt, doch weder Daumenstöcke noch Schnüre konnten seine Zunge lösen. Welch eine Schande! Für die verantwortlichen Gerichte war es unbegreiflich, dass die Leipziger Schöppen den Juden trotz der eindeutigen Beweislage nur mit einem solch gelinden Foltergrad angreifen ließen. Dabei war das Geständnis nach Anwendung der Schnüre schon zum Greifen nahe!
Am nächsten Tag mussten auch die drei Frauen Bekanntschaft mit den Daumenstöcken machen. Während Johanna Sophia Rosin trotz aller Schmerzen weiterhin beteuerte, sie hätte nicht ein einziges Mal mit Georg Hohmann geschlafen, gaben Anna

---

Wirt doch wenigstens seine Ehre behalten. Der Gedanke, auf so schandbare und ehrlose Art vor den Augen der Welt ein Fraß der Raben zu werden, war für ihn unerträglich.

Dorothea und Anna Barbara ihre „furchtbaren Missetaten“ endlich zu.

Eine Gänsefrau sei schuld daran, erklärte Anna Dorothea Körnerin. Die hätte sie dazu ermuntert, bei Friese zu bleiben. Insgesamt drei Mal hätten sie miteinander geschlafen: einmal in einem Dorf bei Leipzig, einmal in der Nähe von Grimma, und das dritte Mal bei Brands. Dass Friese verheiratet war, wusste sie zunächst nicht. Als er ihr schließlich beichtete, er sei mit einer Hirtentochter liiert, könne diese aber nicht ausstehen, habe sie zunächst nichts mehr mit ihm zu tun haben wollen, dann aber doch noch einmal mit ihm geschlafen.

Anna Barbara Försterin hingegen war klüger und ließ es erst gar nicht zur körperlichen Folter kommen. Als der Scharfrichter ihr nicht gerade sanft die Kleider vom Leib zog, gab sie auf und bekannte den Beischlaf mit Hans Heinrich Richter. Ein einziges Mal nur, beteuerte sie, hätte sie sich mit ihm *„fleischlich vermischt“*, und zwar, bevor sie zusammen nach Prießdorf gegangen waren.

Unehelicher Sex mit einem verheirateten Kerl – was aus heutiger Sicht allenfalls ein gelindes Naserümpfen wert ist, galt zu jener Zeit als mittelschwere Straftat. Da alle Frauen unbemannt waren, mussten sie die Todesstrafe zwar nicht fürchten, aber die öffentliche Züchtigung mit dem Staupbesen war sowohl schmerzhaft als auch entehrend. Kein Wunder also, dass die Frauen so lange wie möglich versuchten, ihre „Missetat“ zu vertuschen. Und in der Tat – Anna Barbara und Anna Dorothea hatten Glück: Die Leipziger Schöppen ersparten ihnen den Staupbesen; das Urteil für beide lautete lediglich auf Landesverweisung. Zuvor aber mussten sie die Hinrichtung ihrer Gefährten mit ansehen. Es scheint daher schon fast wie Ironie, dass ausgerechnet Johanna Sophia Rosin neben der Landesverweisung auch der Staupbesen zuerkannt wurde. Warum? Ganz einfach: Die Schöppen waren so von ihrer „Schuld“ überzeugt, dass sie ihr standhaftes Leugnen zusätzlich bestrafen wollten. Gerechtigkeit sieht anders aus...

Georg Hohmann oder: die Wandlung vom Saulus zum Paulus

Noch ein weiterer Name taucht in den Protokollen immer wieder auf: Georg Hohmann. Auch er war an dem Überfall zu Edderitz beteiligt, und zwar sogar in maßgeblicher Funktion – wenn man den Aussagen des Jeßnitzer Böttchers denn Glauben schenken will. Bereits unmittelbar nach dem ersten Bekenntnis der Anna Elisabeth Reifertin hatte man Steckbriefe verschickt. Eine hohe Belohnung für Hinweise, die zu seiner Ergreifung führen würden, wurde ausgesetzt – alles vergeblich. Monate gingen ins Land, doch Georg Hohmann blieb verschwunden. Schon war das neue Jahr hereingebrochen, und man hatte alle Hoffnung aufgegeben, den Räuber seiner gerechten Strafe zuzuführen, als sich das Blatt auf wundersame Weise wendete. Ausgerechnet ein Bagatelldiebstahl wurde dem gesuchten Räuber zum Verhängnis. Bei seiner Verhaftung ahnte niemand, dass der Mann, der sich Hans Albrecht nannte, ein steckbrieflich gesuchter Räuber war. Was dann geschah, grenzt beinahe an ein Wunder: Hätte Georg Hohmann geschwiegen, so wäre er nach einigen Wochen mit einer Landesverweisung und vielleicht einigen Staupenschlägen entlassen worden. Doch in der Haft regte sich Hohmanns Gewissen. Der Gedanke an die Schuld, die er auf sich geladen hatte, ließ ihn nicht mehr los. Tag und Nacht wurde er von Gewissensbissen gequält, bis er es nicht mehr aushielt und aus eigener Veranlassung den erstaunten Gerichten nicht nur seine wahre Identität offenbarte, sondern auch seine Mittäterschaft bei den Raubüberfällen in Edderitz und Bernburg gestand und zum Abschluss seiner Aussage regelrecht darum bat, man möge ihn hinrichten, denn er hätte den Tod verdient! Mit solch einer Entwicklung hatte wahrlich niemand gerechnet. Wer aber war dieser Mann, der solch eine sprichwörtliche Wandlung vom Saulus zum Paulus durchmachte?

Georg Hohmann stammte aus Oberbeußen, war der Sohn eines Dreschers und zählte etwa 30 Sommer. Von Jugend an hatte er sich als Knecht verdingt, auch zwei Mal beim sächsischen

Militär eingeschrieben. Beim ersten Mal hatte er sich nach der Gefangennahme seines vorgesetzten Offiziers geweigert, unter einem anderen zu dienen, und daher seinen Abschied bekommen. Beim zweiten Mal hatte er sich bei einem Sturz vom Pferd einen komplizierten Beinbruch zugezogen und deswegen einen Laufzettel bekommen, der einer temporären Freistellung gleichkam. Nach seiner Genesung stellte er sich jedoch nicht wieder ein, sondern verdingte sich in altbewährter Weise als Knecht.

Vier Jahre vor seiner Verhaftung heiratete er eine geschiedene Frau, was sich jedoch bald als großer Fehler herausstellte, denn seine „bessere Hälfte“ war alles andere als ein braves Weibchen und ließ Hohmann einfach sitzen. Als er bei einem Brand auch noch all seine Habseligkeiten verlor, geriet Hohmann auf die schiefe Bahn, und so nahm das Unglück seinen Lauf.

Nach dem Überfall zu Edderitz streifte er eine Zeit lang ziellos hin und her, bis er schließlich nach Halle kam. Dort schrieb er sich beim Militär ein, desertierte aber gleich darauf wieder und ließ sich von dem Hallenser Bierschenken und Zeugmacher Hans Albrecht dessen Pass geben. Der Zufall wollte es nämlich, dass der Bierschankwirt ungefähr die gleiche Statur besaß wie Hohmann und sich auch ähnlich kleidete. Fortan nannte sich der flüchtige Räuber Hans Albrecht und gab sich für einen Leineweber aus Halle aus. Unter dem Vorwand, er müsse für seinen alten Vater sorgen, zog er bettelnd durchs Land und gelangte so am Freitag vor Weihnachten in das unter Merseburger Gerichtsbarkeit stehende Dorf Nitzschkau. In Peter Pfaffs Schenke fand er eine Herberge, doch er war natürlich nicht der einzige Gast in jener Nacht. Neben ihm auf dem Stroh schlief ein Knecht den Schlaf der Gerechten. Für Hohmann hätte die Gelegenheit nicht günstiger sein können: Vorsichtig nahm er aus der Tasche des Knechts das Kamfutter, klaubte die darin enthaltenen 20 Groschen heraus und machte Anstalten, das leere Kamfutter wieder an seinen alten Platz zu stecken. Vielleicht war die Dunkelheit schuld daran, vielleicht war Hohmann aber auch einfach nur unvorsichtig – jedenfalls fuhr der Knecht aus seinem Schlummer auf. Sein Ruf: „Diebe!

Diebe!" schreckte die Männer und Frauen, die neben ihm auf dem Stroh geschlafen hatten, hoch. Auch der falsche Hans Albrecht stand auf, tat so, als sei er eben erst munter geworden, und machte sich so schnell wie möglich aus dem Staube. Fast schien es so, als sei er gerade noch einmal davon gekommen. Hohmann streifte wieder ziellos durchs Land und gelangte nach einer Weile in ein anderes Merseburgisches Dorf. Dort wurde er anhand seiner Kleidung als mutmaßlicher Dieb von Nitzschkau erkannt, gefangengenommen und den Gerichten des Domkapitels Merseburg überstellt. Noch aber war sein Wille nicht gebrochen. Georg Hohmann alias Hans Albrecht dachte gar nicht daran, länger als nötig in der Merseburger Fronfeste zu bleiben. Er brach die Ofenwand seiner Zelle auf, flüchtete durch die Küche, sprang über eine hohe Mauer in den Hof des Hofverwalters Troten und kam so unglücklich auf dem Boden auf, dass er sich den linken Oberschenkel brach. Damit war seine Flucht zu Ende.

Wieder in Haft, gab er sich als Leineweber Hans Albrecht aus. Seine Geschichte klang so glaubwürdig, dass niemand an deren Wahrheitsgehalt zweifelte. An einem Märztag aber sollte sich das schlagartig ändern. „*Ängstiglich*" sprach der Gefangene den Landknecht an, er wolle seine Tat bekennen und bat, man möge eine Gerichtsperson zu ihm schicken. Als der Abgesandte des Gerichts am nächsten Tag in der Fronfeste eintraf, fand er den Gefangenen am Tisch sitzend und in einer Bibel lesend. „*Mit vielen Thränen*" brach er heraus, „*er wolle dasjenige, so er auff seinen Hertzen hätte, und ihn Tag und Nacht quälete, auffrichtig bekennen.*"[27] – Der Rest ist bekannt.

Von einigen seiner Komplizen war Georg Hohmann als Anstifter des Edderitzer Überfalls bezeichnet worden. Er selbst aber zeichnet ein ganz anderes Bild. Demnach hatten ihn die

---

27 Bis vor wenigen Jahrzehnten war es völlig normal, dass auch Männer in aller Öffentlichkeit weinten. Weinen war eine allgemein übliche Kommunikationsforn. Könige, Fürsten, Bürger und Bauern weinten, ja es rückte sie sogar in ein schlechtes Licht, wenn sie es nicht taten.

anderen in der Schenke überredet, bei dem Coup mitzumachen. Hohmann zögerte zunächst, da er fürchtete, dass die Sache gefährlich werden könnte, doch die anderen ließen nicht locker. Er sei also mit ihnen mitgegangen, doch was sie eigentlich vorhatten, hätte er erst erfahren, als sie zwischen 8 und 9 Uhr abends in Edderitz ankamen. Im selben Atemzug drohten sie, ihn totzuschlagen, wenn er etwas verraten würde. Der Böttcher (Richter) hätte dem kläffenden Hofhund etwas gegeben, aber das Biest wollte nicht krepieren, sondern kläffte weiter, was den Pfarrer und die Wärterin auf den Hof rief. Als sie wieder ins Haus zurückkehrten, hätten er und die anderen noch eine Weile in der Scheune abgewartet, bis alles ruhig war. Dann gingen sie in den Garten, und der Böttcher stieg über eine Leiter in den Hausboden. Er, Hohmann, hätte nicht mit hinein gewollt, aber der Toffel, *„der ein sehr böser Kerl"*, hätte ihn gezwungen.
In der Folge schildert Georg Hohmann den Überfall so detailliert, als wäre es erst gestern geschehen. Dass er dabei in einigen Punkten von den Versionen seiner Komplizen abweicht, dürfte kaum verwundern – in der Erinnerung sieht vieles anders aus, als es tatsächlich war. Entscheidend ist nur eines: Georg Hohmann legte ein vollständiges Geständnis ab, und zwar absolut freiwillig! Hohmanns Reue war keineswegs geheuchelt – sie war echt und kam aus tiefstem Herzen! In der Merseburger Fronfeste hatte dieser harte, leid- und unterwelterprobte Mann ein Bekehrungserlebnis gehabt, wie es durchschlagender nicht sein konnte. Und noch mehr lastete auf seiner Seele und quälte sein Gewissen so sehr, dass er darum bat, man möge ihm einen Geistlichen zuordnen, da ihn *„immer allerhand übel Gedancken"* plagten.
Mit Spitzbuben wie ihm gingen die damaligen Gerichte in der Regel alles andere als zimperlich um – mit einer Ausnahme: zeigte ein Verbrecher glaubwürdige Reue, so tat man alles, um ihn in seiner Bußfertigkeit zu unterstützen. Den Missetäter seiner gerechten irdischen Strafe zuzuführen, war wichtig, doch noch wichtiger war die Rettung seiner Seele. Die Merseburger Gerichte beeilten sich denn auch, die Bitte dieses reuigen

Sünders zu erfüllen. Und so kam es, dass Georg Hohmann am 27. März 1714 abermals darum bitten ließ, man möge ihm eine Gerichtsperson schicken, denn er wolle nun auch seine zweite Missetat bekennen – den Raubüberfall auf den Bernburger Bürgermeister Spiegel. Auch zu diesem Unternehmen hätten ihn die anderen vier überredet und gleichsam genötigt. Bei dem Prießdorfer Wirt, einem altgedienten Soldaten, der *„continuirlich die ärgesten und grössesten Spitzbuben"* beherbergte, *„und dessen Schwieger-Sohn einer von den grössesten Spitzbuben"* wäre, hätten sie sich getroffen, um noch am gleichen Tag nach Bernburg aufzubrechen.

Dort kamen sie gegen Abend an. Als es dunkel geworden war, zogen sie zum Spiegelschen Haus drunten an der Saale. Der Böttcher, Toffel[28] und Fleischer Heinrich stiegen über die Wand, und der Böttcher öffnete die Haustüren. Während der Jude sich nun ebenfalls ins Haus begab und unten Wache hielt, blieb Hohmann draußen als Wache zurück. Die drei Erstgenannten indes brachen die Stubentür auf und lieferten sich mit dem dort schlafenden Bürgermeister und dessen Knecht eine Schlägerei. Als er den Lärm in der Stube hörte, bekam Georg Hohmann es mit der Angst zu tun und machte sich aus dem Staub; die anderen folgten ihm wenig später. „Sie haben mir Prügel angedroht, weil ich davongelaufen bin", erklärt Georg Hohmann bitter. „Beute haben wir nicht gemacht, aber den armen Bürgermeister und seinen Knecht, die haben wir *greulich zugerichtet*." Georg Hohmann seufzt reumütig, und fährt mit einigen Bemerkungen fort, die den Abgesandten des Gerichts aufhorchen lassen.

Niemand anders als die Wirte seien schuld, dass derartige Mordtaten und Überfälle im Amt Köthen so häufig vorkämen, denn die würden dergleichen Leute beherbergen, erklärt er. Der Prießdorfer Wirt und sein Schwiegersohn steckten schon seit Jahren mit den Spitzbuben unter einer Decke; der Schwiegersohn würde sich immer wieder selbst an den Überfällen beteiligen.

---

28 Christoph Hüntsche

Der Neuendorfer Wirt sei auch keinen Deut besser. Andreas Klog in Prießdorf, der Wirt zu Kleine Weissand, der Wirt in der Beutelschenke vor Köthen, der Wirt im Dessauischen Radegast, der Wirt in Geutz und die Wirtin in Paschleben – sie alle hielten es mit den Dieben.
Hohmann fährt mit Beschreibungen einiger ihm bekannter Diebe fort, wobei eines immer deutlicher wird: Er mag einiges auf dem Kerbholz haben, dieser Georg Hohmann, aber ein geborener Gauner ist er nicht. Seine Kontakte in die Unterwelt sind bestenfalls mäßig ausgeprägt, doch was er weiß, gibt er den Gerichten freimütig preis.
Im Amt Köthen traut man seinen Ohren kaum, als am 22. März ein Landknecht aus Giebichenstein die unerhörte Kunde überbringt. Sofort schickt man einen Mann, der Hohmann kennt, nach Merseburg, um sich davon zu überzeugen, ob es sich bei dem dortigen Gefangenen tatsächlich um den so lange Gesuchten handelt. Dann geht alles ganz schnell: Am 10. April wird Hohmann nach Köthen überstellt, wo er seine Geständnisse nochmals wiederholt und ergänzt.
„In den Siebenhäusern[29] wäre er mit dieser Rotte bekannt worden, und Richter hette ihn auch so fort gefragt, wie und wann: Sie hetten ihn auch immer den tummen Bauer und tummen Kaffer genennet“, erklärte er und macht damit zugleich deutlich, dass die anderen ihn wegen seiner Unerfahrenheit nicht für voll genommen hatten. Gleiches galt auch für die Prießdorfer Wirtin, die einige Wochen vor Ostern abfällig zu ihm sagte, *„er verstünde es noch nicht recht, er müste es erst recht lernen.“* – Das lässt tief blicken.
Überhaupt, so erklärte Hohmann, hielte es der Prießdorfer Wirt Paul Hertel stets und ständig mit den Spitzbuben – schon damals, als er noch die Schenke zu Großpaschleben bewirtschaftete. Sein erster Schwiegersohn sei gerädert worden, und sein jetziger Schwiegersohn, der Michel Sandmann, würde öfters mit dem Räubern auf Beutezug gehen.

---

29 Siebenhausen

Vor dem Überfall auf Bürgermeister Spiegel gab der Jeßnitzer Böttcher Richter dem Verbrecherlehrling Hohmann genaue Instruktionen im Fachgebiet Fesselungstechnik. Die von Hohmann zu Protokoll gegebene Methode ist an Brutalität wahrlich kaum zu überbieten: Hände und Füße der Opfer werden auf dem Rücken gebunden. Zusätzlich spannt man eine Leine zwischen Hals und Beinen: Versuchte ein Opfer, mit den Beinen zu strampeln und sich zu befreien, zog es damit die Schlinge um den Hals zu. Das Ganze ist eine perfide, aber auch sehr wirkungsvolle Methode, um die Opfer zum Sprechen zu bringen. Bei dem Überfall in Bernburg kam es glücklicherweise nicht so weit.

Den größten Teil seines Wissens über das Geschehen im Inneren des Spiegelschen Hauses hat Hohmann aus den Erzählungen seiner Kameraden, denn er selbst war bekanntlich als Wache draußen zurückgeblieben. Richter brüstete sich damit, dass er und Friese *„praff zugeschlagen“* und sich *„praff gewehret“* hätten, während die anderen beiden keinen Finger gerührt hätten, um ihnen zu helfen. Nachdem sie bei Bürgermeister Spiegel unverrichteter Dinge wieder abziehen mussten, hätten die anderen gesagt, sie wüssten, wo noch etwas zu holen sei. Dass sie damit den alten Alricus Pleske meinten, ahnte Hohmann nach eigenen Angaben zunächst nicht.

Einen Moment, bitte! Hatten nicht die anderen, und speziell Hüntsche behauptet, Hohmann sei derjenige gewesen, der den Edderitzer Überfall angestiftet hätte? Und nun erzählt eben dieser Hohmann in seinem offenherzigen Geständnis genau das Gegenteil? Was ist Lüge, was ist Wahrheit? Die Entscheidung darüber bleibt jedem selbst überlassen. Fakt ist hingegen, dass der unglückselige alte Pfarrer den brutalen Raubüberfall nicht überlebte. Die Räuber hatten seinen Tod zwar nicht beabsichtigt, ihn aber billigend in Kauf genommen.

Georg Hohmanns überraschende Bekehrung und die von ihm abgelegten Geständnisse lassen einige Dinge in gänzlich anderem Licht erscheinen. Zwar sind die Todesurteile über Hüntsche, Richter und Friese längst gesprochen, doch noch ist die Frist, die ihnen zur Fertigstellung ihrer Defension gegeben wurde, nicht abgelaufen, und auch wenn sich an der Todesstrafe selbst nichts ändern wird, so könnten die neu gewonnenen Erkenntnisse immerhin die Art und Weise der Bestrafung ändern. Den Gerichten geht es jedoch vor allem ums Prinzip: Sie wollen die Wahrheit herausfinden, und dazu ist ihnen (fast) kein Aufwand zu groß. Und so wird Christoph Hüntsche am 16. April 1714 noch einmal vernommen – diesmal speziell zu den Punkten, die Georg Hohmann ausgesagt hatte. Hüntsche aber bleibt dabei: Es sei Hohmann gewesen, der den Überfall beim Edderitzer Pfarrer angestiftet hätte. Viertausend Taler solle der Alte haben, hätte er gesagt – eine Behauptung, die auch von Hans Heinrich Friese bekräftigt wird. Hans Heinrich Richter wiederum bestätigt unter anderem nochmals, den Überfall mit den anderen ausgeführt zu haben. Am Ende der neuerlichen Verhöre bleibt den Gerichten damit nur die ernüchternde Feststellung, dass sie die ganze Wahrheit wohl nie erfahren würden. Eine Hoffnung aber bleibt ihnen: Die Konfrontation Georg Hohmanns mit seinen ehemaligen Kameraden, wobei Hohmann seinem jeweiligen Gegenüber seine Behauptungen ins Gesicht sagen muss. Aber auch das bringt die Gerichte nicht weiter.

Während die Gegenüberstellungen noch laufen, wartet man mit Ungeduld auf Nachricht aus Frankfurt an der Oder. Dorthin waren die Verteidigungsschriften der beiden Delinquenten verschickt worden, um jede Voreingenommenheit der Schöppen von vornherein auszuschließen. Die Frankfurter Juristen indes bestätigen die Urteile ihrer Leipziger Kollegen. Mitte April trifft das heißersehnte Schreiben in Köthen ein, doch noch bevor es auch von der regierenden Landesfürstin bestätigt werden kann, tritt eine überraschende Wendung ein: Hans Heinrich Richter zieht sein Geständnis zurück, und zwar vollständig! Das ist eine Entwicklung, mit der niemand gerechnet hatte und die das Amt vor ein ganz neues Problem stellt: Die Peinliche Halsgerichtsordnung schreibt vor, dass der Verurteilte sein Geständnis „vor öffentlich gehegtem Halsgericht“ wiederholen muss, ehe der Stab über ihn

gebrochen und die Hinrichtung vollzogen werden darf. Dem im entsprechenden Gesetzesartikel angefügten Zusatz *„...oder er dessen wie Recht ist überführt wird"* maßen die Gerichte bisher kaum Bedeutung bei. Jetzt aber bekommt er plötzlich Gewicht. Vergeblich versucht man, Richter von seiner plötzlichen Sinneswandlung abzubringen. Was hätte er denn für einen Grund, jetzt noch zu leugnen, wo er doch zuvor die Tat in allen Umständen mehrfach gestanden hätte? hält man ihm vor. Wüsste er denn nicht mehr, was er gesagt hätte?
„Es ist wahr", antwortet Richter. „Ich habe all das gestanden. „Aber es war alles gelogen. Ich habe meine Geständnisse nur abgelegt, weil ich mich vor der Folter so fürchtete und die Scharfrichter um mich herum standen."
„Wie könnte Ihr das behaupten, habt Ihr doch Eure Bekenntnis nicht in *loco torturae*, sondern in der Gerichtsstube abgelegt! Und habt Ihr nicht am nächsten Tag diese Eure Bekenntnis nochmals bestätigt, ohne dass ein Scharfrichter zugegen gewesen wäre?" rief der Richter entsetzt. Der Böttcher aber blieb dabei: Sein Geständnis sei von Anfang bis Ende gelogen – er hätte es nur aus Furcht vor der Folter abgelegt. Das Verhalten des Böttchers ist für alle Verantwortlichen ebenso empörend wie rätselhaft. Was bezweckt er damit? *Aleae iacta sunt* – die Würfel sind doch schon längst gefallen! – Wie sich herausstellen sollte, hatte Richters scheinbar sinnloses Taktieren nur einen einzigen Zweck: Der Böttcher wollte Zeit gewinnen und hoffte auf eine Gelegenheit zur Flucht. Doch dazu später mehr.
Wie erwartet bestätigt die Durchlauchtigste Fürstin zu Anhalt, Frau Elisa Agnesa, die Urteile der Leipziger und Frankfurter Schöppen, und bestimmt zugleich, man solle die Delinquenten *„zu wahrer Reu und Busse"* ermahnen und ihnen den 4. Mai 1714 als Hinrichtungstermin eröffnen. Gleichzeitig wird festgelegt, dass Georg Hohmann ebenso wie seine Kameraden zur Richtstatt geschleift, geköpft und dann aufs Rad geflochten wird – ein hartes, ja, ein ungerechtes Urteil angesichts seiner aufrichtigen Reue. Was aber sollte mit Hans Heinrich Richter geschehen? Nun: Falls Hans Heinrich Richter seinen Widerruf

aufrecht erhalten sollte, war nach Anleitung des 91. Artikels der Peinlichen Halsgerichtsordnung Karls V. zu verfahren. Dieser bestimmte, dass in einem solchen Fall die bei der Inquisition anwesenden Schöppen eidlich darüber vernommen werden sollten, ob der Delinquent seine Aussagen in der im Protokoll niedergeschriebenen Form abgelegt hatte. Sollten sie das bejahen und der Verbrecher keine neuen Beweise seiner Unschuld vorlegen können, so galt er trotz seines Widerrufs als überführt und die Todesstrafe sollte dem Urteil entsprechend vollstreckt werden.
Am 27. April wird den Todeskandidaten das Urteil mitsamt des Hinrichtungstermins verkündet. Die Reaktion der Männer, als sie erfuhren, dass ihnen nur noch eine Frist von sieben Tagen zum Leben gegeben war, fiel ganz unterschiedlich aus: Christoph Hüntsche bekennt zwar, dass er die Todesstrafe verdient habe, bittet aber, man möge ihm die Schande des Herausschleifens ersparen. Friese nimmt das Urteil schicksalsergeben an, und Richter leugnet wie gehabt. Als ihm vorgehalten wird, dass auch die bei seiner Inquisition anwesenden Schöppen das Inquisitionsprotokoll eidlich bestätigt haben, meint er nur achselzuckend: „Das mag schon sein, aber trotzdem habe ich all das nur gesagt, um mir die Folter zu ersparen." Bei so viel Halsstarrigkeit sind auch die Gerichte machtlos.

Zeit ist relativ – und das in jeder Beziehung. Was sind schon sieben Tage? Je nach Situation können sie wie im Fluge vergehen, oder sich zu einer Ewigkeit dehnen. Sieben Tage blieben den Verantwortlichen im Amt Köthen, um alle Vorbereitungen für die vierfache Hinrichtung zu treffen. Sieben Tage blieben den vier Geistlichen, die den Todeskandidaten zugeteilt worden waren, um die ihnen anvertrauten „Schafe" auf ihren Tod vorzubereiten, sie zu wahrer Buße und Reue anzuhalten und ihren Glauben zu stärken. Diese seelsorgerische Begleitung von Todeskandidaten gehörte damals zum Aufgabenbereich der Geistlichen, denn spezielle Gefängnisseelsorger gab es nicht. Begeistert dürfte keiner der Herren

Pfarrer gewesen sein, doch ablehnen kam für sie nicht in Frage. Mit unermüdlicher Energie widmeten sie sich ihrer schweren Aufgabe, doch der (spirituelle) Lohn für ihre Mühen fiel sehr unterschiedlich aus.
Georg Hohmanns Seelsorger konnte sich glücklich schätzen: Selten hatte er einen so eifrigen und frommen Zuhörer gehabt. Wie ein Ertrinkender klammerte sich Hohmann an die tröstenden Worte des Geistlichen. Auch die Christoph Hüntsche und Hans Heinrich Friese zugeteilten Pfarrer konnten zufrieden sein: Ihre Beichtkinder zeigten sich bußfertig und gingen mit der Gewissheit in den Tod, dass ihre Seelen Eingang ins Paradies finden würden. Bei Hans Heinrich Richter hingegen fielen die Worte des Geistlichen auf keinen fruchtbaren Boden. Vergeblich mahnte der unglückliche Pfarrer sein widerborstiges Beichtkind zu Reue und Buße an und schilderte ihm die ewigen Qualen der Hölle in den schauerhaftesten Formen. Vergeblich erinnerte er ihn an die Worte, die Jesus zu dem reuigen Verbrecher, der mit ihm ans Kreuz geschlagen wurde, sprach: „Wahrlich, wahrlich, ich sage dir, noch heute wirst du mit mir im Paradies sitzen!" War das nicht ein wundervolles, herrliches Versprechen? Alles, was Richter tun musste, um dieses Versprechens teilhaftig zu werden, war, seine Missetaten zu bekennen und aufrichtig zu bereuen. Aber Richter tat nichts dergleichen. Was ihm die Herren Geistlichen auch vorhielten, was sie ihm auch versprachen, er blieb bei seinem halsstarrigen Leugnen, lehnte jedes Gebet verächtlich ab und meinte nur, die Herren sollten *„ihm doch vom Tode nichts vorschwatzen"*.
Die völlig unerklärliche und äußerst gefährliche Haltung Hans Heinrich Richters bleibt auch seinen ehemaligen Komplizen nicht verborgen. In dieser Situation entschließt sich Georg Hohmann zu einem bemerkenswerten Schritt: Am 28. April lässt er den Gerichten ausrichten, dass er mit *„höchst betrübten Gemüthe ansehen und erfahren muste"*, wie verstockt und unbußfertig der Böttcher sich gab. Wenn die Gerichte es ihm gestatten würden, wolle er versuchen, Richter zum Bekenntnis seiner Missetaten zu bewegen und ihm alles noch einmal ins

Gesicht sagen. Aber auch dieser verzweifelte Versuch verfehlte seine Wirkung.

So brach schließlich der 4. Mai des Jahres 1714 an. Am Morgen bot man den Delinquenten schwarze Hosen und neue, weiße Hemden an, auf dass sie in würdevoller Kleidung ihren letzten Gang antreten könnten. Hohmann, Hüntsche und Friese nahmen diese wohlmeinende Geste dankbar an; Richter hingegen rümpfte verächtlich die Nase und weigerte sich energisch, die Kleider anzuziehen. Dem üblichen Prozedere folgend, mussten die Männer anschließend in der Gerichtsstube, und später ein zweites Mal vor dem auf dem Marktplatz abgehaltenen öffentlichen Halsgericht ihre Urgicht ablegen. Aus dem Munde der Verurteilten sollten die Zuschauer hören, wofür sie nach Recht und Gesetz mit dem Tode bestraft wurden, und auch hier stritt der Böttcher alles, was er vormals gestanden hatte, ab. Die zahlreichen Zuschauer des makabren Schauspiels waren fassungslos, doch die Gerichte hatten nichts anderes erwartet. *„Fiscalis muß sich zwar gefallen lassen, daß Peinlich Angeklagter Johann Heinrich Richter die in der Peinlichen Anklage enthaltenen facta und Umstände verneinen wollen“*, beginnt der Peinliche Ankläger seine sorgsam vorbereitete Erwiderung, und verweist in der Folge darauf, dass Richter seine Taten am 12. Dezember 1713 außerhalb der Folterkammer gestanden und später mehrfach wiederholt hat. *„Bey dieser Bewandniß“*, so schließt er, wird ihm sein Leugnen nicht helfen, *„indem dergleichen gethanes und zumahl mit so vielen und in der That zutreffenden Umständen geschehenes Bekänntniß“* zweifellos echt ist. Die angebliche Furcht vor der Folter sei bloß ein Vorwand.

Und dann erfahren die Verurteilten doch noch eine „frohe“ Botschaft: Ihr flehentliches Bitten um Milderung der Strafe ist bei der Durchlauchtigsten Fürstin auf offene Ohren gestoßen. Nach Verkündung der Urteile wird der am 3. Mai 1714 zu Köthen verfasste Gnadenbrief öffentlich verlesen. Hierin heißt es: *„Ob Wir wohl das unlängst wider die Inquisitos Christoph Hüntschen, Hanß Heinrich Friesen und Hanß Heinrich Richtern eingelangte Franckfurter Urtel confirmiret und solches an* *derselben Persohnen nach Wörtlichen Inhalt zu vollstrecken anbefohlen"* und Unsere Regierungsräte auch Georg Hohmann die gleiche Strafe zugeteilt haben, so haben Wir uns doch *„auf unterthänigstes flehendliches Suchen der Inquisiten und bey Uns eingelangter Attesten der Geistlichen von ihrer Reu und Buse und warhafftigen Bekehrung ....dahin bewegen lassen, daß Wir sowohl einen als den andern das Schleiffen zur Gerichts-Städte in Gnaden nachgelassen haben, dergestalt, daß sie nun morgendes Tages nach gehegten peinlichen Halß-Gerichte zur Execution auf die Feimständte in Begleitung der darzu verordneten Geistlichen mögen zu Fusse ausgeführet und die erkannte Todes-Straffe so dann an ihnen vollstrecket werden."* – Christoph Hüntsche, Hans Heinrich Friese und Georg Hohmann dürften bei diesen Worten vor Freude fast geweint haben: Alle drei empfanden die gegen sie verhängte Todesstrafe als gerecht, doch dass ihnen das schmachvolle Hinausschleifen zur Richtstatt erspart bleiben sollte, erfüllte ihre Herzen mit größter Dankbarkeit. Willig ließen sie sich in Begleitung der Geistlichen hinausführen.

Bei Hans Heinrich Richter hingegen ist von Dankbarkeit nicht das Geringste zu verspüren. Der Böttcher kennt nur einen einzigen Gedanken: Flucht! Fieberhaft sucht er nach einer Möglichkeit, seinem Schicksal im letzten Augenblick doch noch zu entkommen. Während seine Kameraden sich schicksalsergeben die Fesseln anlegen lassen, versucht er alles, um sich von seinen Banden zu befreien. Als man ihn durch das Stadttor hinaus aufs Feld führt, reißt der kräftige Böttcher mit aller Macht an seinen Fesseln, doch vergebens: die Seile sind zu stark. Der ihn begleitende Geistliche wird später berichten, auf dem Acker hätten *„einige frembde Kerl in blauen und rothen Mänteln gestanden"*. Die Vermutung, dass es Spitzbuben waren, die Hans Heinrich Richter befreien wollten, dürfte zutreffen.

Schließlich aber war auch der Böttcher auf der Richtstatt angelangt. Beim Niederknien zog er sich den Rock aus und warf ihn mit den Worten, er solle seinem Weib und den Kindern gegeben werden, fort. In höchster Verzweiflung rief der Geistliche, der den Gedanken, eine Seele nicht gerettet zu haben, unerträglich fand: *„Richter! Richter! Wie wird es deiner armen Seelen nun ergehen?“* – In diesem Moment wurde dem Böttcher bewusst, dass er im Begriff war, eine Seele der ewigen Verdammnis zu überantworten. Kläglich sah er sich um und rief mit lauter Stimme: *„ Ach! Ich habe alles gethan, es ist alles wahr, ich habe auch bey den Huhren gelegen!“* Der arme Geistliche erschrickt fast zu Tode. Mit zitternder Hand berichtet er später, was in jenen Augenblicken geschah: *„Ich, voller Erschrecken, lieff auf dieses ihm nach, hielt ihn auf und sprach: Ach! Daß Gott erbarm, seynd dir dann deine Sünde leid? – Er: Ja. – Glaubest du noch durch Jesum Christum Vergebung? – Er: Ja!*

Und weil indessen ihm mit einem Flohr die Augen verbunden wurden, konte ich nichts mehr sagen, als: dir geschehe nach deinem Glauben, Jesus erbarme sich über dich, wie an dem Schächer am Creutz, und damit drückte man ihn auf die Knie, und war der Scharffrichter so hitzig, daß, ehe ich zuruffen konte, Herr Jesu in deine Hände befehle ich meinen Geist, war der Streich verrichtet.“

Nachtrag:

Mehr als ein Jahr war vergangen, seit fünf Männer den alten Pfarrer zu Edderitz überfallen und seinen Tod verschuldet hatten. Vier von ihnen büßten diese und weitere Missetaten am 4. Mai 1714 mit dem Leben. Das Urteil gegen Susmann Moyses, der jedwede Tatbeteiligung abstritt, stand noch aus, doch angesichts der Beweislage dürfte er kaum eine Chance gehabt haben, seiner Strafe zu entkommen.

Einer aber fehlt noch im Bunde: Paul Hertel, dessen Prießdorfer Wirtshaus ein beliebter Treffpunkt für zwielichtiges Gesindel aller Art gewesen war. Der 58-jährige Ex-Soldat hatte vor einigen Jahren den Ratskeller zu Calbe gepachtet. Ob die Geschäfte nicht zu seiner Zufriedenheit verliefen, wissen wir nicht. Fakt ist jedenfalls, dass er den Ratskeller aufgab, die Schenke zu Großpohley übernahm und daraus eine Räuberhöhle machte. Seine saubere Kundschaft

nahm er bei seinem Umzug nach Prießdorf selbstverständlich mit. Hertels Verwandtschaft war, wie wir wissen, auch nicht besser.
Nach Monaten der Flucht war der umtriebige Wirt endlich in Halle aufgegriffen und am 17. April 1714 nach Köthen überstellt worden, wo er sich hauptsächlich wegen seiner Unterstützung des Edderitzer Diebstahls verantworten musste. Hatte er bei seinen ersten, lange Monate zurückliegenden Vernehmungen noch geleugnet, so blieb ihm nun, angesichts der Geständnisse „seiner" Räuber, keine Wahl, als zu gestehen, den Spitzbuben sowohl vor dem Überfall Herberge gegeben zu haben, als auch bei der Teilung der Beute zugegen gewesen zu sein. Dafür wird er am 9. Mai 1714 zum Staupbesen und anschließender ewiger Landesverweisung verurteilt. Ein mildes Urteil – in anderen Territorien des Heiligen Römischen Reiches Deutscher Nation wäre er weniger glimpflich davongekommen.

Räuberische Zeiten in Schwaben

Irgendwie scheint das Verruchte, Verbotene, eine merkwürdige Faszination auf die meisten Vertreter der Spezies Homo sapiens auszuüben. Wer das nicht glaubt, braucht nur einen Blick in das TV-Programm einer x-beliebigen Woche zu werfen. Klassiker wie „Aktenzeichen XY ungelöst" haben längst schon Konkurrenz von dutzenden Reportagen und reißerischen „Reality"-Serien wie „True Crimes" und Co. bekommen. Und wem diese mehr oder weniger deutliche bildliche Darstellung des Verbrechens zu brutal ist, der findet in diversen nachgestellten Gerichtsreportagen reichlich Material, um seine Neugier zu befriedigen. Diese seltsame Lust am Verbrechen ist indes nicht neu. Kaum eine Tageszeitung des 19. Jahrhunderts, die ihre geneigte Leserschaft nicht in regelmäßigen Abständen mit den neuesten Gerichtsnachrichten versorgte. In gewisser Weise stellten diese Berichte die Fortsetzung einer bereits im 17. und 18. Jahrhundert weit verbreiteten Literaturgattung dar:

Zu hunderten wurden damals die Geständnisse unzähliger Mörder, Diebe und Halunken abgedruckt und verbreitet – inklusive der jeweiligen Urteile, versteht sich. Diese mit höchstobrigkeitlicher Genehmigung und oftmals sogar auf deren ausdrückliche Veranlassung hin herausgegebene Gerichtsliteratur sollte den Menschen in Stadt und Land als Warnung dienen und ihnen zugleich die Gewissheit geben, dass Fürsten, Amtsverwalter und Magistrate ihre Pflicht, zu schützen und zu schirmen, ernst nahmen. In erster Linie aber dienten diese *„Wahrhaftigen Beschreibungen“* auch damals schon der Unterhaltung. Daneben wurden in schöner Regelmäßigkeit Räuber- und Gaunerlisten herausgebracht in denen Namen, Aussehen und Kleidung der im Lande herumziehenden Halunken der breiten Öffentlichkeit kundgetan wurden. Jede dieser Listen umfasst dutzende, ja oftmals weit mehr als hundert Namen. Die *„Beschreibung der Raubers-, Diebs- und Jauners-Bursche Welche von denen wegen eines den 8. Julii 1718 in dem Walde bey Heilsbronn, Hoch-Fürstl. Brandenburg-Onolzbachischen Gebiets an drey Viehe-Händlern aus dem Ober-Ampt Crailßheim von Jachsheim ausgeübten Strassen-Raubs hiehero nacher Onolzbach oder Anspach in gefänglichen Verhafft gebrachten, nachstehender massen benamsten ersten vier Raubern in denen vorgenommenen Verhören angezeiget, und sowohl von ihnen als andern Orthen her der bey jedem bemerckten Verbrechen schuldig gegeben worden in Annis 1718 & 1719“* bildet da keine Ausnahme. Sie ist jedoch weit mehr als nur eine bloße Auflistung von Verbrechern, denn im Anschluss an die darin aufgeführten 59 Personenbeschreibungen finden wir die Urgichten bzw. Geständnisse jener vier Räuber, die am 23. März des Jahres 1719 den wohlverdienten Lohn für ihre bösen Taten empfingen. Nichts erinnert heute mehr an Bernhard Jahnus, Antoni Huber, Johannes Rothhäußler, Jacob Rappel und ihre Komplizen, ebenso wenig wie an ihre Opfer – nichts, außer die oben zitierte Druckschrift und (vielleicht) einige Archivakten. Es wird Zeit, den Schleier des Vergessens zu lüften und ihnen ihr Gesicht zurückzugeben.

Bernhard Jahnus, 24 Jahre alt und aus Emskeim[30] stammend, ist *„ein Ertzrauber und Ertzdieb"*. Trotz seiner Jugend hat er es weit gebracht; unter den Räubern und Dieben wird er als *„Brigadier"*, d.h. als eine Art Anführer bezeichnet. Er ist äußerst stark, von untersetzter Statur, hat schwarzbraune, strubbelige Haare und einen ebensolchen Spreitzbart – kurz, Jahnus erfüllt das Klischee eines Räubers in geradezu perfekter Weise. Auch Jahnus' Eltern, Brüder und andere Verwandte gehörten der Unterwelt an; sein Vater Jacob Jahnson endete in Haarburg am Strang, seine Mutter wurde zu Heidenheim an der Brentz mit dem Schwert gerichtet. Mit seiner „Berufswahl" setzte Bernhard Jahnus also gewissermaßen eine gute, alte Familientradition fort.
Sein Gevatter, der ein Jahr ältere Antoni Huber aus Ittebeuern[31], leugnete im Verhör nicht nur sämtliche ihm zur Last gelegten Verbrechen, sondern gab sogar einen falschen Namen an. Mehr als zwei Monate führte er die ermittelnden Behörden an der Nase herum, so dass erst die Folter seine Zunge lockerte. Huber wird als langer, dünner Kerl mit bleichem, schmalem, pockennarbigem Gesicht, krausem, schwarzem Haar und dünnem, schwarzem Bart beschrieben – der Kontrast zu dem kräftig gebauten Bernhard könnte nicht größer sein.
Der dritte im Bunde, der 26-jährige Johannes Rothhäußler aus Gehring[32], erwies sich als mindestens genauso verstockt wie Huber und Jahnus. Groß und stark, strubbelige Haare, gelb-schwarzes Gesicht und rötlicher Bart – wahrlich, eine sympathische Erscheinung sieht anders aus.
Jakob Rappel schließlich stammte aus Zeschingen in der Neuburger Pfalz, war 27 Jahre alt, groß und stark, hatte ein dickes, rötliches Gesicht, schwarzbraune, strubbelige Haare und einen braunen Schnurrbart. Alle vier Männer wurden am 23. März 1719 „von Rechts wegen" hingerichtet: Jahnus, Huber und Rothhäußler hatte man *„nach reiffer Rechtlicher*

30 OT von Markt Rennertshofen, Oberbayern.
31 Ottobeuren
32 Heute ein Stadtteil von Pfarrkirchen, Niederbayern

Erwegung" die grausame Todesart des Räderns zuerkannt, während der mit dem Schwert gerichtete Rappel geradezu glimpflich davonkam. *Wie barbarisch!* mag manch einer jetzt denken und verächtlich die Nase rümpfen. *Damals wurde man ja selbst für einen kleinen Brotdiebstahl schon gehängt! Zum Glück sind wir heute in der Rechtssprechung viel weiter!* – Doch Vorsicht! Bevor Sie die Richter und Schöppen jener längst vergangenen Zeit auf den moralischen Scheiterhaufen verbannen, sollten Sie eines wissen: Auch damals landeten Kleinkriminelle nicht am Galgen oder auf dem Schafott. Die Todesstrafe war die Ausnahme, nicht die Regel, und wurde nur selten verhängt und noch seltener vollstreckt. Man musste schon ein unbelehrbarer Wiederholungstäter, ein Mörder oder Räuber sein, um diese schwerste und endgültigste aller Strafen zu verdienen. Und war das Räuberwesen anging, so hatten Jahnus, Huber, Rothhäußler und Rappel mehr als genügend Untaten vorzuweisen. Selbst der Tod war nicht Strafe genug für solche Verbrecher. Nein – über den Tod hinaus sollten sie bestraft sein! Nach Urteil und Recht wurden ihre toten Körper aufs Rad geflochten und im Heilsbronner Wald, dem Schauplatz ihres letzten Verbrechens, auf offener Straße aufgestellt, den Raben zum Fraß und den Menschen zum Abscheu.

Der brutale Überfall auf drei Viehhändler am 8. Juli 1718 läutete das Ende der kriminellen Karrieren der vier Männer ein, doch es war keineswegs die einzige Schandtat, die sie im Laufe ihres Lebens verübt hatten. Schauen wir uns also zunächst an, was jeder von ihnen sonst noch bekannte. Dabei sollten wir berücksichtigen, dass die in den Urgichten aufgeführten Verbrechen lediglich die Spitze des Eisberges darstellen – die vollständige Liste ihrer Schandtaten dürfte weitaus länger sein.

Wenn Jahnus sich nicht gerade als Räuber betätigte, handelte er mit Kurzwaren oder tingelte als Marktspieler durch die Lande. Nur einen Tag nach seinem letzten Überfall war er von den sofort ausgeschickten Husaren aufgegriffen worden – genau wie übrigens auch Huber und Rothhäußler – doch erst nach

zwölfwöchigem Verhör bekannte er unter der Folter seine Schandtaten und noch einiges mehr, was eher in das Reich des Aberglaubens gehörte, aber ein bezeichnendes Licht auf die Vorstellungswelt seiner Zeit wirft. Dennoch sollten wir uns hüten, den von Jahnus gestandenen Teufelspakt als bösartige Erfindung sadistischer Folterknechte anzusehen. Die in dem „Geständnis" aufgeführten Rituale sind keine Phantasiegebilde, sondern wurden tatsächlich praktiziert – und das nicht einmal selten. Es ist daher gut möglich, dass Jahnus tatsächlich mehrfach in den Rauhnächten hinaus auf den Kreuzweg gegangen war, um vom Teufel den geheimnisvollen Fahrsamen[33] zu erbitten. Hans Georg Uhler, ein Schneidergeselle aus Dolfingen (b. Ulm) habe ihn dazu verleitet. Vor sechs Jahren sei daher er am Tag der Unschuldigen Kinder (28.12.) hinaus auf den Kreuzweg zwischen Kloster Elchingen und Ulm gegangen. Dort habe ihm der Teufel nicht nur zehn Lüneburgische Rössleins-Gulden, sondern auch den erwünschten magischen Samen, der es seinem Besitzer ermöglicht, in Windeseile überall hin zu reisen, für drei Jahre überlassen. Nach Ablauf dieser Frist habe er beides dem Satan zurückgeben müssen. Vor drei Jahren habe er in der Stephansnacht (26.12) auf dem Kreuzweg zwischen Ummet und Delingen erneut den Teufel beschworen, um sich in den Besitz des begehrten Fahrsamens zu setzen, und ihn für die Dauer von zwei Jahren zur freien Nutzung erhalten.
Was von Jahnus' angeblichem Teufelspakt zu halten ist, mag jeder selbst entscheiden. Vor zwei Jahren nämlich, erklärt er, als er zu Unterroth auf der Kirchweih war, habe er zu nächtlicher

33 Einer weit verbreiteten Vorstellungen zufolge sollte der mysteriöse Fahrsamen oder Farnsamen unsichtbar oder (je nach Region) auch unverwundbar machen. Die Farnblume blühte nur zu einer ganz bestimmten Stunde an ganz bestimmten Orten. Alternativ konnte man den begehrten Samen auch vom Teufel erbitten, was natürlich nicht ungefährlich war. Um welche Pflanze es sich bei der geheimnisvollen Farnblume handelte, ist unbekannt.

Stunde Gott und dem durch die Taufe erworbenen Gnadenschatz abgeschworen und einen Bund *„mit dem leidigen Satan“* geschlossen. Mit seinem eigenen Blut habe er den Pakt unterschrieben und darauf vom Bösen die erbetenen 60 Gulden erhalten. Nach sechs Jahren sollte er das Geld zurückzahlen – oder aber mit Leib und Seele dem Teufel verfallen. Gleiches galt für den Fall, dass er vor Ablauf der Frist versterben würde. Dutzende Male habe ihn der Satan während seiner Haft im Gefängnis besucht, ihm das Gesicht zerkratzt, an seinen Ketten gerissen und ihn geritten. Ja und einmal, da habe ihm der Teufel die eisernen Handschellen zerbrochen. In der Tat hatte Jahnus mehrfach versucht, aus der Haft zu entkommen, und das mit einer Energie, die für Richter, Schöppen und Wärter schier unbegreiflich war. Er habe, so heißt es in der *„Beschreibung...“*, die an seinen Händen angeschlossene, *„ungemein starcke eiserne Joch-Stange fast unglaublicher weise entzwey gebrochen, die Fuß-Ketten ab und entzwey gedrehet, und mit ungemeiner Stärcke die dicke Offen-Mauer durchbrochen“*. Ein anderes Mal habe er sich auf wundersame Weise von Hand- und Fußschellen befreit – da konnte nur der Teufel seine Hände im Spiel gehabt haben!

Einen solch über- bzw. unterirdischen Beistand hatte Jahnus jedoch gar nicht nötig;, denn ihm war bereits mehrmals die Flucht aus dem Gefängnis gelungen. Zu Pfingsten 1716 beispielsweise, als man ihn nebst seinem Bruder Hans Adam, dem sogenannten Uhrhäuslein und dem Dicken Hannes im Würzburgischen Jagstheim in Arrest genommen hatte, wartete er geduldig, bis die fünf Wächter zu nächtlicher Stunde vom Schlaf übermannt wurden, um sich sodann mit dem Uhrhäuslein abzusetzen. Sorgfältig schlossen sie die Stubentür hinter sich, sprangen die ein Stockwerk hohe Gartenmauer hinab und schlugen sich in sicherer Entfernung mit Hilfe von Steinen die Hand- und Fußschellen ab. Diese lästigen Überbleibsel ihrer Gefangenschaft wurden anschließend in der Jagst entsorgt.

Im gleichen Jahr war er anlässlich eines Kramladen-Diebstahls zu Neuenstein festgesetzt und nach Schwäbisch Hall ausgeliefert worden, denn dort war der Diebstahl passiert. Wie in Jagstheim gab er auch diesmal einen falschen Namen an, und auch diesmal entkam er – allerdings bereits nach zehn und nicht erst nach vierzehn Tagen. Dabei hatte man, um auf Nummer sicher zu gehen, seine Füße sogar in einen Eichenblock geschlossen! Wie er es schaffte, den massiven Block mit seinem Messer aufzuschneiden – woher hatte er im Gefängnis überhaupt das Messer? – bleibt sein Geheimnis, ebenso, wie es ihm gelang, die Handschellen aufzubrechen. Anschließend brach er durch den Ofen in die Nachbarzelle, schlug mit dem schweren Fußblock so lange auf die eisernen Gitterstäbe vor dem Fenster, bis sie sich weit genug auseinandergebogen hatten, sprang in den zwei Stockwerke tiefer liegenden Graben und ward nicht mehr gesehen.

Bereits aus diesen wenigen Fakten wird deutlich: Er war kein gewöhnlicher Gauner, dieser Bernhard Jahnus. Mit kleinen Diebstählen gab sich Jahnus nicht zufrieden – oh nein! Wenn es aktiv wurde, musste es sich schon lohnen! Wie viele Einbrüche und Überfälle tatsächlich auf sein Konto gehen, wissen wir nicht, denn nur die bedeutendsten seiner Unternehmungen schafften es in die *„Beschreibung"*; der Einbruch im Grätherischen Kramladen zu Schwäbisch Hall Anno 1716 (der ihm übrigens den oben erwähnten Arrest einbrachte) gehörte zweifellos dazu. Allerdings konnte auch Jahnus ein solches Verbrechen nicht allein vollbringen, und so schloss er sich im August mit dem *„Land-verruffenen Ertz-Rauber und Dieb"* Hans Hauff alias der Dicke Hannes, seinem Bruder Hans Adam und dem später in Schwäbisch Hall hingerichteten Gottlieb Straub zusammen. In Meckrieden „besorgte" sich die Bande zunächst eine Leiter, um mit ihrer Hilfe über die Stadtmauer zu klettern. Hauff bohrte anschließend einen hölzernen Fensterladen des Grätherischen Hauses auf und löste vorsichtig eine Fensterscheibe heraus, so dass sie durch die Öffnung hindurchlangen und das Fenster ganz öffnen konnten. Geschickt kletterte er sodann mit Hans Adam Jahnus ins Haus, wo sie mit einer ebenfalls zu Meckrieden gestohlenen Säge den Kaufmannsladen aufsprengten. Hauff übernahm es, die Waren im Laden zusammenzutragen und seinem Bruder herauszureichen, der sie durchs Fenster hinunter in den Garten warf, wo Bernhard und der Straub Wache hielten. Als der Laden völlig leer geplündert war, kletterten Hauff und Jahnus' Bruder auf dem gleichen Weg, wie sie hineingelangt waren, wieder aus dem Haus hinaus. Erst jetzt machten sich die Gauner daran, die Beute zusammenzupacken. Gut anderthalb Stunden hatte der Raubzug gedauert – viel zu lange! Sie hatten noch längst nicht alles verpackt, als der Nachtwächter um die Ecke kam und Alarm gab. Auf ihrer hastigen Flucht konnten die Diebe nur zwei Säcke mitnehmen; den größten Teil der Beute mussten sie im Garten zurücklassen. Immerhin aber waren diese Säcke so schwer, dass die gewiss nicht schwächlichen Kerle sie abwechselnd tragen mussten. Erst im Wald, in sicherer Entfernung von der Stadt, ging es ans Teilen. Die Jahnusbrüder erhielten kostbare Seiden- und Brokatstoffe, die sie alsbald für 115 Gulden an einen Hehler verkauften; der tatsächliche Wert der edlen Stoffe dürfte weitaus höher gewesen sein.

Auch an dem spektakulären Überfall auf den eine Wegstunde von Moßbach am Neckar gelegenen, den Adeligen von Cloß gehörigen Schreckhof war Bernhard Jahnus beteiligt. Im Oktober 1716 hatte der Dicke Hannes ihn und zwölf andere erfahrene und skrupellose Schurken zusammengerufen und ihnen die Sache schmackhaft gemacht.[34] In der Nacht des 17. Oktober war es soweit. Mit rußgeschwärzten Gesichtern stürmten die Männer gegen Mitternacht den Hof. Die überraschten Bewohner wurden brutal geschlagen, an Händen und Füßen gefesselt und in den Keller geschleppt. Sodann schlugen

---

34 Außer Hans Hauff und Bernhardt Jahnus waren der in Feuchtwangen gehängte Quartiermeister Müller und dessen ebenfalls hingerichtete „Hure“, der in Dinckelsbühl am Galgen baumelnde Matthes Dick, der Pfeifer-Thomas und dessen Sohn, der Pfeifer-Kropf, der Hannes, der Dünckelsbühler Martin, Hans Georg Mayer, die beiden Kessler von Ahlringen und der sogenannte Sachs an dem brutalen Überfall beteiligt.

die Räuber sämt-liche Türen, Behälter, Kisten und Kästen auf und raubten Silber und alles, was nicht niet- und nagelfest war. Jahnus kam bei dem ganzen Unternehmen eine ganz besondere Rolle zu: Er war es nämlich, der als Erster durch ein Fenster im ersten Stock stieg. Es gelang ihm zwar nicht, die Haustür wie geplant von innen zu öffnen, aber dem Beil der draußen wartenden Kameraden hatte die störrische Tür wenig Widerstand zu bieten. Ehe der schlaftrunkene Bauer noch reagieren konnte, hatte ihn der Hannes schon gepackt, aus dem Bett seiner gerade erst von einem Kind entbundenen Frau gezerrt und gefesselt. Während die anderen nun fleißig damit begannen, Kisten und Truhen aufzubrechen und zu plündern, passte Jahnus auf die Kindbetterin auf, bis der Dicke Hannes im ersten Stock seine Hilfe brauchte. Der Gauner schaffte es allein gar nicht mehr, all die Kisten kurz und klein zu schlagen! Das darin befindliche Silber und alle anderen Waren packten sie in mitgebrachte Ranzen, die Jahnus hinunter trug und unter die Haustür legte. Anschließend postierte er sich im Garten, denn das Dorf war nahe und die Gefahr, dass jemand dort drüben etwas bemerken würde, nicht von der Hand zu weisen. Aber alles blieb ruhig.

Nach gut einer Stunde war der ganze Spuk vorbei. Dennoch hielt es die Bande für sicherer, erst in ausreichend großer Entfernung die Beute zu teilen. Jahnus bekam zwei Silberlöffel, eine silberne Puderschachtel, etliches weiteres Silberzeug und drei bis vier Ellen feinen, grünen Stoff.

Sein größter Coup aber war vermutlich der im trauten Verein mit Antoni Huber, Johannes Rothhäußler und sechs weiteren Spitzbuben verübte Raub bei dem reichen Pfarrer von Auwingen. Eine entfernte Verwandte des Rothhäußlers, die vordem im Pfarrhaus in Diensten stand, hatte ihm im Vertrauen verraten, dass der Pfarrer sehr viel Geld besitze. In den Ohren des chronisch „blanken“ Gewohnheitssäufers und -spielers klang das wie Engelsmusik! Um St. Georgen-Tag des 1718. Jahres setzten die Räuber ihren schurkischen Plan in die Tat um. Jahnus blieb mit zwei geladenen Terzerolen auf Wache vor dem Haus zurück, während die anderen der wohlverdienten

Ruhe des Geistilchen zu mitternächtlicher Stunde ein jähes Ende setzten. Der arme Priester wusste gar nicht, wie ihm geschah, als Huber auf ihn zusprang und am Kopf packte. *„Einen Mucks, und ich schlage dich ins Maul!“* herrschte er den zu Tode erschrockenen Mann an. Rothhäußler erbrach derweil mit dem Stemmeisen die Truhe, in der sie die Kiste mit dem Geld wussten, auf und schleppte Letztere fort; nach wenigen Minuten war der Alptraum vorbei. Aber was war das Kistchen schwer! Bei einem Inhalt von mehr als 3000 war das allerdings auch kein Wunder.

So konnte es nicht weiter gehen! Sobald sie im Wald waren, brachen die Diebe das Kästchen auf und packten das Geld in mehrere Ranzen, um es eine Stunde Fußmarsch weiter zu teilen. Während Jahnus seinen Anteil in Höhe von 330 Gulden größtenteils dazu verwendete, um einige Schulden zu bezahlen und neue Waren für seinen Kramhandel zu kaufen, brachte Huber die ihm zugestandenen 350 Gulden größtenteils mit Fressen, Saufen und Spielen durch; für den kläglichen Rest von 30 Gulden kaufte er sich in Schweinau ein Pferdchen. Rothhäußler wiederum hatte einen Teil seiner Beute für den Kauf von Kleidern und Medizin für seine kranke Frau ausgegeben; bei seiner Verhaftung im Juli 1718 konnte diese seine bessere Hälfte mit den übrigen gut 100 Gulden entkommen.

Fassen wir bis hierher das „Sündenregister“ des Bernhard Jahnus zusammen: Ein brutaler Überfall auf einen Pfarrer, der Raubüberfall auf dem Schreckhof, der Einbruch in Schwäbisch Hall – nicht schlecht, oder? Aber es kommt noch besser!

Wer immer im 18. Jahrhundert etwas verschicken wollte, konnte auf ein Heer von Boten zurückgreifen. Ob Nachrichten, Waren oder Gelder – diese laufenden, fahrenden oder reitenden Boten transportierten alles. Ausgestattet mit einem speziellen Abzeichen, waren sie für jedermann als Boten erkennbar und durften sich eines speziellen Schutzes erfreuen. Dennoch war so ein Botenleben alles andere als ungefährlich, vor allem dann, wenn diese Boten große Mengen Geld – z. B. Steuergelder – transportierten. Überfälle waren an der Tagesordnung, und der unglückliche Bote konnte von Glück sagen, wenn er mit heiler Haut davonkam. Anfang März 1718 hatten Jahnus und Huber Kundschaft davon erhalten, dass am fünften des Monats der Memmingisch-Lindauische Bote mit der Kutsche unterwegs sein würde. Rasch war ein Bündnis mit Joseph Bollinger, dem Buben Jörglein und dem sogenannten Sodomiter geschlossen und der Plan geschmiedet. Als die Kutsche am Abend die Straße zwischen Niederhofen und Leutkirch entlang rumpelte, schlug die Bande zu. Huber rannte mit seinem geladenen Stutzen neben der nicht besonders schnell fahrenden Kutsche her, bis er hineinspringen konnte. In der Kutsche fand er nicht nur den an seinem silbernen Schild erkennbaren Boten, sondern auch eine Frau aus Lindau, die nach Memmingen reisen wollte. „Keine Bewegung, oder es knallt!" herrschte er die zu Tode erschrockenen Passagiere an, während seine Kameraden die Kutsche von der Straße in den Wald hinein führten. Endlich kam das Gefährt zum Stehen. Mit einer letzten Drohung sprang Huber hinaus und beeilte sich, die unruhigen Pferde zu halten, bis die anderen mit der Plünderung der Kutsche fertig waren. Der Kutschknecht versuchte zwar, in Todesverachtung den Mordgesellen Widerstand zu leisten, aber gegen Bollingers kräftige Faust hatte er keine Chance.

Der riskante Überfall hatte sich gelohnt: neben 500 Gulden erbeuteten die Räuber auch 18 Ellen rotes Tuch und etwas Seide. Das Ganze war so schwer, dass sie die vollgepackten Ranzen abwechselnd tragen mussten. Die Räuber hatten allen Grund, sich schleunigst aus dem Staube zu machen. Sie wussten: der Überfall würde nicht lange unentdeckt bleiben; bereits in wenigen Stunden würde es im Wald von Soldaten nur so wimmeln. Mehr als drei Stunden hetzten sie über Stock und Stein, erst dann fühlten sie sich sicher. Mitten im Wald wurde die Beute geteilt, und auch diesmal nutzten die Räuber ihren Gewinn sehr unterschiedlich: Jahnus teilte sich das Geld gut ein und ließ aus dem Stoff ein Mieder für seine Frau und für sich selbst einen roten Brustfleck machen, sein Gevatter Huber hingegen gab im Verhör zu, er habe das Geld *„verfressen und*

versoffen".
Gegen diesen dreisten Raubüberfall auf die Botenkutsche nahm sich ein weiterer Coup des Trios Jahnus, Huber und Jörglein geradezu „harmlos" aus, obwohl auch er für die betroffenen Opfer – die Weinrieder Weber Martin Müller und Joseph Braumüller – eine dramatische Erfahrung gewesen sein dürfte. Acht Tage vor Galli 1717 wanderten die beiden Handwerker zu abendlicher Stunde zwischen Reichau und Kloster Bayern die Straße entlang. Bald, so dachten sie, würden sie die müden Beine ausstrecken und sich an Bier und Speise laben können. Bald schon...Doch es kam anders. Die beiden Männer wussten nicht, dass sie im Wirtshaus zu Rieden beobachtet worden waren, und zwar von niemandem anders als von Antoni Huber. Dem Erzhalunken waren die Geldbeutel an den Gürteln der Handwerker nicht entgangen. Als er genug erfahren hatte, eilte er von dannen, um seine beiden Kameraden zu informieren, dass fette Beute unterwegs sei. So kam es, dass wie aus dem Nichts zwei furchteinflößende Kerle auf die ahnungslosen Wanderer zusprangen. Ehe es sich die Weber versahen, rissen sie die Weber an den Haaren zu Boden – Huber hatte sich auf den Alten gestürzt, sein halbwüchsiger Sohn Jörglein half Jahnus, mit dem jüngeren fertig zu werden. „Los! Mitkommen!" grunzte er und zerrte den alten Weber von der Straße ins Gebüsch. Jörglein half mit einem unsanften Stoß in den Rücken nach. Während die beiden Handwerker gefesselt im Unterholz zurückblieben, eilten die Räuber mit ihrer Beute davon. Die war mit 25 Gulden zwar nicht so reich ausgefallen wie erhofft, aber immerhin – einige Wochen konnte man sich davon schon ganz gut ernähren.
Auch der Überfall auf den Tiroler Zitronenhändler im Februar 1718 gehörte eher unter die Rubrik „Kleinvieh macht auch Mist". Jahnus, Huber, Bollinger und der Sodomiter hatten dem Händler in der Nähe von Reutig bei Ulm aufgelauert, brutal zu Boden gerissen und an Händen und Füßen gefesselt hilflos zurückgelassen – und das im damals noch wahrhaft eisigen Monat Februar! Und wofür? Ganze neun Gulden und seine sauren Zitronen hatte der Tiroler bei sich gehabt!

Alle bisher skizzierten Raubüberfälle des Jahnus und seiner Kumpane zeichnen sich durch eine hohe Brutalität aus. Diese Männer, und das sei an dieser Stelle ausdrücklich betont, waren selbst für ihre Zeit außerordentlich gewalttätig – nicht nur gegenüber ihren Opfern, sondern auch im Umgang miteinander. Jahnus beispielsweise bekennt, er habe einst im Wirtshaus zu Wangen ein paar tumbe Bauernburschen beim Spielen über den Tisch gezogen. Der inzwischen hingerichtete Quartiermeister Müller habe das beobachtet und seinen Anteil an dem ergaunerten Geld verlangt. „Wo denkst du hin?" fuhr Jahnus auf. Aber der Quartiermeister ließ nicht locker. Welche Kraftausdrücke er Jahnus angedeihen ließ, wissen wir nicht, aber sie dürften deftig gewesen sein, genau wie die schallende Ohrfeige, die er Jahnus in aller Öffentlichkeit verpasste. Als der sich wehrte, wollte Müller ihn gar mit dem Messer stechen. Nachdem es Jahnus gelungen war, vor den wütenden Attacken seines Räuberkumpans zu entkommen, sann er auf Rache. Mit einer geladenen Schrotflinte wartete er draußen vor dem Dorf auf Müller um ihm, wie er selbst sagte, die Beine abzuschießen. Er feuerte auch tatsächlich auf den Quartiermeister und traf ihn mit einer vollen Ladung am Knie, so dass der Fuß lahm und krumm wurde. Der krumme Quartiermeister habe allerdings nie zugegeben wollen, dass er, Jahnus, ihm diese Verkrüppelung beigebracht habe und stattdessen überall vorgegeben, er sei zu Landau derart blessiert worden.

Antoni Huber hatte einen seiner Kameraden gar auf dem Gewissen. Absichtlich hatte er den Schweitzer Peters allerdings nicht erschossen. Der Tod des berüchtigten Räubers war vielmehr ein Unfall, und im Grunde genommen war er sogar selber daran schuld. Um Ostern 1716 hatte Huber mit zwei Schweizer „Berufskollegen" zu nächtlicher Stunde irgendwo im Berner Gebiet einen Kramladen ausgeplündert. Die Beute bestand vor allem aus kostbaren Reutlinger Spitzen, die sie im Wald nach alter Räubersitte teilten. Anschließend kehrten sie bei Adam Stoß in Koblenz (Schweiz) ein. Bier und Branntwein schmeckten vortrefflich, doch Alkohol enthemmt bekanntlich, und so nahm das Unheil seinen Lauf. Der Schweizer Peter forderte plötzlich von Huber dessen Anteil zurück, was der natürlich ganz und gar nicht einsah. Die Reden wurden lauter, Beschimpfungen folgten, und schon war der schönste Streit im Gange. Außer sich vor Wut, zog Peter seine geladene Pistole, spannte den Hahn und machte Anstalten, seinem Widersacher aus nächster Nähe in den Kopf zu schießen. In Todesangst versuchte Huber, die gefährliche Waffe von sich zu wenden. Im Gerangel zog Peter den Abzug, der Schuss löste sich – und traf den Schützen selbst in die rechte Seite. Zwölf Stunden später starb er, während Antoni Huber nur noch die Flucht blieb.

Insgesamt, so scheint es, hatten Huber und Jahnus deutlich mehr auf dem Kerbholz als ihre mitgefangenen Komplizen Rothhäußler und Rappel, deren Urgichten sich im Wesentlichen auf jenen Raubüberfall beschränkten, der den Anfang vom Ende ihres Räuberdaseins darstellte. Die Opfer – drei Crailsheimer Viehhändler – waren eher zufällig ins Visier der Bande geraten, die eigentlich einen ganz anderen Coup geplant hatte. Jahnus und Co. hatten nämlich einen Tipp bekommen: Christian Friedrich, ein getaufter Jude und kein Deut besser als die Ganoven, mit denen er zu verkehren pflegte, hatte ihnen einen Einbruch in der Nürnberger Synagoge schmackhaft gemacht. Der dortige Opferstock, so behauptete er, sei immer reich gefüllt, und die Gelegenheit sei günstig. Die vier Delinquenten verbündeten sich also mit dem sogenannten Lunzendreck und dem Wirts-Antoni von Teufstetten und reisten am 4. Juli von Nördlingen über Schweinau und Nürnberg. Dort aber mussten sie feststellen, dass sich der Einbruch nicht wie geplant durchführen ließ. Reichlich desillusioniert zog sich die Bande nach Schweinau ins Wirtshaus zum Schwarzen Adler zurück, um zu überlegen, was zu tun sei. Aber Christian Friedrich hatte schon eine neue Idee: Er war nämlich nicht untätig gewesen, sondern hatte drei Crailsheimer Viehtreiber ausgekundschaftet, die sich mit dem üppigen Erlös ihrer Verkäufe gerade auf dem Heimweg befanden. Sie mussten nur schnell und entschlossen handeln, denn es war schon Nachts um 10 Uhr und morgen in der Frühe würden die Händler den Klosterwald zwischen Schwobach und

Heilsbronn passieren.

Die Nachricht elektrisierte die verhinderten Räuber förmlich. Sie waren den ganzen Tag unterwegs gewesen und recht schaffen müde, aber eine solche Gelegenheit konnten sie sich nicht entgehen lassen. Da blieb keine Zeit zum Schlafen, denn bis zum Klosterwald war es weit. Gegen 2 Uhr morgens brachen sie auf und erreichten etwa sechs Stunden den Wald. Jahnus war mit zwei geladenen Terzerolen und einem dicken Stock bewaffnet, und auch die anderen trugen Terzerole bei sich. Nichts bei diesem Überfall wollten sie dem Zufall überlassen.

Die Bande musste nicht lange in ihrem Hinterhalt warten. Bereits nach einer Viertelstunde sahen sie die Händler die Straße hinaufkommen. Ansonsten war kein Mensch weit und breit auf der gut frequentierten Straße unterwegs. Besser konnte es gar nicht laufen. Mit grimmigen Gesichtern sprangen die Räuber auf ihre hilflosen Opfer zu. Jahnus und Lange Hannes stürzten sich auf Hans Georg Haager. Er war der größte und kräftigste der Händler, doch gegen den schweren Prügel, der jetzt auf seinen Kopf niedersauste, hatte er keine Chance. Blutüberströmt ging der große Mann zu Boden, aber das kümmerte die Angreifer nicht. Wieder und wieder prügelte Hannes auf den Wehrlosen ein. Jahnus packte den schwerverletzten Mann, drückte seinen Kopf nach unten und zerrte ihn an den Haaren von der Straße in den Wald, um ihn dort mit seinen eigenen Stricken an Händen und Füßen zu fesseln und schließlich seine Augen zu verbinden. Erst dann ließ er von seinem Opfer ab.

Dem alten Hans Georg Haag erging es nicht fiel besser. Nachdem Rappel ihn bereits zu Boden geschlagen und in den Wald gezerrt hatte, zog Huber ihm noch drei Schläge mit dem (nicht gezogenen) Säbel über, riss ihm den Geldgurt vom Leib und trieb ihn dorthin, wo sein Kamerad bereits gefesselt wartete. Nosch schlimmer war der junge Georg Flechsner dran. Rothhäußler schlug ihm den Hirschfänger mit solcher Wucht über den Kopf, dass sie scharfe Waffe Flechsners Hut wie Butter durchdrang und die Unterlippe bis zum Kinn aufschlitzte.

Gnadenlos zerrte er den schwerverletzten Burschen mehr als 400 Schritte in den Wald – an den Haaren, wohlgemerkt – und ließ ihn dort gefesselt zurück.
Nach vollbrachter Tat suchten die fünf Schurken schleunigst das Weite, denn lange würde der Überfall nicht unbemerkt bleiben.
Die Beute, die sie bei Lenzendorf im Wald teilten, war tatsächlich üppig ausgefallen. Jeder bekam seinen Anteil an der Beute – auch die in Schweinau gebliebenen Kameraden, denn sie gehörten zur Bande. So war es Brauch, und so war es gut.
Bis zu diesem Moment war es für die Räuber ein Überfall wie jeder andere, doch diesmal hatten sie sich verrechnet. Die zuständigen Obrigkeiten reagierten zu rasch. Während sich die Bande noch in Schweinau ausruhte, nahte bereits ein Trupp Husaren. Auf der Flucht vor den wild entschlossenen Soldaten warf Rothhäußler seinen Hirschfänger und den Knüppel von sich, doch auch das vermeintlich sichere Versteck hinter einer Hecke nützte ihm nichts. Ebenso wenig entging den scharfen Augen der Husaren der frische Erdhaufen neben ihm. Darin hatte Rothhäußler sein mit zwei Kugeln geladenes Terzerol verscharrt. Jahnus, der seinen Anteil in einem den Händlern geraubten Säckchen verwahrt hatte, trat das verräterische Beutelchen in einen Maulwurfhaufen, aber auch das war natürlich vergeblich.
Dem entschlossenen Handeln der Obrigkeit war es zu verdanken, dass drei der Räuber bereits wenige Stunden nach dem brutalen Überfall verhaftet werden konnten; Rappel und der Lange Hans hingegen waren zunächst entkommen. Freiwillig, das wussten sie, würden ihre Kameraden sie nicht verpfeifen, doch würden die drei auch unter der Folter schweigen können? Während der Lange Hannes es für klüger hielt, es nicht auf einen Versuch ankommen zu lassen, kehrte Rappel unverständlicherweise ins heimatliche Oberhausen zurück. Und sein Vertrauen in die Schweigsamkeit seiner Komplizen schien zunächst auch gerechtfertigt. Fünf Monate lang hielten die drei stand; fünf Monate lang gaben sie einen falschen Namen an und behaupteten, nicht zu wissen, wo er

sich aufhalte. Dann aber brach einer von ihnen zusammen. Rappel gelang es zwar noch, den Häschern zu entkommen, doch am Bodensee war seine Flucht endgültig zu Ende. Am 23. März 1719 stand er mit seinen Kameraden ein letztes Mal vor seinen irdischen Richtern, um nach nochmaligem Geständnis das längst beschlossene und nunmehr öffentlich verkündete Urteil zu vernehmen. Unmittelbar danach wurde er, wie seine Kameraden, zur Richtstatt geführt, enthauptet und sein Körper sodann aufs Rad geflochten. Rothhäußler, Jahnus und Huber wurden mit dem Rad gerichtet, doch selbst hier wussten die gelehrten Juristen sehr wohl zu differenzieren. In Rothhäußlers Fall sollte der erste Stoß aufs Herz geführt werden; das schwere Rad würde den Brustkorb zerschmettern und so das Leiden des Delinquenten abkürzen. Huber und Jahnus hingegen hatten die größte Schuld auf sich geladen und sollten dafür gräßliche Schmerzen leiden. In ihrem Fall sollte der Scharfrichter zunächst die Arme zermalmen: erst dann sollten auch sie den „Gnadenstoß" aufs Herz erhalten. Von Rechts wegen.

Anhang:

Jahnus und seine zu Onolzbach gerichteten Komplizen waren bei weitem nicht die einzigen Räuber und Gauner, die im zweiten Jahrzehnt des 18. Jahrhunderts zwischen Schwaben, Franken, Bayern und der Schweiz ihr Unwesen trieben. Sie waren hervorragend vernetzt und so paradox es klingen mag: auch sie hielten sich an Gesetze, die freilich nur wenig mit den Gesetzen der Welt zu tun hatten. Die meisten von ihnen sind namenlos geblieben, doch einige – ja einige „schafften" es in die reichlich publizierten Fahndungslisten. Werfen wir also einen Blick in jene Liste, die ihre Entstehung dem Verhör der oben genannten vier Verbrecher verdankt:

1) Bernhard Jahnus oder Jahmus,

ein Ertzrauber und Ertzdieb, der gleich dem unten Nr. 10 beschriebenen Hannß Hauffen für einen Brigadier unter der Raubers- und Diebs-Rotte benahmset worden, hat angegeben, daß er in der Neuburger Pfaltz zu Embsckheim bey Rheinhardshoffen gebürtig, 24 Jahr alt. Ist von starcker, untersetzter Statur, schwartzbrauner, uffgeloffener Haare, dergleichen Spreiß-Barths, und eines vollkommen rothlechten Gesichts; stehet schon in der Pfedtelbachischen Diebs-Verzeichnus sub Nr. 14 als ein Ertzdieb beschrieben; ist Hannß Störtzers oder deß sogenannten Kessel-Hannsen von Leutenbach Tochtermann, und hat sich letzthin zu Oberhaussen, 1 Stund von Weissenhorn oberhalb Ulm, uffgehalten, und jezuweilen Hannß Michel Jahnser, auch Bernhard Lehler, fälschlichen genennet. Sein Vatter Jacob Jahnson Jahnus solle zu Haarburg gehencket, und dessen Mutter zu Heydenheim an der Brentz mit dem Schwerdt gerichtet worden seyn.

2) Antoni Huber,

auch ein Ertzrauber, hat sich allhier über 2 Monath den Nahmen Joseph Goltsch fälschlich beygeleget, ist deß Bernhard Jahnus und unten Nr. 5 beschriebenen langen Hannessen, auch deß Nr. 18 stehenden Simeleins Gevatter, dann deß Nr. 17 befindlichen Melchior Schwimmers Stieff-Bruder, zu Ittebeyern, dritthalb Stund oberhalb Memmingen gebürtig, 25 Jahr alt, langer, rahner Statur, bleichen, schmalen, blattermäßigten Angesichts, dünnen, schwartzen Barts, und schwartzen, krausen, kurtzen Haars, hat seinem Vorgeben nach unter dem Königlich-Schwedischen General-Ecblatischen Dragoner-Regiment 5 Jahr, und unter dem Königlich-Üreußischen General-Stillischen Infanterie-Regiment gedienet, sich vor seiner Captur vor einen Präu-Knecht ausgegeben, und nirgendwo einen beständigen, doch aber bey 2 biß 3 Jahren her in Ober-Schwaben, auch in der Schweitz seinen mehresten Auffenthalt gehabt.

3) Johannes Rothhäußler,

welcher sich in die 5 Monat allhier Hannß Georg Roth genennet, ist 26 Jahr alt, zu Gehringen, einem einschüfftigen Hof in der Pfarr Wolffarth-Schwendach, Ravenspurger Herrschafft, gebürtig, etwas lang- und starcker Statur, kurtzschwartzen, etwas aufgelauffenen Haars, schwartz-gelben Angesichts, und rothlechten Barts, hat auch nirgends einen gewissen Aufenthalt gehabt.

4) Jacob Rappel, vulgo der Blau,

der von seinen vorstehenden 3 Complicibus fälschlicher weise der Cramer Hannß Michel genennet worden, ist nach seinem Vorgeben zu Zeschingen in der Neuburger Pfaltz gebürtig, 27 Jahr alt, langer starcker Statur, und dicken, etwas rothlechten Angesichts, hat einen braunen Schnurr-Barth und schwartz-braune, etwas aufgeloffene Haare, auch an dem Kien auf der rechten Seiten eine braunlechte Maaßen (Narbe), eines Zweyers groß, und letzthin seinen Auffenthalt zu Oberhaussen gehabt: Ist zu Bregentz am Bodensee einem abgeschickten Commando Anspachischer Dragoner ausgelieffert worden.

Diese 4 Raubere haben die Schwäbische Sprache geredet, und sind Catholischer Religion, ihrem Angeben nach kurtze Waar-Krämer und Marckt-Spieler gewesen, und um vieler begangenen Missethaten willen nach Ausweiß ihrer zu Ende beygedruckten Urgichten und Urtheile den 23. Martii 1719 die drey Ersten mit dem Rade, und der Letztere mit dem Schwerdt zu Onolzbach hingerichtet, dann deren Cörper in dem Heilsbronner Walde, wo sie den letzten Strassen-Raub begangen, auf Räder geflochten worden. Deren gehabte Weibere aber unten Nr. 25, 26, 27 & 28 beschrieben zu finden.

5) Der lange oder sogenannte Schweitzer-, auch Schwaben-Hanneß,

nennet sich Johann Mehring, auch jezuweilen Johann Gau, Johann Wirth, Georg Rupp oder Vurbacher, wird aber Johann Kern heissen, und deß vor 2 biß 3 Jahren zu Wettenhaussen mit dem Schwerdt gerichteten Matthes Kerns, und deß unten Nr. 18 stehenden Simeleins oder Simon Kerns Bruder, dann deß Antoni Hubers und Jacob Rappels Gevatter gewesen seyn; ist ein langer, starcker Kerl, zwischen 30 biß 40 Jahren alt, hat einen dicken Kopff, schwartz-braune, kurtz-krause Haare, einen mittlern Schnautz-Bart, ein röthlich-dick-backichtes

Gesicht, grosse Augen, und starcke Schwäbische Aussprache, trägt einen schwartz aufgemachten Hut, schwartz-grauen abgeschossenen, weißlecht-werdenden, tuchenen Rock mit dergleichen Knöpffen und etzlich farbigen, als weiß-braunen und rothen Unter-Futter, wovon das rothe vornen unter denen Knopff-Löchern befindlich, ferner ein schwartzlechtes Camisol, auch mit tuchenen Knöpffen, einen rothen Brust-Fleck mit g elben, 3 mal gesetzten Tressen und auf der Seiten mit zinnenen, oder messenen Knöpffen, gelb-lederne abgeschmutzte Hosen mit einem Träger, und weisse, gewürckte Strümpff; ist Catholischer Religion, gibt sich vor einen Kramer, auch dann und wann vor einen Fleisch-Hacker, Sattler etc. aus, hat keinen beständigen Auffenthalt, und seine Herberge überall herum; unter andern aber zu Berlingen an der Donau bey denen Bauern; gehet mit seinem Weib dem Raub und Stehlen nach, und ist mit solcher, und nebst seinen 4 Kindern mehrestens auf den Märckten an der Donau, im Algey und Bodensee, besonders aber zu Ulm, Nördlingen, Memmingen, Günzburg, Weissenhorn, ferner zu Ehingen, 5 Stund von Ulm, zu Leutkirch, Kieseleck, Mindelheim, Bieberach, Wangen, Eisenau oder Ysni, Pfuhlendorff, Uberlingen, Lautbach, Bobenhaussen, Gemünd, Dillingen, Donauwerth, Rüdlingen usw. nebst mehr andern seinen Diebst-Gesellen anzutreffen, und kommen auch auf die Moß-Wiesen, einen Jahr-Marckt im Anspachischen, aufs Stehlen.

Dieser Hannes hat mit oben beschriebenen justificirten 4 Raubern einen namhafften Strassen-Raub in Eingangs benannten Heilsbronner Wald an 3 Viehe-Händlern verüben helffen, worbey einer dieser Beraubten im Gesicht, und einer über den Kopff verwundet, alle 3 aber mit Prügeln übel tractirt, gebunden also liegen gelassen, und ihnen an Geld 610 fl. und anders abgenommen worden.

Selbiger hat auch abgewichenen Sommer von dem von Katzbeck nach Anzeig der Hingerichteten zwar zu Oberhaussen ein Attestat auf zwey Jahr bekommen, als ob er sich zu Oberhaussen uffgehalten hätte, solle aber niemals allda sich befunden haben. Und ist übrigens auch bey Beraubung deß

Pfarr-Hoffes zu Auwingen im Fürstl. Hohenzollerischen mit gewesen; solle auch einen seiner Diebs-Gesellen, den sogenannten Mohren-Hanneßen, im Herbst Anno 1717 im Elsaß, nicht weit von Basel, auf einem Jahr-Marckt mit einem Messer auf 2 Stich erstochen haben, und nach Anzeige deß in der Kayerlichen Vörder-Österreichischen Land-Grafschafft Nellenburg zu Stockach Anno 1718 hingerichteten Johann Hössen mit bey dem Leipffertinger Kirchen-Raub und dem Tuttlinger Diebstall gewesen seyn.

6) Antoni Weber,
deß alten Würths von Teuffstetten Sohn, ist ein klein, dick gesetzter Kerl von etwan 30 Jahren, hat schwarz-aufgeloffene kurtze Haare, ein rothlecht-dickes Gesicht, glatt barbirt, trägt einen schwartzen, aufgemachten Hut mit einer grünen Hut-Schnur, um den Hals einen seidenen, vorn gebundenen Flor, und unter solchem einen meßingen Hembd-Knopff, einen braun-tuchenen Rock, auch mit solch tuchenen Knöpffen, grün ausgemachten Knopff-Löchern, und grünen Unter-Futter, einen roth und schwartz geblümten florellenen Brust-Fleck, vornen mit meßinen hohen Knöpffen, Wild-lederne gelbe gewickelte Hosen ohne Träger, und weiß-wollene Strümpffe, redet die Schwäbisch-Dinckelsbühlische Sprache, und hat beständig einen kurtzen, gezogenen Stutz bey sich, den er entweder auf der Achsel oder unter dem Rock zu tragen pfleget und so gemachet ist, daß man solchen beym Schloß voneinander in 2 Theil schrauben kan; trägt auch über dem Rock in einer Jägers-Kuppel einen Hirsch-Fänger mit zweyen Messern, hat ein Weib, und ein Büblein von 5 oder 6 Jahren.
Dieser Antoni ist ein Ertz-Wildpret-Schütz, und seiner Diebs-Gesellen Anzeige nach ein so böser Kerl, der alles Böses und Ubels gestifftet. Solle auch in der Gnotzheimer Cameradschafft begriffen seyn, und vor 3 oder 4 Jahren den Krämer von Teuffstetten erschossen, dann abgewichenen Sommer von dem von Katzbeck zu Oberhaussen auch ein Attestat als ein Jägers-Pursch bekommen haben, und ist bey Beraubung deß obgedachten Pfarr-Hoffes zu Auwingen ebenfalls mit gewesen;

hat auch von dem Heilsbronnischen Strassen-Raub, ob er gleich nicht würcklich dabey sich befunden, sondern mit dem nächstfolgenden Meyerhoffer zu Schweinau geblieben, einen Antheil wie ein anderer bekommen sollen, und vorgehabt, noch andere Raubs-Anschläg der Gegend Nürnberg mit ausführen zu helffen.

7) Johann Meyerhoffer, vulgo Lunzendreck,

von 24 oder 25 Jahren, ist ein langer, rahner Kerl ohne Barth, hat braunlechte, glatte Haare, einen blauen Rock mit meßenen Knöpffen, rothes Camisol mit meßenen oder zinnen Knöpffen, gelb-lederne Hosen und weiße Strümpffe getragen; wird ein Schneider, und auch Catholischer Religion seyn; hat sich ferndigen Winter zu Schwäbischen Gemünd aufgehalten; redet die Schwäbische Sprache, und solle von dem von Katzenbeck zu Oberhaussen als ein Jägers-Pursch gleichfalls ein Attestat vergangenen Sommer bekommen haben; hat von dem Heilsbronnischen Strassen-Raub, ob er schon auch nicht dabey sich befunden, einen Antheil gleich andern erhalten sollen, und gleichermassen den Vorsatz gehabt, die oben angezeigte Raubs-Anschläge mit seinen Complicibus auszuführen; leget sich auch auf falsches Geldmachen, und gibt, nach Augspurgischen Gepräg, gleich seiner unten Nr. 31 befindlichen (salva venia) Hur Christina Grabnerin, falsche Thaler aus, mit welcher er schon 2 Jahr im Huren-Leben herum ziehet, und ein Kind allbereit mit ihr erzeuget. Ist vor zweyen Jahren unter die Venetianische Werbung zu Nördlingen gekommen, allda aber mit noch Zweyen über die Mauer hinaus gesprungen, und somit desertirt.

8) Der Christian Friederich,

aus der Hoch-Fürstl. Onolzbachischen Stadt Schwobach gebürthig, zwischen 48 biß 50 Jahren alt, ist der Geburth nach ein Jud, dessen Vatter Höhnlein Abraham und er Itzig oder Isaac geheissen; solle zu Kiel im Hollsteinischen vor 26 Jahren Evangelisch, und hiernach wiederum zu Ellingen getaufft und Catholisch worden seyn; ist vor der Höchstätter Schlacht Anno

1704 unter denen Königlich-Preußischen Trouppen als Musquetirer gestanden;
wird für einen Haupt- und Marckt Dieb, Jauner, falschen Spieler und Ehebrecher von denen oben gemeldten und andern Schwobacher Inquisiten beschrieben. Gibt sich aus, daß er von Zwickau in Sachsen, dergleichen Paß er auch geführet, seye: ist ein langer, starcker, gesetzter Mann, schwartz-dicken Gesichts, glatten, gantz wenigen Barths und schwartzen Haares, trägt einen braunen Caput-Rock mit Schlaiffen, ferner ein braunes Camisol mit meßenen Knöpffen, einen Brust-Fleck von roth-blau und weiß-gestreifften Calmnuck, vornen mit silbernen Knöpffen; weiß-lederne Hosen mit einem weissen, gewürckten, von Silber durchschossenen, neben rothgestreifften Hosen-Träger, und braune oder graue Strümpffe; reitet ein klein falchigtes Pferdlein, handelt mit allerhand Kram-Waar von Cotton, Spitzen, Spiegeln etc; zieget auf die Märckte mit einem sogenannten Spiel-Sieb, und hält sich öfters bey Nürnberg, item der Gegend Dinckelsbühl, und zu Seidelsdorff im Wirths-Hause, ferner zu Prag, Beraun und andern Orten in Böhmen, auch in der obern Pfaltz auf, und solle zu Nördlingen beym Stadt-Knecht ein Kind in der Cost gehabt haben. Siehet noch einem Juden gleich, und wann er anfangt zu husten, solle er so thun, als wann ihm Lungen und Lebern heraus fallen wolle.
Ist ein Riemen-Stecher, gehet mit seiner nachbemeldten (salva venia) Hur auf denen Märckten dem Stehlen nach, hat den Anschlag zu dem Heilsbronnischen Strassen-Raub, item zu Ausraubung deß Wirths-Hauß bey Neumarck, deren Schwein-Treibere bey Nürnberg, und der Juden-Synagog zu Fürth gegeben, und von dem erst-gemeldten Strassen-Raub bey Heilsbronn, weil er solchen verrathen, seinen Antheil gleich denen ersten Fünffen, so solchen verrichtet, bekommen sollen; hat ein Weib, mit welcher er aber nicht ehelichen lebet, sondern mit dem unten Nr. 32 beschriebenen Marx Rothischen Ehe-Weibe Anna Maria herumziehet, und mit solcher in doppeltem Ehebruch allbereit 3 Kinder erzeuget; ist mit selbiger wegen begangenen Seiden-Zeug Diebstals auf dem Marckte zu München by dem Hoch-Gräfl. Fuggerischen Reichs-Pfleg-Amte

Wörth Anno 1715 in die 5 Wochen lang in gefänglichem Verhafft gelegen, und dasigen Gebiets Krafft geschworner Urphed auf 10 Jahr verwiesen worden.

9) Deß Bernhards Bruder Hannß Adel oder Hannß Adam Jahnus,
ist in die 20 Jahr alt, ein langer Kerl, und schwartzlechten Angesichts, und daran wohl känntlich, daß er in dem lincken Aug ein Fell oder Blume hat; redet die Schwäbische Sprache, spielt auf der Geigen und auch auf dem Hack-Brett, trägt einen weißbraunen Rock, ein weiß-canfassen Camisol, und dieses Letztere mit schwartzen Knöpffen und schwartz ausgenehten Knopff-Löchern, Pomerantzen farbe Strümpffe und schwartze Knie-Riemen, dann um den Hals einen schwartzen Flor mit 2 silbernen Hembd-Knöpffen; ist Anno 1718 zu Jachsberg im Würtzburgischen unter dem Namen Hannß Adam Jahnumus in Verhafft gesessen und der Venetianischen Werbung nach Schwäbischen Hall ausgelieffert worden, von welcher er aber vermuthlich wieder desertiret seyn wird. Ist schon in der Pfedelbachischen Beschreibung de Anno 1717 sub Nr. 18 enthalten, und auch einer von denen Ertzdieben, welcher sonderheitlich bey deß Handelsmann Gröthers Kram-Diebstall zu Schwäbischen Hall mit gewesen, und eben derje-nige Bößwicht, der durch einen Bürger von Merckendorff in dem Walde Haundorff Sr. Hoch-Fürstl. Durchl. zu Branden-burg-Anspach, unsern gnädigsten Fürsten und Herrn, bedrohliche und gefährliche Reden den 2. Aug. 1718 zuentbieten lassen.

10) Hannß Hauff, oder der sogenannte dicke Hannß,
und gewesener Krämer zu Rügelbach, ist, wie oben Nr. 1 angeführt, auch ein Ertzrauber und Ertzdieb, und in der erstgemeldt Pfedtelbachischen Beschreibung Nr. 1 enthalten, und solle gleich dem Bernhard wie Brigadier von der Raubers-Rotte seyn, aus Francken, wo er auch von dem Fürstl. Schwartzenbergischen Contingent als Soldat desertiret, gebürtig, hat sonst keine Profession, gibt sich doch vor einen Spieler und Krämer aus, und hat eine Kram-Butten getragen, ist

30 biß 35 Jahr alt, jezuweilen auch der Silber-Krämer genannt worden; ein kurtz-dick-gesetzter Kerl, dick-rothlechten Gesichts, in welchem er einen Hieb hat, davon die Narben noch zu sehen; trägt einen schwartzlechten Französischen Stutz-Bart, redt durch die Nasen gantz nießelnd, und hat schwartz-braune, etwas aufgelauffene Haare; ist bey dem Schröckhöffer Raub bey Moßbach am Neckar Anno 1716 nebst dem Bernhard Jahnus der Anführer, auch bey dem Grötherischen Diebstall zu Schwäbischen Hall mit gewesen, und von dem zu Feuchtwang Anno 1717 justificirten Quartier-Meister Johann Georg Müller wegen verschiedener Diebställe zu Brettenfeld, Klein-Ochsen-furth, Königshoffen, Aub usw. angegeben worden; wird auch in Verdacht gehalten, daß er 2 seiner Cameraden, als den Krämer zu Halspach und den zu Teuffstetten, erschossen.

11) Der Hannß Jörgle, den die Rauber insgemein den Buben genannt,

welcher bey dem Antoni Huber als Jung in Diensten gewesen, solle deß sogenannten Reitlinger Frantzen zu Dürrwang, oder Frantz Wilhelm Riedingers, eines Schreiners, welcher seines liederlichen Lebens halben vorigen Jahrs mit seinem Weib und Tochter von Dürrwangen fortgeschaffet worden, Sohn seyn; von 18 biß 20 Jahren, ist langer, rahner Statur, gantz dürren bleichen Angesichts, ohne Barth, hat lang schwartzlechte glatte Haare und im obern Gebiß einen langen Fang-Zahn, schmauchet fast beständig Toback, spielet öfften, und ist ein grausamer Flucher und Sacramentirer; hat, nachdeme er im Früh-Jahr 1718 von dem Huber weggekommen, ein Weib geheyrathet, welche noch nicht längst im Kind-Bett gelegen, und sich dem Verlaut nach zu Ober-Kirchberg oberhalb Ulm in Gräffl. Fuggerischer Herrschafft angesetzet, und von dem zusammen geraubten Geld kurtze Waaren angeschaffet, mit welchen er zu hausiren, und auch auf die Märckte und Messen zu gehen, dann ein Dürrwangisches Attestat zu produciren pfleget; spielet auch auf den Märckten mit Nuß-Schaalen, läßt in die Riemen stechen, und führet ein Spiel auf einem runden Brett mit einer Kugel; hat letzthin einen schwartz aufgemachten Hut, weißgrauen Rock, ein blau cottones Leiblein, gelblederne Hosen mit einem grünen Hosen-Trager, auch braune Strümpffe angehabt, und ist bey Beraubung deß Auwinger Pfarr-Hoffes, der Memminger Land-Gutschen, zweyer Weber zwischen Reichau und Closter Bayern und eines Webers zwischen Ulm und Leipheim, dann nach dem Schaumersbergischen Protocoll bey dem Kram-Laden-Diebstall zu Giengen mit gewesen; hat auch, nach der Land-Gräffl. Nessenburgisch-Stockachischen Kundschafft, verschiedene Raubereyen und Diebställe, besonders aber den Leipffertinger[35] Kirchen-Raub, Beraubung deß Mohren-Hanneßen Weibs mit verüben, minder nicht die Cörper von denen justificirten Delinquenten zu Müringen im Sommer Anno 1717 von Rädern und Galgen abwerffen helffen, und solle auch zu Coblentz im Constantzischen mit bey Erschiessung deß Schweitzer-Peters sich befunden haben.

13) Johannes, der sogenannte Sodomiter oder alte Hanneß,
so mit dem Zunahmen Meyerhöffer sich nennen wird, ist ein Mann wenigstens schon von 50 Jahren, hat ein dünnes, glattes, braunes Haar, unter welchem hinten ein filtigter Locken, etwan Fingers lang, hervor gehet; dick-gesetzt-mittlerer Statur, rothlecht-dicken Angesichts, in welchem in einem Backen eine Schrammen zu sehen; hat einen hell-braunlechten Spreuß-Barth; solle zu Ohrenbau im Eystettischen gebürthig seyn, und sich mehrestens in Francken, und auch im Bayreuthischen aufgehalten haben; redet die Fränckische Sprache, ist unverheyrathet, und gibt sich jezuweilen vor einen Maurer, am mehresten aber vor einen Präu-Knecht aus, von welchen beeden Handwerckern er aber keines gelernet; trägt einen weißlechten Rock mit meßenen Knöpffen, ein blau flonellenes Leiblein, vornen auch mit meßenen Knnöpffen, gelb-lederne bockene Hosen, und ein alte rothe Fuchs-Kappen, ist bey dem Auwinger Pfarr-Hoffs, und Memminger Land-Gutschen, dann deß Citronen-Krämers Raub oberhalb Ulm mit gewesen; hat

35 Leipferdingen (BW)

auch, nach dem Angeben deß zu Schemmerberg sitzenden vorstehenden Andreas Ay oder Eha, mit solchem, dann dem Bernhard Jahnus, Antoni Huber, Buben-Jörgle, und dem nachstehenden Joseph Bollinger, in dem Hoch-Fürstl. Onolzbachischen den Wirth von Synbronn auf der Strassen vor 12 Jahren berauben helffen, ingleichem sich mit bey dem Kram-Laden Diebstall zu Giengen befunden, von welch Letzterm er seinen Antheil dem Bernhard Jahnus vor 16 fl. verkauffet haben wird.

14) Joseph Bollinger,

ist ein kurtzer, dicker Kerl von etwan 30 Jahren, fett-dicken, schwartzen, etwas rothlechten Angesichts, ohne Barth, eingebogener Nasen, hat schwartze, dick-ineinander stehende lange, glatte Haare, eine grobe, Schwäbische Aussprache, und solle daran wohl zu erkennen seyn, daß er an einer Hand den mittlern, längsten Finger zu wenig hat, und wann er nur ein paar Gläßlein Brandwein trincke, er gleich zu singen anfange; ist unter dem Schwäbisch General Rochischen Krayß-Regiment Ellwangischen Contingents Soldat gewesen, im Frühling 1718 unter das Kayserl. Graff-Königseckische Regiment wieder in Kriegs-Dienste gekommen, und von solchem von Günzburg aus auf Ehingen, und von dar in Italien, in Eisen und Banden geschlossen abgeführt worden; hat sich vorhero bey dem altverbrennten Becken Johannes Klebern zu Oberhaussen aufgehalten, und bey Beraubung deß Auwinger Pfarr-Hoffes, der Memminger Land-Gutschen, eines Webers zwischen Ulm und Leipheim, und deß Citronen-Krämers bey Reutig mit befunden, und nebst dem Moren-Hannessen aus der Schweitz, ohnfern Wasserburg am Boden-See Ostern Anno 1717 einen Diebstall von 1000 fl. bey einem Bauern begangen; solle auch, nach der öfften angeregt Nellenburgischen Kundschafft, mit bey dem Sovoyarden-Raub und Mord zwischen Bargen und Höffen, dann bey Erschiessung deß Schweitzer-Peters zu Coblentz, item beym Angriff der Korn-Händlere bey Tettwang, und dem Kempter Wagen-Diebstall mit gewesen seyn, auch wie oben Nr. 13 bey dem Sodomiter angeführet, nach dem Angeben deß zu Schemmerberg sitzenden Andreas Ay oder Ehe, die Beraubung deß Wirths zu Synbronn auf der Strassen mit verüben helffen.

20) Der sogenannte Schnecken-Schuster Andreas Hützinger,
ist seiner Profeßion ein Schuhemacher, Catholischer Religion, bey 30 Jahren alt, klein von Person, kleinen, dürren, schwartzen Gesichts, glatt barbirt, und schwartz-braunlecht aufgeloffenen Haars, trägt einen schwartzen, aufgemachten Hut, schwartzen Flor um den Hals, schwartz-grauen oder braunen Rock mit tuchenen, und ein blaues Camisol mit zinnenen Knöpffen, gelb-lederne Hosen und blaue Strümpffe;
hat sich zu Oberhaussen aufgehalten, und ist angegeben worden, daß er im Sommer Anno 1717 mit dem obbeschriebenen Andreas Ay oder Eha einen Officiers-Knecht in Bayern bey Alt-Oettingen berauben und massacriiren helffen; auch aufs Immen- oder Bienen-Stehlen gehe, weßwegen er dermahlen zu Weissenhorn, Reichs-Graff Fuggerischer Herrschafft, in Verhafft sitzen wird.

21) Der Schecken-Kramer Namens Daniel Grabner,
deß justificirten Jacob Rappels und unten Nr. 25 stehenden Sebastian Rappels Schwager, dann Hannß Georg Grabners zu Zell bey Oberhaussen Bruder; solle zu Unterbäbingen, 1 Stund von Schwäbischen Gemünd, gebürthig, bey 40 Jahren alt, Catholischer Religion, seiner Profeßion ein Seegen-Feiler, und vor einigen Jahren ein Silber-Krämer gewesen seyn; ist kurtzer, dicker Statur, rothlecht-dicken Gesichts, rothlecht-Frantzösischen Barths, weiß-gelben, nicht gar langen Haars, redet die Schwäbische Sprache, trägt einen aufgemachten schwartzen Hut, schwartzen Flor, und zuweilen auch eine weisse, alte Halsbbinden, ein braunes Camisol, und ein rothes Leiblein mit meßenen Knöpffen;
machet von Zinn alte, falsche Französische Thaler und gibt solche, nebst seinem Weib und Töchtern, bey Verhausirung derer Kram-Waaren aus; ist nach deß Andreas Ay oder Eha Angeben bey dem Kram Laden-Diebstall zu Giengen mit

gewesen, und hat sich übrigens in dem alten Schlößlein zu Oberhaussen 8 biß 9 Jahr Hauß-Genossen-weiß aufgehalten, von dar aber im Frühling Anno 1718 mit einem Katzbeckischen Attestat darumen eilig fort und an den Rhein begeben, weilen sein Weib wegen ausgegebenen falschen Gelds zu Blaubeyern in Arrest gekommen, und aus solchem heimlich entwichen.

26) Johanna, deß Bernhardt Jahnus Ehe-Weib,
ist mittlerer, rahner Statur, von 23 Jahren, deß ehedem zu Lautenbach gewesenen Kessel-Hannsen Hannß Stephan Störtzers Tochter, braunlechten, runden Angesichts, trägt eine grüne, halb-seidene Hauben, schwartz-floren und auch zuerweilen weiß-leinen Halstuch, braun-tüchenes Mützlein, roth-tüchenes Mieder, und grün-zeugenen, halb-wollenen Rock; wird kürtzlich in die Wochen gekommen seyn, und hat auch ein Büblein Nahmens Antoni von 5 viertel Jahren, und ihres Mannes von dem geraubten Auwinger Gelde gekauffte Kram-Waaren an Spitzen, Leinwand, Gewürtz etc., auch noch 45 fl. von solchem Raub an Geld bey sich gehabt, und sich öffters zu Flochberg im Oettinigischen, bey ihrem Vatter zu Hertzfeldthaussen, ferner zu Auernheim bey einem Brandwein-Brenner Nahmens Abraham, und zu Säffling im Trauben-Wirths-Hauß aufgehalten, gleich nach Inhafftirung ihres Mannes aber sich in das Gemündische begeben.
Obbenannter Störtzer ist als verdächtig vor 2 Jahren bey vorgewesener Schreckhoffischer Raubs-Inquisition zu Crailßheim auch eingezogen worden, hat aber nach seiner auf Caution beschehenen Entlassung sein Häußlein verkaufft, und sich davon gemacht; wie er dann auch in einem Pfaltz-Monheimischen Inquisitions-Protocoll wegen einer silbernen Uhr vorkommt.

27) Magdalena, deß Antoni Hubers Ehe-Weib,
eines verstorbenen Marquetenders, Jacob Wincklers, Tochter; ist klein von Person, dicker und gesetzter Statur, 23 Jahr alt, düpffigen oder blattermaaßigten Angesichts, träget eine weiß-leinwandene, nach Schwäbischer Tracht gemachte Hauben,

gelb-seidenes Halstuch, roth-tuchenes Mieder, braun-tuchenes Mützlein, und grün-tuchenen Rock; hat ein Mägdlein 5 viertel Jahr alt, bey sich; wird seit ihres Mannes Gefangenschafft noch mit einem Kind niedergekommen seyn, und ist ihr Uffenthalt mehrestens der Gegend Ulm, nirgendwo aber beständig gewesen.

28) Catharina, deß Raubers Johann Georg Rothen, nunc Johann Rothhäußlers Ehe-Weib,
ist 27 oder 28 Jahr alt, glatten Angesichts, und mittlerer, gesetzter Statur, mit einer weiß-leinen Schwäbischen Hauben, schwartz-florenen Halstuch, roth-tuchenen Mieder, schwartz-tuchenen Mützlein, auch schwartzen, und jezuweilen braun-tüchenen Rock bekleidet; weiß von dem Auwinger Pfarr-Hofs Raub, und hat von solchem noch bey 100 Rthlr. paares Geld bey sich; übrigens aber ebenfalls keinen beständigen Auffenthalt gehabt, ausser daß sie sich im Frühling Anno 1718 bey dem Hopffen-Jörgen zu Rechberg oberhalb Dillingen in die drey Wochen enthalten; wird jetzo ein kleines Kind haben.

29) Johanna, Jacob Rappels Ehe-Weib,
eines verstorbenen Soldaten, Jacob Alexanders, Tochter, 29 Jahr alt, glatten Angesichts, trägt eine Schwäbische, leinwandene, weisse Hauben mit Spitzen, ein schwartz-floren Halstuch, schwartz-zeugenes Mützlein und dergleichen Mieder, zuweilen einen braunen, und manchsmahl einen schwartz-leinen Rock; hat ein Büblein, 1 Jahr alt, bey sich, und ihren Auffenthalt zu Oberhaussen bey Ulm gehabt; gehet mit ihren Kram-Waaren hausiren.

30) Justina, deß Nr. 5 stehenden Langen Hannessen Ehe-Weib,
ist bey 30 Jahren alt, sauber von Gesicht, hat vornen eine Zahn-Lucken, trägt gemeiniglich eine weisse Zug-Hauben, ein schwartzes Halstuch, braunes Mützlein, und schwartzen Rock; ziehet mit ihrem Manne obbeschriebener massen überall herum, und wird 4 Kinder, als 2 Knaben und 2 Mägdlein, bey sich haben.

Die Priestermörder von Rehburg

Bei einem flüchtigen Blick in die Akten der Kriminalgerichtsbarkeit des 18. Jahrhunderts kann man sich des Eindrucks nicht erwehren, als ob Geistliche und insbesondere die lieben Herren Pfarrer überdurchschnittlich oft von Dieben und Räubern heimgesucht wurden. Die naheliegende Vermutung, dass Raubüberfälle und Mordanschläge auf Priester und Prediger nicht nur besonders eifrig untersucht wurden, sondern sich auch in hohem Maße des öffentlichen Interesses „erfreuten", kann diesen Umstand nur teilweise erklären. In der Tat sehen sich bereits zeitgenössische Autoren zu der traurigen Feststellung veranlasst, dass gerade Pfarrer ungewöhnlich häufig das Ziel von gottlosen Räubern und Dieben wurden. Im Jahre 1713 fielen kurz hintereinander gleich zwei Pfarrer einer räuberischen Mörderbande zum Opfer: der Seelsorger des Anhaltinischen Dorfes Edderitz, und der ehrwürdige Herr Johann Heinrich Meyer, seines Zeichens Pfarrer zu Rehburg im Braunschweig-Lüneburgischen Amt Stoltzenau.

Zweiundzwanzig Jahre hatte der sittenstrenge, unbeweibte Magister Meyer die „Schäfchen" seiner Herde gehütet und es dabei mit seinen Standpauken und Moralpredigten vielleicht etwas übertrieben. Letzteres ist sogar wahrscheinlich, denn Geldgier allein dürfte wohl kaum die einzige Motivation jener sieben Männer gewesen sein, die am 28. Januar 1713 zu nächtlicher Stunde dem Pfarrhaus einen unwillkommenen Besuch abstatteten. Die verruchten Sieben waren nämlich keine Fremden, sondern gehörten allesamt zu seiner Gemeinde!

Am späten Abend des 28. Januar trafen sie sich im Schankkeller des Kellerwirts Hans Heinrich Vogd: der Schneider Christoph Koch, der Schlächter Dietrich Kahle, der Hannoversche Gardereiter Friedrich Wilhelm Flehde, der Braumeister Philipp Most, der Hopfenführer Levin Vogd und der Schuster Johann Hermann Meyer. Der Siebente im Bunde war der Kellerwirt selbst. Durch die eiskalte Winternacht marschierten sie zu mitternächtlicher Stunde zum Pfarrhaus. Während zwei

Männer als Wache draußen stehen blieben, brachen die übrigen Fünf die Haustür auf und schlichen schnurstracks zu Magister Meyers Schlafkammer, wo der Pfarrer seine Geldbestände aufzubewahren pflegte. Möglicherweise hatten sie einen „Insider-Tipp“ erhalten, denn woher sonst hätten sie dieses Wissen haben können?

Die Ermordung des ungeliebten Seelsorgers hatten die Einbrecher ursprünglich nicht geplant. Magister Meyers Pech war, dass er über dem Einbruch aufwachte, die Eindringlinge mit harschen Worten anfuhr, *„was sie für böse Anschläge vorgenommen“*, und mit lauter Stimme nach seinem Gesinde rief. Das war sein Todesurteil: Mehrere Räuber stechen auf ihn ein, wobei sich vor allem der Schlächter durch besondere Brutalität hervortut. Aufgrund der massiven Gegenwehr des Pfarrers gelingt es ihnen zwar nicht, ihm die Kehle durchzuschneiden, dafür werden Mund und Kinn durch die scharfen Klingen regelrecht zerfetzt. Der Schlächter schlägt ihn mit dem Beil, ein anderer versetzt ihm mehrere Stiche in den Rücken. Schließlich werfen sie den schwerverletzten Priester in der Annahme, er sei tot, aus dem Fenster in den darunter liegenden Graben. Eine Magd, die ihrem Herrn zu Hilfe eilen will, wird von dem Schlächter noch in der Kammertür mit einem furchtbaren Beilhieb niedergestreckt; sie ist auf der Stelle tot.

Nach diesen Bluttaten beginnen die Räuber, die Schlafkammer des Pfarrers zu durchwühlen, doch ihr so blutig begonnenes Unternehmen endet in einem Desaster: Wider Erwarten lebte Magister Meyer noch, und begann im Graben zu winseln und zu stöhnen. Nun hatten die Menschen damals im Allgemeinen einen äußerst gesunden und tiefen Schlaf (anders als heute), so dass das Jammern des Pfarrers normalerweise ungehört verhallt wäre.

Das Pech der mörderischen Bande war, dass der in der Nachbarschaft wohnende Schneider mit seinem Gesinde in Arbeit fast erstickte und daher trotz der späten Stunde noch wach war. Der fleißige Nadelkünstler wunderte sich, dass zu dieser ungewöhnlichen Zeit noch Licht im Pfarrhaus brannte und wollte, von unguten Ahnungen geplagt, nachsehen. Dabei hörte er das Winseln des Pfarrers und fand denselben schließlich in einem erbarmungswürdigen Zustand im Graben liegen. Der Schneider bemerkte auch die Anwesenheit der Räuber im Pfarrhaus, besaß jedoch genügend Verstand, um nicht auf die selbstmörderische Idee zu kommen, den Eindringlingen allein gegenüber zu treten. Stattdessen eilte er zum Küster und ließ die Glocken schlagen – damals das allgemein übliche Alarmzeichen bei Feuersbrünsten und anderen Gefahren. Aber nicht nur die braven Rehburger, auch die Räuber hörten das laute Geläut. Während sie unerkannt in ihre Wohnungen entkommen konnten, eilten die Einwohner des Städtchens zusammen und sahen voller Entsetzen, in welch furchtbarem Zustand sich ihr Seelsorger befand. Der Magistrat ließ den Schwerverletzten in sein Haus tragen und durch einen Chirurgen so gut wie möglich versorgen. Die Hoffnung, ihn soweit wiederherzustellen, dass er Angaben zum Tathergang machen konnte, erfüllte sich indes nicht. Zu schwer waren die ihm zugefügten Verletzungen: Pfarrer Meyer starb, ohne die Sprache noch einmal wiedererlangt zu haben.

Seine Mörder aber sollten sich ihrer Freiheit nur noch kurze Zeit erfreuen. Sofort nach Bekanntwerdung der Tat hatte ließ der Magistrat die Tore besetzen und Hausdurchsuchungen machen. Als man zu Christoph Kochs Wohnung gelangte, fand man den Schneider zwar scheinbar friedlich schlafend in seinem Bett, doch vor der Schlafstatt stand nur ein Schuh! Kein Wunder – das passende Gegenstück hatte Koch bei seiner überstürzten Flucht im Pfarrhaus verloren!

Nur wenige Stunden nach dem Mordanschlag saß einer der Täter damit bereits in Haft. Trotz des offensichtlichen Beweises seiner Mittäterschaft versuchte sich der Schneider zunächst im Leugnen, legte jedoch im Rahmen einer *„schärfferen Befragung“* ein umfassendes Geständnis ab und gab die Namen seiner Kameraden preis. So konnten man bereits am 4. Sonntag nach Epiphanie einen Expressboten zur kurfürstlichen Regierung nach Hannover schicken, um die Inhaftierung aller sieben Täter zu vermelden. Die zögerte nicht lange, und beauftragte den Amtmann von Stoltzenau mit der weiteren Unterbringung der Verdächtigen. Die Gefangenen wurden folglich ans Amt ausgliefert und in separaten Arrestzellen untergebracht.

Die mit der Untersuchung des Falles betrauten Hof- und Regierungsräte dürften in den folgenden Monaten mehr als einmal über die Verstocktheit der Delinquenten geflucht haben. Zehn Monate dauerte es, ehe sie endlich die für eine Verurteilung so notwendigen Geständnisse zusammen hatten.

Bemerkenswerterweise widerriefen sechs der sieben Gefangenen das ihnen unter der Folter abgepresste Geständnis nach Verkündung des Todesurteils. Hofften sie vielleicht, auf diese Weise der ihnen zugedachten grausamen Todesstrafe zu entkommen? Wenn dem so war, so wurden sie bitter enttäuscht. Am 5. Dezember 1713 brachte man die Sieben unter starker militärischer Bewachung von Hannover nach Rehburg, denn dort, am Ort ihres Verbrechens, sollten sie den Lohn für ihre bösen Taten empfangen.[36] Auf Mord und Totschlag stand allgemein die Todesstrafe, aber Mord ist nicht gleich Mord. Die Ermordung eines Geistlichen galt als besonders verwerflich – für eine solche Tat war der Tod durch das Schwert viel zu leicht! Die Mörder sollten leiden, und zwar über den Tod hinaus! Alle sieben Täter wurden daher zum Tod durch das Rad verurteilt – die Haupttäter sollten von unten nach oben, die Mittäter von oben nach unten gerädert werden. Bei letzterer Hinrichtungsart versetzte der Scharfrichter den ersten Schlag ins Genick, was in der Regel den Tod des Verurteilten zur Folge hatte; die Zertrümmerung der Arme und Beine bekam er nicht mehr mit. Beim Rädern von unten nach oben hingegen wurden zuerst die Beine und Arme zerschmettert, ehe ein Schlag auf die Herzgrube das Leiden des Delinquenten beendete. Dem Schneider Christoph Koch, der dem Pfarrer einen Messerstich in den Rücken versetzt hatte, und Schuster Meyer, der „nur“ Wache gestanden und bei der Tat selbst gar nicht dabei gewesen war, wurde gar die hohe Gnade zuteil, dass ihre

---

36 Die Urteile sind im Anhang wiedergegeben.

Räderstrafe in eine Schwertstrafe umgewandelt wurde.
Fleischer Kahle hingegen, der nicht nur die Magd mit dem Beil erschlagen, sondern auch den Prediger übel zugerichtet hatte, wurde vor der Räderung mit glühenden Zangen in beide Arme gezwickt – ein grausamer Anblick und definitiv nichts für schwache Nerven. Und grausam und abschreckend sollten die Hinrichtungen auch sein! Schließlich ging es nicht nur um die Bestrafung der Täter und die Versöhnung des erzürnten Gottes, sondern auch um Abschreckung und Warnung. Daher wurden die toten Körper nach vollzogener Hinrichtung auch aufs Rad geflochten und die Räder mit den auf Pfählen gesteckten Köpfen für jedermann sichtbar aufgestellt. Den Tätern sollte nicht nur das Leben, sondern auch ihre Ehre genommen werden – eine schlimmere Strafe konnte es in der Vorstellung der Zeit kaum geben.
Immerhin blieb jedoch auch den verruchtesten Verbrechern die Gewissheit, durch aufrichtige Reue und Buße ihr ewiges Seelenheil retten zu können. Jedem Todeskandidaten wurde daher nach der Urteilsverkündung ein Prediger zugeordnet, der den Delinquenten zur Bekennung seiner Sünden und Verbrechen auffordern, ihm Trost spenden und ihn auf seinem schweren Gang begleiten sollte. Vor allem aber sollte er dem reuigen Sünder die Absolution und das heilige Abendmahl erteilen. Wenn – ja wenn der Sünder seine Verbrechen vor dem Prediger bekannte! In der Regel geschah das auch, doch in diesem Fall erlebten die verantwortlichen Behörden und die zur Seelsorge verdonnerten Landprediger eine böse Überraschung.
Bei der am 6. und 7. Dezember vollzogenen Hinrichtung ging es insgesamt *„sehr confus“* zu, berichtet Magister Meinecke, seines Zeichens Pfarrer von Lehse. Er gehörte zu den unglücklichen Landpfarrern, die die undankbare Aufgabe bekommen hatten, die Missetäter in ihren letzten Stunden zu begleiten und ihr Seelenheil zu retten. Erfreut werden die Magister Arstenius (Steinbeck), Froböse (Schneren), Brüggemann (Rehburg), Eberle und eben unser Kronzeuge Meinecke ohnehin nicht gewesen sein, als, sie die entsprechende Order erhielten, aber was sollten sie tun? Die Seelsorge und

Begleitung der Todeskandidaten gehörte nun einmal zu den unangenehmsten Pflichten eines jeden Pfarrers. Am 5. Dezember versammelten sich die Landpfarrer daher im Rehburger Pfarrhaus, um die Delinquenten unter ihre geistlichen Fittiche zu nehmen. Mit einer Mischung aus Erstaunen und Befremden hören sie die Botschaft der beiden den Gefangenentransport begleitenden Hannover Pestprediger. Das Konsistorium, so behaupten diese beiden, habe angeordnet, die Pfarrer sollten nicht wie sonst üblich jeden einzelnen Delinquenten auf seine Sünden abhören, sondern sich damit begnügen, wenn die Sieben ganz allgemein ihr Verbrechen eingestünden.

Eine solche Anweisung – wenn es sie denn tatsächlich gegeben hatte – wäre äußerst ungewöhnlich gewesen, denn die Grundvoraussetzung für die Erteilung der Absolution waren nun einmal Buße und Reue. Wie sollte man denn wissen, ob alle Verurteilten tatsächlich aus tiefstem Herzen bereuten, wenn sie nur ein Kollektivbekenntnis ablegten? Außerdem widersprach das von den Pestpredigern angegebene Vorgehen den Dienstanweisungen des kurfürstlichen Konsistoriums. Verständlich, dass sich die Pfarrer weigern, der angeblichen Anweisung zu folgen und darauf bestehen, dass jeder Verurteilte für sich selbst seine Verbrechen bekennen und bereuen müsse, bevor ihm die für die Rettung des Seelenheils unabdingbare Absolution erteilt werden könne. Zu diesem Zeitpunkt ahnten die wackeren Landpriester allerdings noch nicht, was für eine Sisyphusarbeit sie sich damit aufgehalst hatten!

„Zu unserm höchsten Mißfallen“, fährt Magister Meinecke pikiert fort, waren alle sieben Verurteilten gemeinsam in einen Saal des Ratskellers gebracht worden. Mit seinem Ärger hat der gute Magister nicht ganz unrecht, konnten doch die Gefangenen sich auf diese Weise in ihrem Starrsinn gegenseitig bestärken. Aber was soll‘s? Die Prediger widmen sich mit Feuereifer ihrer Aufgabe und starten zum verbalen Angriff auf ihre „Opfer“. Mahnpredigten, *„wolverfassete hertzrührende“* Reden, wortgewaltige Schilderungen von Himmel und Hölle,

ewiger Seelenqual und den Freuden der Seligen wechseln sich ab, bis den Gefangenen die Ohren klingeln. Als Meinecke schließlich fragt, *„Ob nicht ihrer aller Verlangen wäre, zum seligen Abschiede sich christlich anzuschicken"*, d.h. Absolution und Abendmahl zu erhalten, rufen alle wie aus einem Munde „ja". Schon wähnen sich die Prediger am Ziel, doch die kalte Dusche folgt sofort: Auf die Frage, ob sie denn auch ihre Schuld am Tode des Rehburger Pfarrers gestünden und aus tiefester Seele bereuen würden, antwortete nur Struckmann mit ja, die anderen sechs aber *„schrien gleichsam aus einem Halse: ich bin unschuldig an des seligen Herrn Meyers Blute!"*
Die Pfarrer sind schockiert. Damit hatten sie nicht gerechnet! Stundenlang reden sie auf ihre störrischen Schutzbefohlenen ein, doch sie beißen auf Granit. Gardereiter Flehde zum Beispiel blafft den guten Magister Meinecke an: *„Ich weiß wohl, daß 7 Räder draussen parat stehen, auf deren eins ich soll geleget werden. Ich habe aber schon hundert mahl mehr Pein in der Tortur, darin man mich etliche mahl 5 Stunden greulich gequälet hat, ausgestanden, als mir noch bevor stehet: So haben auch die Herren Magistri zu Hannover starck genug in mich gedrungen, aber nichts, weil ich allerdings unschuldig bin, ausrichten können, weswegen sie auch diese Frage, was meine Schuld oder Unschuld anlanget, endich fahren lassen, und mich vertröstet, daß ich und die andern Mitbeschuldigten allhier Prediger finden würden, die uns absolviren, und das heilige Abendmahl reichen würden, warum solte ich ihm denn, Herrn Meinecken, bekennen, woran ich so unschuldig als ein Kind in Mutter-Leibe?"* Freudig *„als eine Braut zum Tantze geht"* würde er Morgen zur Hinrichtung gehen, denn er sei unschuldig! – Am anderen Tag aber sorgt ausgerechnet Flehde mit seinem unwürdigen Verhalten fast für einen Skandal. Mit unverkennbar süffisantem Unterton schildert Meinecke seine letzten Minuten:
Flehde war als Dritter an der Reihe, den Gang zur Richtstatt anzutreten, *„alleine, das Lachen ward ihme theuer...Er war schon vorhin dermassen mit Furcht und Zittern überhäuffet, daß er dem Herrn M. Arsten, der ihn begleitete, mehr greßlich*

nachschrie, als nachbetete. Nun aber musten ihn die Hencker-Buben fast mit Gewalt hinauf schleppen, und so sie ihn nieder geworffen, sprang er zweymahl wieder auf, schreyende: O laßt mich leben! O laßt mich leben! Ward aber zuletzt von ihnen, dem gesprochenen Urthel nach, von oben ab gerädert – Allein so unglücklich, daß, da sie ihn von dem Gerüste für tod hinunter geworffen, er ... mit dem Leibe sich zu regen angefangen, daher einer von den Büttel-Knechten hinunter gesprungen, ihm einen Strick dreyfach um den Hals aus allen Kräfftne zugezogen, und mit einem Fuß darauf getreten. Wie aber Flehden die Brust immer höher und höhger gangen, ist ein anderer mit einer eisernen Keule darzu kommen, womit er ihn dreymahl aufs Hinter-Haupt geschlagen, daß ihm das Blut zu den Ohren ausgesprützet, da es denn endlich mit ihm aus war." Immerhin hatte der Gardereiter quasi in letzter Minute noch seine Schuld zugegeben und damit auch die Absolution erhalten. Anders Levin Vogd und Braumeister Most. Als einzige widerstanden sie bis zuletzt den Drohpredigten und Versprechungen der Priester und weigerten sich, ihre Beteiligung an den Morden zuzugeben. Dafür nahmen sie sogar in Kauf, ohne Absolution und heilige Kommunion zu sterben, was nach fester Überzeugung jener Zeit der ewigen Verdammnis gleichkam! Unschuldig waren die beiden mit hoher Wahrscheinlichkeit nicht, zumal ihre Kameraden ausdrücklich auch ihre Namen genannt hatten. Ebenso sicher ist, dass beide genauso fest an die biblische Botschaft glaubten wie ihre Schicksalsgenossen. Das Motiv für ihr ungewöhnliches Verhalten bleibt somit rätselhaft.

Sieben Mal musste der Scharfrichter sein blutiges Amt verrichten, sieben Räder mahnten fortan mit ihrem abscheulichen Schmuck die Vorübergehenden, welche Strafe die Räuber und Mörder erwartete. Damit könnte Magister Meinecke seine im Auftrag eines Verlegers verfasste Schrift eigentlich beenden, doch genau das tut er nicht! Im Gegenteil: der wackere Landpfarrer nutzt die Gelegenheit, um seinen Zeitgenossen und vor allem seinen lieben Herren Kollegen einen Spiegel vorzuhalten und ihnen gehörig die Leviten zu lesen! Warum, fragt er, werden ausgerechnet wir Geistlichen so häufig zu Opfern von Dieben und Räubern? Der seelige Magister Meyer zu Rehburg, Herr Pleßken zu Edderitz im Anhaltinischen, der Prediger zu Ketschau bei Torgau – drei ermordete Pfarrer allein in den letzten Jahren! Pfarrer Kern im Halberstädtischen Meußdorf überlebte nur knapp einen nächtlichen Raubüberfall, ein Prediger im Braunschweigischen Örtchen Hessen musste den Verlust seiner gesamten Barschaft beklagen und und und....

„Ein guter Freund aus dem Hälberstädtischen berichtet mich, daß daselbst in einem gewissen District fast kein Prediger sey, der nicht die Zeither, etliche auch zweymahl, als Herr Schwan zu Atenstedt, bestohlen sey“, fährt Meinecke mit seiner erschütternden Bilanz fort. Schuld daran sind für ihn jedoch nicht nur die bösen, gottlosen Menschen, sondern auch und vor allem seine eigenen lieben Herren Kollegen! Eitelkeit, Hochmut, Nachlässigkeit im Amt, Trunksucht und Spielsucht, vor allem aber Habsucht und Geiz wirft er ihnen vor! Diese unwürdigen Prediger verdarben den Ruf des gesamten Predigerstandes. Ihre Schuld war es, dass etliche Menschen den Geistlichen ohne Unterschied mit Verachtung begegneten.

„Ein Prediger“, so Meinecke, *„muß nicht allein die Geringen straffen, sondern auch denen Grossen ohne Scheu die Warheit sagen, und ihre Laster straffen“,* aber er darf es mit den Straf- und Drohpredigten nicht übertreiben. Als liebevoller Lehrer und Hirte soll er seiner Herde vorstehen und sich auf keinen Fall besser dünken als jene, deren Seelenheil ihm anvertraut ist. Hochmütige Prediger verderben, *„wenn sie straffen, alles Gute, was daraus folgen solte, mit ihrem Ehrgeitz und Hochmuth. Denn wie kan ein Zuhörer zu dem ein gutes Vertrauen und die Meinung von ihm haben, daß er ihn liebe, und sein Bestes suche, wenn er siehet, daß er ihn geringschätzig hält, und mehr seine Beschimpffung und Verachtung, als eine liebreiche Straffe zum Zweck hat?“* Eine berechtigte Frage, fürwahr!

Nachlässigkeit im Amt identifiziert Meinecke als einen weiteren Grund für die immer stärker wahrnehmende Missachtung des Predigerstandes. Unverblümt stellt er fest: *„Viele meinen, wenn sie nur ihre ordentliche Predigten halten, und die*

Sacramenta, wenns die Zeit und Gelegenheit erfordert, administriren, so haben sie schon genug gethan, ob sie gleich auch solches nicht mit freudigen Hertzen thun, und in der ernstlichen intention, der Seelen Heyl und Seligkeit zu befordern, sondern alles, was sie thun, bestehet nur in blossen opere operato, wenns nur geschicht, so ists schon genug, und mancher gienge lieber sonst wohin, als auff die Cantzel. Ist es denn endlich geschehen, so bekümmern sie sich weiter um nichts, machen faule gute Tage, kein Buch rühren sie denn weiter an, wenn sie nicht aus Noth, wenn die Zeit zu predigen kommet, eine Postille müssen zur Hand nehmen."

Auch Trunksucht und Völlerei war bei Pfarrern keine Seltenheit, und nicht wenige Seelsorger sah man häufiger in der Schenke am Spieltisch als in der Kirche auf der Kanzel. Und solche Männer predigten dann öffentlich gegen das Laster der Sauferei und der Spielerei?

Noch schlimmer aber waren jene Priester, die sich selbst für besser hielten als ihre Zuhörer, „*denn ein solcher achtet seinen Zuhörer nicht, zumahl wenn sie nicht groß, reich, und vor andern geehrtes Standes sind, und wenn er selbst etwan vor andern got Gott mit Gaben, Gelehrsamkeit und Geschicklichkeit begnadiget ist; wiewohl mancher ungeschickter und nichtswürdiger Socius sich mehr einbildet als der Gelehrteste, und wohl andere neben sich verachtet, denen er offt nicht werth ist, einen Schuhriemen auffzulösen! Solche meinen nun, ihre Zuhörer seyn gleichsam ihre Knecht und Sclaven, über die sie gleichsam als ihre Herrn herrschen. Also ist es ihnen wenig um die Befoderung ihres Heyls zu thun, und was sie noch Amts halber zu thun nicht Umgang haben können, das geschiehet doch nur obenhin, und dazu wohl mit Verdruß....*"

Die übelsten Vertreter ihres Standes aber waren jene selbsternannten Pseudo-Heiligen, die nur einen Gott kannten: das Geld! Habgierige und geizige Pfarrer gab es erschreckend häufig – genauso häufig, wie es vorkam, dass sich solch wenig geeignete Kandidaten durch schnöden Mammon eine gut dotierte Pfarrstelle erkauften, während redliche, aber arme Bewerber leer ausgingen. Ein besonders unwürdiger Vertreter dieser Gattung von Pfarrern trieb in in den 1710er Jahren sein Unwesen. Sein Verhalten war so unvorstellbar und ungeheuerlich, dass es weit über die Grenzen seiner Gemeinde hinaus bekannt wurde und einen mittelprächtigen Skandal verursachte. Die von Meinecke in geraffter Form wiedergegebene Geschichte trug sich *„in einer nahmhafften Stadt in Nieder-Sachsen“* zu. Dort hatte ein sehr frommes, gut betuchtes Ehepaar seiner einzigen Tochter ein stattliches Vermögen von 2000 Talern hinterlassen – nach heutigem Maßstab entspräche das etwa einer halben Million Euro! Die junge Frau war nicht weniger fromm als ihre Eltern und ein häufiger Gast in der Kirche. Nach einiger Zeit wurde sie schwer krank. Ihr Beichtvater kümmerte sich rührend um dieses bemitleidenswerte Schäfchen, schickte ihr sogar ab und zu etwas zu essen, kurz: er gab geradezu ein Musterbeispiel eines guten Seelsorgers ab. Doch dieses ach-so-christliche Verhalten diente nur dazu, die Kranke so lange zu umgarnen, bis sie ein Testament machte und darin den scheinheiligen Pfarrer zum Alleinerben ihres Vermögens einsetzte. Er bringt die schwerkranke Maid sogar dazu, ins Pfarrhaus zu ziehen, und zwar nicht etwa aus christlicher Nächstenliebe, sondern um sich so ihr Haus und die von ihr ausgefertigten Schuldscheine unter den Nagel zu reißen. Damit war die junge Frau den habgierigen Pfarrleuten hilflos ausgeliefert. Klammheimlich rieben sich scheinheilige Priester und seine nicht weniger boshafte Frau die Hände und warteten auf den unvermeidlichen Tod ihres willigen Opfers. Doch wie heißt es so schön? Der Mensch denkt – Gott lenkt! Es geschah etwas, womit niemand gerechnet hatte: Die junge Frau genas von ihrer schweren Krankheit! Nach drei Monaten im Pfarrhaus fühlte sie sich kräftig genug, wieder für sich selbst zu sorgen – *„zum grossen Leidwesen des geitzigen Herrn Pfarrers und seiner hochmüthigen falschen Frauen“*. Als sie den Priester jedoch vertrauensvoll bat, ihr Haus und Schuldscheine wieder auszuhändigen und ihm für die sechs Monate der Seelsorge und Pflege eine äußerst großzügige Entschädigung in Höhe von 200 Talern versprach, erlebte sie eine böse Überraschung.

„Meine liebe Tochter, ihr habet nichts mehr: und was ihr gehabt, das habt ihr verzehret, und möget ihr sehen, wo ihr bleibet. Ich kan euch weiter nicht helffen. Warum seyd ihr nicht gestorben?“ sprach der scheinheilige Pfarrer salbungsvoll. Die junge Frau fiel aus allen Wolken und glaubte, sich verhört zu haben. Wieder und wieder flehte sie den Pfarrer an, ihr das Ihrige wiederzugeben, *„aber da ist kein Erbarmen, noch einiges Nachdencken by dem Herrn Prediger zu finden.“* Kaltblütig wirft er die unglückliche Maid aus dem Pfarrhaus. Da steht sie nun, ohne Dach über dem Kopf und völlig mittellos. Der Ärmsten bleibt nichts anderes übrig, als sich als Magd zu verdingen. Ihr Schicksal jedoch bleibt nicht unbemerkt. Bald pfeifen es die Spatzen in Stadt und Land von den Dächern. Etliche einflussreiche Bürger bemühen sich, den hartherzigen Pfarrer zum Einlenken zu bewegen, aber *„Geitz-Halß bleibt Geitz-Halß. Die Vornehmsten der Stadt sehen den Mann scheel an“*, doch alle Überredungskünste sind umsonst. Die ganze Stadt gerät durch das unrühmliche und zutiefst unchristliche Verhalten dieses Pfarrers in schlechten Ruf, so dass sich der Magistrat gemüßigt fühlt, eine Abordnung zu dem scheinheiligen Prediger zu entsenden, um *„ihn sein unchristliches Beginnen und die besorglichen übelen Sviten vorzustellen.“* Allein, selbst das fruchtet nichts – der Pfarrer bleibt stur.
Dann aber wendet sich das Blatt: Nach endlosen Monaten gelingt es der armen Maid, eine Dienststelle am Hof eines Adligen zu ergattern, dessen Frau eine gute Bekannte der Landesfürstin ist. Als die Adlige vom traurigen Schicksal ihrer neuen Magd erfährt, ist sie entsetzt und erzählt alles brühwarm der Fürstin. Die ist nicht weniger schockiert, lässt die Magd zu sich kommen und hört die ganze Geschichte noch einmal aus ihrem Munde. So gelangt die Kunde von dem empörenden Verhalten des Pfarrers endlich an die Ohren des Landesfürsten. Der zögert nicht lange und beauftragt das Konsistorium, der ganzen Sache schleunigst nachzugehen. Bei dieser Gelegenheit kommen neben diesem letzten Betrug auch viele andere schandbare Taten des falschen Pfarrers ans Licht, *„so daß es nicht viel fehlet, daß nicht der gute Herr seines Dienstes gar*

entsetzet wird.“ Der habgierige Priester muss das gesamte gestohlene Geld samt Zinsen wieder herausgeben und 100 Taler in die Armenkasse zahlen. Die schlimmste Strafe aber dürfte für ihn gewesen sein, dass man ihn mit Rücksicht auf seine Kinder gnadenhalber im Amt ließ. *„Mit was vor Freudigkeit und Gewissen mag nun dieser elende Mann noch sein Amt verrichten, der ohne das civiliter mortuus ist, und von jedermann verachtet und gemieden wird?“* Wahrlich eine berechtigte Frage.
Geistliche von so abgrundtiefer Verdorbenheit und Habsucht waren gewiss die Ausnahme, doch Beispiele, in denen Pfarrer und andere Prediger äußerst unchristliche Raffgier an den Tag legten, gab es zuhauf. Ob der ermordete Magister Meyer auch zu ihnen gehörte, wissen wir nicht, doch sein Schicksal zeigt wieder einmal deutlich, in welchem Maße das unrühmliche Vorbild solcher scheinheiligen Priester den Respekt vor dem Predigerstand zerstört hatten. Die Menschen glaubten an Gott, doch dessen selbsternannte Stellvertreter auf Erden erfreuten sich oft weit weniger Achtung, als ihnen lieb war.

Anhang

1) Christoph Koch, der Schneider
In Inquisitions-Sachen wider Christoph Koch erkennen von Gottes Gnaden Wir Georg Ludewig, Hertzog zu Braunschweig und Lüneburg, des Heil. Römischen Reichs Ertz-Schatz-Meister und Chur-Fürst, Vor Recht: Daß Inquisit, weiln er seiner eigenen Geständniß nach den Prediger zur Reheburg vorsetzlich mit dem Messer einen Stich in den Rücken gegeben, und sonsten zu des Predigers zur Rehburg und dessen Magd Ermordung geholffen, ihme zur wohlverdienten Straffe, andern aber zum Abscheu und Exempel, von unten mit dem Rade gestossen, damit vom Leben zum Tode gebracht, der Leib auf das Rad geflochten, und der Kopff auf den Pfahl gestecket werden soll, wie Wir dann ihn zu diesen allen condemniren. V.R.W.

Von Gottes Gnaden, Wir Georg Ludewig etc. Ob zwar Inquisit Christoph Koch die ihme zuerkante und jetzt vorgelesene Bestraffung wohl verdienet: So haben Wir doch die Art derselben gnädigst dahin gemildert, daß angeregter Inquisit Koch mit dem Schwerdte vom Leben zum Tode gerichtet, der Cörper aber nichts destoweniger aufs Rad geflochten, und der Kopff oben auf gesetzet werden soll.

2) Johann Herman Meyer, der Schuster

In Inquisitions-Sachen wider Johann Herman Meyern erkennen von Gottes Gnaden Wir, Georg Ludewig etc, Vor Recht: Weiln Inquisit bey der zur Rehburg an dem Prediger und dessen Magd verübten Mord-That auf der Wache gestanden, ihme zur wohlverdienten Straffe, andern aber zum Abscheu und Exempel, von oben mit dem Rade gestossen, damit vom Leben zum Tode gebracht, der Leib auf das Rad geflochten, und der Kopff auf den Pfahl gestecket werden soll, wie Wir ihn dann zu diesen allen condemniren und verdammen. V.R.W.

Von Gottes Gnaden, Wir, Georg Ludewig etc. Ob zwar Inquisit Johann Herman Meyer die ihme zuerkante und jetzo vorgelesene Bestraffung wohl verdienet: So haben Wir doch die Art derselben gnädigst dahin gemildert, daß angeregter Inquisit Meyer mit dem Schwerd vom Leben zum Tode gerichtet, der Cörper aber nichts desto weniger aufs Rad geflochten, und der Kopff auffgesetzet werden soll. V.R.W.

3) Friedrich Wilhelm Flehde

In Inquisitions-Sachen wider Friederich Flehden erkennen von Gottes Gnaden Wir, Georg Ludewig etc. Vor Recht: weiln Inquisit bey der zur Rehburg an dem Prediger und dessen Magd beschehenen Mord-That auf der Wache gestanden, ihm zur wohlverdienten Straffe, andern aber zum Abscheu und Exempel, von oben mit dem Rade gestossen, damit vom Leben zum Tode gebracht, der Leib auf das Rad geflochten, und der Kopff auf den Pfahl gestecket werden soll, wie Wir ihn dann zu diesen allen condemniren und verdammen. V.R.W.

4) Hans Heinrich Vogd, Keller-Wirth
In Inquisitions-Sachen wider Hans Heinrich Vogd erkennen von Gottes Gnaden Wir, Georg Ludewig etc. Vor Recht: daß Inquisit, weiln er zu dem verübten Prediger-Mord zur Rehburg vorsetzlich geholffen, ihme zur wohlverdienten Straffe, andern aber zum Abscheu und Exempel, von oben mit dem Rade gestossen, darmit vom Leben zum Tode gebracht, der Leib auf das Rad geflochten, und der Kopff auf den Pfahl gestecket werden soll, wie Wir ihn denn zu diesen allen comdeniren. V.R.W.

5) Philipp Most, Brau-Meister
In Inquisitions-Sachen wider Philipp Most erkennen von Gottes Gnaden Wir, Georg Ludewig etc. Vor Recht: daß Inquisit, weiln er zu dem verübten Prediger-M;ord zur Rehburg vorsetzlich geholffen, ihme zur wohlverdienten Straffe, andern aber zum Abscheu und Exempel, von oben mit dem Rade gestossen, darmit vom Leben zum Tode gebracht, der Leib auf das Rad geflochten, und der Kopff auf den Pfahl gestecket werden soll, wie Wir ihn denn zu diesen allen comdeniren. V.R.W.

6) Levin Vogd, Hopffenführer
In Inquisitions-Sachen wider Levin Vogd erkennen von Gottes Gnaden Wir, Georg Ludewig etc. Vor Recht: daß Inquisit, weiln er zu dem verübten Prediger-Mord zur Rehburg vorsetzlich geholffen, ihme zur wohlverdienten Straffe, andern aber zum Abscheu und Exempel, von oben mit dem Rade gestossen, darmit vom Leben zum Tode gebracht, der Leib auf das Rad geflochten, und der Kopff auf den Pfahl gestecket werden soll, wie Wir ihn denn zu diesen allen comdeniren. V.R.W.

7) Dietrich Kahle, der Fleischer
In Inquisitions-Sachen wider Dieterich Kahlen erkennen von Gottes Gnaden Wir, Georg Ludewig etc. Vor Recht: daß Inquisit, wegen des an dem Prediger zur Rehburg Johann Heinrich Meyern und dessen Magd vorsetzlich verübten Mord-

That, ihm zur wohlverdienten Straffe, andern aber zum Exempel und Abscheu, erstlich mit glüenden Zangen einmahl an jedem Arme gezwicket, darnach von unten auf mit dem Rade gestossen, und damit vom Leben zum Tode gebracht, der Leib darauff auf das Rad geflochten, und der Kopff auf den Pfahl gestecket werden soll, gestalt Wir ihn denn zu diesen allen comdeniren. V.R.W.

Der mörderische Verwalter von Holstein

Juden, Christen und Muslime mögen hinsichtlich ihrer Interpretation der Schriften häufig nicht einer Meinung sein, aber in einem Punkt sind sie sich einig: Habsucht ist eine Todsünde! Wie eine tödliche, alles verzehrende Krankheit ergreift sie von den Menschen Besitz und vergiftet ihren Geist. Die blutigsten Kriege wurden ihretwegen begonnen, die furchtbarsten Verbrechen begangen, um sich fremdes Eigentum anzueignen. Einem düsteren Dämon gleich schwebt die Habsucht seit Jahrtausenden über der Menschheit – und das bis heute! Manche Menschen werden von ihr zu Verbrechen getrieben, die so furchtbar sind, dass es der Verstand kaum fassen kann. Zu ihnen gehörte auch ein *„gewisser Verwalter in Hollstein, der sich durch die höllische Brut des Geizes“* zu den perfidesten Mordtaten verleiten ließ, die man sich nur vorstellen kann. Fünf unschuldige Menschen mussten ihr Leben lassen, bis man ihm 1763 endlich das Handwerk legen konnte, und zwar nicht etwa wildfremde Menschen, sondern seine eigenen Ehefrauen und Kinder! Mit eiskalter Berechnung hatte er die jungen Frauen umgarnt und geheiratet – nur um sie dann im Kindbett umzubringen und sich so in den Besitz ihres reichen Vermögens zu setzen. Die lästigen Säuglinge räumte er dabei gleich mit aus dem Weg.
Das Unheil begann im Jahre 1754, als der Verwalter die Tochter eines wohlhabenden Kaufmanns von Benheim vor den Altar führte, die ein stattliches Heiratsgut mit in die Ehe brachte. Das

Glück des jungen Paares schien perfekt zu sein, als die Frau nach anderthalb Jahren ein gesundes Töchterchen zur Welt brachte. Das war die Gelegenheit, auf die der kaltblütige Verwalter sehnsüchtig gewartet. Lange hatte er sich mit dem Gedanken herumgeplagt, wie er seine Frau so unauffällig umbringen könnte, dass selbst bei einer Obduktion nichts Verdächtiges auffallen würde, und schließlich hatte er eine Idee. Eine lange, dünne Nadel – so filigran, dass ihr Stich wie ein Flohbiss aussah, sollte ihm zum Mordwerkzeug dienen. Acht Tage nach der Geburt, als seine Frau erschöpft im Kindbett lag und die Amme in der Nebenkammer schlummerte, schlich er ans Bett der unglücklichen Frau und drückte ihr mit einem raschen Stich die Nadel bis tief ins Hirn. Dann ging er wieder ins Bett und wartete ab. Nach einer Weile begann das Kind zu schreien und weckte dadurch die Amme. Die eilte sofort in die Stube, nahm das Kind, um es der Mutter an die Brust zu legen und – schrie entsetzt auf, denn die Frau war tot! In höchster Not rief sie den Ehemann zu Hilfe, aber der *„lag in einem so verstellten harten Schlaf, daß er fast nicht zu erwecken war.“* Als er im gespielten schlaftrunkenen Zustand hinüberwankte, gebärdete er sich vor Schmerz wie ein Wahnsinniger und vergoss *„viel tausend Crocodilsthränen“*. Das Schauspiel war perfekt: Niemand hegte auch nur den geringsten Verdacht. Die aus Benheim herbeigeeilten Eltern der Ermordeten trösteten ihn sogar noch über seinen schmerzlichen Verlust, und so wurde die Wöchnerin schließlich *„unter Vergiessung vieler tausend Thränen, christlich zur Erden bestattet“*.

Nun, da das lästige Weib beseitigt war, gab es nur noch ein Hindernis, das den Verwalter von dem ersehnten Blutgeld trennte: sein kleines Töchterchen. Aber nach der Ermordung der Mutter war die Beseitigung des Kindes im wahrsten Sinne des Wortes ein Kinderspiel: Eine kleine Dosis Quecksilber (Mercurium), und schon war der lästige Wurm im Jenseits.

Zwei ein Viertel Jahr lebte der Verwalter im traurigen Witwerstand und suchte nach einem neuen Opfer. Äußerlichkeiten interessierten ihn nicht: Hauptsache, das Weib brachte ein

üppiges Heiratsgut mit. So fiel sein habgieriges Auge schließlich auf die Tochter eines reichen Binkener Wirtes. Auch diese Ehe schien äußerst glücklich, denn der Verwalter spielte seine Rolle als liebevoller Gatte mit einer Perfektion, die jedem guten Schauspieler zur Ehre gereicht hätte. Nach einem knappen Jahr wurde dem Paar ein hübsches Töchterchen geboren. Für die nichtsahnende Frau bedeutete das das Todesurteil. Der Verwalter bediente sich dabei der gleichen Methode, die sich schon beim Mord an seiner ersten Frau so gut bewährt hatte. Als die Amme in der Küche einen Brei für das Kind kochte, stach er der schlafenden Frau die Nadel in die Schläfe. Wieder gebärdete er sich nach der „Entdeckung" des tragisches Ablebens wie ein Wahnsinniger, ja er tat gerade so, als wolle er sich selbst das Leben nehmen, so dass man eilends den Geistlichen holen ließ. Der hatte seine liebe Not, den Schauspieler zu beruhigen. Kaum war die Frau begraben, musste auch das unschuldige Kind seiner Mutter folgen.
„Und so", schreibt der Kommentator vor mehr als 250 Jahren, *„ergözte sich dieser Unmensch an seinem verfluchten Reichthum, den er mit seinen mörderischen Händen an sich gezogen"*. Doch seine Habgier ließ ihm keine Ruhe. Nach zwei Jahren im Witwenstand freite er um die Hand einer holden Maid aus Ebensperg. Sie war das einzige Kind einer reichen Witwe und damit die perfekte Kandidatin, um seine Gier zu befriedigen. Mit glatten Worten umgarnte er nicht nur Mutter und Tochter, sondern überzeugte die Witwe auch, zu ihm und ihrer Tochter zu ziehen. So, dachte er, kann ich die beiden gleich auf einen Schlag beseitigen.
Auch diesmal gab sich der tückische Mörder liebevoll und rücksichtsvoll, ja er las seiner Frau geradezu jeden Wunsch von den Augen ab. Diesmal aber wurde seine Geduld auf eine lange Probe gestellt, denn erst nach zwei Jahren rundete sich der Leib seiner Frau. „Wenn ich nur die Alte erst aus dem Wege schaffen könnte!" dachte der Verwalter missmutig, doch die passende Gelegenheit wollte sich einfach nicht einstellen. Schließlich wurde seine Frau von einem gesunden Jungen entbunden. Und wieder war es die Alte, die seinem mörderischen Vorhaben im

Wege stand. Tag und Nacht wachte sie bei ihrer geliebten Tochter und ließ sie keinen Augenblick allein. Endlich, nach etlichen Tagen, legte sich die Alte ein wenig zum Schlafen nieder. Das war seine Chance! Flugs ergriff der Mörder die schon lange bereit gelegte Nadel und bohrte sie der ruhig schlummernden Kindbetterin durch die Schläfe, um sodann in sein Bett zu schleichen und sich schlafend zu stellen.

Die unglückliche Frau war tot, doch diesmal geschah etwas, womit der Meuchelmörder nicht gerechnet hatte: In dem Moment, in dem ihre Tochter den Geist aufgab, schrak die Mutter aus einem furchtbaren Albtraum auf. Sie hatte geträumt, ihre Tochter sei von ihrem besten Freund mit einem Dolch durch den Kopf tot gestochen worden! Von bösen Vorahnungen ergriffen, eilte sie hinüber zu ihrer Tochter, *„wobey ihr vorkam, als wann der Schatten ihres Mannes von ihr wiche“*. Doch es war zu spät: Gevatter Tod hatte ihr einziges Kind mit sich genommen.

Wieder gab sich der frisch gebackene Witwer untröstlich, weinte Krokodilstränen und klagte, dass es einen Stein hätte erweichen können. Seine Schauspielerei war so gut, dass alle auf ihn hereinfielen – einzig die Mutter konnte er nicht täuschen. Mit untrüglichem Instinkt ahnte sie, dass der Tod ihrer geliebten Tochter kein Zufall gewesen war. Gleich bei Tagesbeginn ging sie zur zuständigen Obrigkeit und verlangte die Obduktion der Leiche – ein Verfahren, das bei ungewöhnlichen Todesfällen durchaus üblich war. Man schickte also den Stadt-Physikus und einige andere Ärzte und Barbierer in das Haus der Verstorbenen und nahm im Beisein der Mutter und des Witwers die Öffnung des Leichnams vor. Doch der Verdacht der Mutter schien grundlos zu sein: weder äußerlich noch innerlich wies der Körper der Toten Anzeichen auf, die auf ein unnatürliches Ende hätten hindeuten können. Die schwarze Seele des Verwalters lachte befriedigt auf. Dieses Miststück hätte beinahe alles verdorben, aber seine Methode war einfach zu perfekt!

Um das Schauspiel perfekt zu machen, trat er zu seiner toten Frau und wollte ihr das Maß seiner Liebe mit einem Kuss

bezeugen.
Hätte er ein paar Vorlesungen in Gerichtsmedizin besucht, wäre ihm dieser fatale Fehler nicht unterlaufen. Für die damalige Zeit waren die folgenden, auf natürliche Verwesungsprozesse zurückzuführenden Ereignisse ein göttlicher Fingerzeig. Der Mensch mochte gestorben sein, doch sein Geist war im Körper noch immer präsent und klagte den Mörder an! Als der Mann die Leiche berührte, öffneten sich ihre Augen. Die Leichenstarre der Handmuskeln löste sich, so dass ihre Hand gegen ihn wies, und aus der Nase quollen fünf Blutstropfen. Ein Wunder, das alle Anwesenden – mit Ausnahme des Mörders – zutiefst erstaunte und entsetzte und die arme Mutter gar in Ohnmacht sinken ließ. Als sie wieder zu sich kam, erzählte sie den Herren Doktoren von ihrem Traum und forderte sie auf, auch den Schädel zu öffnen. Der Stadtphysikus, der sich und den anderen diese unappetitliche Prozedur gerne erspart hatte, redete auf den heuchlerischen Witwer ein: *„Wir alle haben das Wunder gesehen, was braucht es noch einen weiteren Beweis? Gebt Gott und der Obrigkeit die Ehre und bekennt, wie und auf welche Art und Weise Ihr Euer Weib ums Leben gebracht habt!"*
Er hätte genauso gut gegen eine Wand sprechen können. Da die Mutter weiter auf der Öffnung des Schädels bestand, schickte sich der Chirurg in das Unvermeidliche. Und wieder geschah ein „Wunder": Die Tote öffnete dreimal die Augen, so dass alle alle erschraken. An der Schläfe fand der Chirurg einen kleinen Stich, wie von einem Floh, aber erst, als er die Schädeldecke abnahm, wurde allen deutlich, auf welch perfide Art und Weise der Täter vorgegangen war.
Dass der angesehene Herr Verwalter sofort arrestiert wurde, versteht sich von selbst. Auf Befehl der Obrigkeit wurden nun auch die Gräber seiner ersten beiden Frauen geöffnet, und wieder ereignete sich ein Wunder: Die Körper waren nach so langer Zeit zwar schon stark verwest, aber die Köpfe noch so frisch, als wären erst wenige Tage seit der Bestattung vergangen, so dass sich die Spuren des heimtückischen Mordes noch feststellen ließen. Erst jetzt ließ sich der Verwalter endlich zu einem Geständnis herab. Er bekannte, nicht nur seine drei

Frauen, sondern auch die beiden Töchter ermordet zu haben und hatte noch die Frechheit, die Obrigkeit um Strafmilderung zu bitten! Genützt hat es ihm freilich wenig. Nach eingeholtem Rechtsgutachten wurde er Anno 1763 auf einer Kuhhaut zur Richtstatt geschleift und dabei unterwegs fünfmal mit glühenden Zangen in die Brust gezwickt. Dann hackte man ihm die rechte Hand ab und schlug sie ihm ums Maul. Anschließend wurden seine Glieder von unten nach oben mit dem Rad zerbrochen, wobei der Scharfrichter so vorsichtig vorgehen musste, dass der Übeltäter durch diese furchtbare Prozedur nicht etwa ums Leben käme. Der Verwalter sollte leiden – lange und grausam leiden, und zwar in einer Art und Weise, die fast einzigartig in der damaligen Rechtssprechung war; so einzigartig wie seine Verbrechen! Er wurde also mit gebrochenen Gliedern und notdürftig abgebundenem Armstumpf lebendig aufs Rad geflochten. Vier Tage dauerte es, bis er endlich seinen Geist aufgab. Von Rechts wegen.

Nachtrag: Zur gleichen Zeit, in dem der holsteinische Serienmörder auf solch grausame Art hingerichtet wurde, kursierten die Schriften der Aufklärer in den gebildeten Kreisen Europas, schwärmten die Menschen von Brüderlichkeit und Humanismus. In Wien feierte der Wunderknabe Mozart seine ersten musikalischen Erfolge, und in Deutschland schickte sich ein Jüngling an, die ersten Schritte seiner schriftstellerischen Karriere zu gehen. Sein Name: Johann Wolfgang Goethe.

Totschläger wider Willen – das tragische Ende des Müllers zu Langenaubach

In den Vormittagsstunden des 10. Juni 1621 schloss Johannes Müller, von allen nur der Rotkopf genannt, die Augen für immer. Selbst die Bemühungen des extra aus Dillenberg angeforderten Barbiers und Wundarztes konnten nicht verhindern, dass der Müller 13 Tage, nachdem er von Lex Müller einige kräftige Hiebe empfangen hatte, den Folgen seiner Verletzungen erlag. Einen Monat später, am 14. Juli, musste Lex Müller diese „ruchlose“ Tat mit seinem Leben bezahlen. Vergeblich hatten er und seine Verwandten Johann d. Ä., Graf von Nassau und Katzenelnbogen, um Gande angefleht. Vergeblich hatten sie auf die herrscherliche Gnade gehofft, vergeblich auf mildernde Umstände hingewiesen – Umstände, die den Nassauer wohl berechtigt hätten, dem Langenaubacher Müller die Todesstrafe zu ersparen. Vielleicht hätten ihre Gnadengesuche sogar Erfolg gehabt – Mildtätigkeit galt schließlich als eine der wichtigsten Herrschertugenden überhaupt – doch die Witwe kannte in ihrem Hass nur ein Ziel: Lex Müller musste sterben! In dem von Amts wegen eingesetzten „peinlichen“ Ankläger fand sie einen ebenso willigen wie eifrigen Erfüllungsgehilfen.

Was aber war in jenen Morgenstunden in der Langenaubacher Mühle wirklich geschehen? Hatte Lex Müller seinen Allendorfer Kollegen absichtlich „ermordet“, oder war der Tod des Rotkopfes ein Unfall? Waren seine Verletzungen tatsächlich tödlich, oder hätte er – bei besserer Versorgung – überleben können?

Die letzte Frage mag sich ein jeder Leser am Ende unserer Geschichte selbst beantworten, doch auf die zweite kann es nur eine Antwort geben: Lex Müller war kein gewissenloser Mörder. Er hatte den Tod seines Widersachers nicht gewollt und hätte vermutlich alles gegeben, um das Geschehene rückgängig zu machen. Johannes Müller hatte ihn provoziert, und ... Doch der Reihe nach.

Lex Müller war beileibe kein junger Heißsporn mehr, sondern ein Mann in den besten Jahren – ein Mann, den Gott, nebenbei gesagt, mit einer geradezu bewunderswerten Zeugungskraft ausgestattet hatte. Mindestens sechs Kinder hatte er mit seiner ersten Frau gezeugt, mit der zweiten mindestens acht, und das neunte war schon unterwegs. Wenn der Bruder seiner verstorbenen ersten Frau ihm in einem an den Nassauer gerichteten Brief Trunksucht vorwirft, so wohl nur deshalb, um sich der Unterstützung des Grafen zu versichern. Dem feinen

Ex-Verwandten war nämlich gerüchteweise zu Ohren gekommen, Lex habe im Gefängnis sein Testament gemacht und fürchtete, seine Nichten und Neffen könnten zu kurz kommen. Dabei war Lexens Urteil zu dem Zeitpunkt noch gar nicht gesprochen! Aber bei Geld hört bekanntlich alle Freundschaft auf. – Doch zurück zum Thema.
Am Abend vor dem Unglück hatte Lex Müller mit seinem Schwager in der Schenke zu Heiger dessen Rückkehr aus dem Kriegsdienst gefeiert. Reichlich bezecht, kaufte er dann noch etwas Hanf beim Seiler, um sodann nach Allendorf zu wanken. In diesem volltrunkenen Zustand verfiel er auf den unseligen Gedanken, seinem verhassten Rivalen, dem Allendorfer Müller Johannes, der ihm die Mahlgäste ausspannte, einen Streich zu spielen. Er kroch also durch ein Loch in die Mühle und stiebitzte den großen Mahlsack, den der Rotschopf am Abend zuvor eingespannt hatte, um Morgens früh sofort mit der Arbeit beginnen zu können. Dabei rutschte ihm das gerade erst gekaufte Hanfbündel aus der Tasche – ein Umstand, der ihm noch zum Verhängnis werden sollte. Den Mahlsack füllte Lex mit einigen großen Steinen und warf ihn etliche Schritte unterhalb der Mühle in einen Pfuhl. Nach vollbrachter Tat begab er sich in den Stall seines Schwagers, um dort wenigstens den gröbsten Rausch auszuschlafen, und sich schließlich in den Morgenstunden auf den Heimweg nach Langenaubach zu machen.
Als Johannes Müller am nächsten Morgen das Malheur entdeckte, ahnte er sofort, wer dahinter steckte. Schnurstracks begab er sich nach Langenaubach, um den verschwundenen Sack zurückzufordern. Über den eigentlichen Tathergang kursierten verschiedene Versionen: Johannes Müller behauptete, er sei in Lex Müllers Stube gekommen und habe den noch im Bett Liegenden ganz ruhig gefragt, ob er ihm spaßenshalber den Mahlsack versteckt habe, er möge ihm diesen doch zurückgeben. Der Lex aber sei voller Zorn aufgesprungen und habe ihm mit einem Lattenhammer zwei Löcher in den Kopf und eins ins Genick gehauen und seinen Rücken schwarz und blau geschlagen, bis er sich endlich durch

die Flucht retten konnte. Mit blutendem Kopfe habe er sich heimwärts geschleppt und den Dillenberger Balbierer rufen lassen. Der Wundarzt kam auch – allerdings erst anderthalb Tage später. Die von Lex Müller und seinen Verwandten vorgebrachte Behauptung, der Rotkopf hätte bei rechtzeitiger Behandlung gerettet werden können, ist also nicht von der Hand zu weisen. Der Balbierer gibt vor Gericht zu Protokoll, man habe die Wunden vor seiner Ankunft mit Wein ausgewaschen[37].
Lex Müller hatt wahrlich kräftig zugeschlagen; die Hiebe hatten die Schädeldecke durchdrungen, aber noch war der Magister guter Hoffnung, das Leben des Patienten retten zu können. Doch die Zeit verstrich, und der Zustand des Müllers besserte sich nicht – im Gegenteil, er verschlimmerte sich. Johannes musste sich ständig übergeben, und eine der beiden Kopfwunden wollte nicht aufhören zu bluten. Am 14. Tag starb er. Hinsichtlich der Tatwaffe wollte sich Magister Philips nicht festlegen. Nur eines glaubte er mit Sicherheit sagen zu können: es musste sich um einen spitzen Gegenstand – einen Lattenhammer beispielsweise – gehandelt haben. Ein Billenstiel, wie von Lex Müller behauptet, könne auf keinen Fall solche Wunden hervorgebracht haben.
Nicht nur in diesem Punkt unterscheiden sich Lex Müllers Aussagen von denen des Verstorbenen. Man hatte ihn zunächst vergeblich gesucht, doch anders als man zunächst glaubte und der Ankläger behauptete, hatte er sich wohl kaum durch Flucht einer drohenden Verhaftung entziehen wollen. Abgesehen davon, dass er sich drei Tage später völlig offen in der Kormbacher Mühle sehen ließ und dort auch festgenommen wurde, spricht hierfür auch, dass Lex Müller am Tag nach der Schlägerei seinerseits Klage gegen den Allendorfer Müller

37 Die Verwendung von Wein zur Säuberung der Wunden macht durchaus Sinn: Erstens enthielt das Wasser unzählige Keime und hätte mehr geschadet als genützt. Wein hingegen reinigte nicht nur, sondern der in ihm enthaltene Alkohol wirkte gleichzeitig desinfizierend.

einreichte – und zwar, weil dieser in seine Stube gestürmt, ihn mit ehrenrührigen Worten des Diebstahls bezichtigt, und seinen Mahlsack zurückgefordert habe. Beim ersten Mal geschah weiter nichts, als dass Lex, schlaftrunken wie er war, sich derartige Angriffe verbat, und Johannes darauf wutschnaubend aus der Mühle rannte. Draußen blieb er stehen und überlegt. Dieser verdammte Dieb! Sollte er noch einmal zurückgehen? Nachbarn rieten ihm davon ab, doch Johannes hörte nicht auf sie, und so nahm das Unglück seinen Lauf. Als er zum zweiten Mal in Lexens Stube stürmte, den Hausfrieden brach und mit wüsten Beschimpfungen anfing, reichte es. Lex Müller sprang auf, erwischte ein in Reichweite stehendes Schlagwerkzeug, und schlug zu. Er selbst beteuerte in sämtlichen Vernehmungen, er hätte nicht mit dem Hammer, sondern mit einem Billenstiel zugeschlagen und glaubte das wahrscheinlich tatsächlich. Die Form der Wunden sprach allerdings eine andere Sprache. Wenn er unter der Folter schließlich doch den Hammer zugab, geschah dies wohl nicht aus Überzeugung, sondern nur, um sich weitere Schmerzen zu ersparen. Zu diesem Zeitpunkt ahnte er bereits, dass er nicht auf Gnade hoffen konnte. Hätte die Witwe auf ihre Rache verzichtet und sich mit einer üppigen Entschädigung[38] begnügt, wäre Lex Müller wohl der schwere Gang zur Richtstatt erspart geblieben. Neun Kinder wären nicht zu Halbwaisen, eine Frau nicht zur Witwe geworden. Doch es sollte anders kommen. Die einzige Gnade, die man Lex und seinen Angehörigen gewährte, war, dass der Leichnam nach der Hinrichtung nicht auf der Richtstatt verscharrt, sondern der Familie übergeben wurde, um ihn auf einem abgesonderten Ort hinter der Kirche zu bestatten. Und das alles von Rechts wegen.

---

38 Hierbei handelt es sich um eine Variante des seit dem späten Frühmittelalter in den Volksrechten überlieferten Wehrgeldes. Generell stand zwar auf Mord und Totschlag die Todesstrafe. Diese konnte jedoch erlassen werden, wenn die Angehörigen des Toten auf ihre Rache verzichteten und sich stattdessen mit einem Wehrgeld begnügten.

ALBRECHT VON SELBACH, ODER: DIE UNTATEN DES TYRANNEN VON LOHE

Mehr als 400 Jahre sind vergangen, seit Ihro Durchlaucht, Graf Johann d. Ä. von Nassau und Katzenelnbogen, dem blutschänderischen, tyrannischen Treiben seines Vasallen Albrecht von Selbach, genannt von Lohe, ein (vorläufiges) Ende machte. Viel zu lange hatte er Augen und Ohren vor der Wahrheit verschlossen, und sich auf „freundliche" und „ernste" Ermahnungen beschränkt, in der Hoffnung, von Lohe werde sich eines Besseren besinnen. Der Umstand, dass Albrecht von Selbach zu Lohe als Rittmeister im Dienst des Erzbischofs zu Köln stand, dürfte ein weiterer Grund für das zögerliche Verhalten des Nassauers gewesen sein. Doch der widerspenstige Adelige dachte gar nicht daran, sich die von allen Seiten an ihn herangetragenen Mahnungen zu Gemüte zu führen. Im Gegenteil: je drängender ihn Obrigkeit, Freunde und Verwandte warnten, umso toller trieb er es. Was kümmerten ihn Recht und Moral, was die Sorgen und Nöte der Menschen, die er ins Elend stürzte – ihn, einen von adeligem Geblüt?! Schließlich aber war der Tag gekommen, an dem Graf Johann von Nassau nicht länger zusehen konnte – nicht länger zusehen durfte, wollte er nicht den Zorn des Allmächtigen auf sich und sein Land ziehen. In der Christnacht des Jahres 1611 ließ er Albrecht von Lohe mitsamt seiner jüngsten Schwester Engel mit einer Kutsche abführen und gefangensetzen. Darben mussten die beiden während ihrer knapp dreimonatigen Haft allerdings nicht. Anstatt in dunklen, kalten und nassen Stuben wurden sie in komfortablen Gemächern untergebracht, wo sich vertrauenswürdige Diener darum kümmerten, dass es ihnen an nichts fehlte. Das alles wäre jedoch noch hinnehmbar, zumahl die Geschwister – wie jeder andere Gefangene auch – die Kosten für ihr Luxusgefängnis selbst bezahlen mussten. Dass die beiden nach nicht einmal drei Monaten trotz der erdrückenden Beweislast und der noch lange nicht abgeschlossenen Ermittlungen entlassen und mit geradezu lächerlichen „Strafen" davonkamen, dürfte hingegen nicht nur bei ihren Zeitgenossen auf Fassungslosigkeit und Unverständnis gestoßen sein. Dabei sahen die geltenden Rechte keineswegs eine Sonderbehandlung für adelige Straftäter vor. Vor Gott und den Rechten, so hieß es, sind alle Menschen gleich. Der Adelsstand bedeutete noch lange keinen Freibrief. Im Gegenteil : an einen Adeligen wurden besonders hohe moralische Ansprüche gestellt. Fehlte er, durfte er im Arrest zwar erwarten, besser untergebracht und verpflegt zu werden als ein gewöhnlicher Verbrecher, doch gerade *weil* er als Adeliger eine Vorbildfunktion zu erfüllen hatte, forderten die Rechte auch, den adligen Missetäter härter zu bestrafen als den gewöhnlichen Mann. Nicht wenige Räuber, Mörder und Totschläger von adeligem Geblüt mussten am eigenen Leib erfahren, dass diese so hehre Forderung nicht nur auf dem Papier existierte. Umso unerklärlicher ist daher die geradezu lächerliche Bestrafung der Geschwister von Selbach zu Lohe. Selbst wenn nur ein Bruchteil der gegen sie vorgebrachten Vorwürfe wahr gewesen wären, hätten Albrecht und Engel die Todesstrafe mehr als verdient, wobei – und das muss an dieser Stelle ausdrücklich betont werden – Engel im Vergleich zu ihrem Bruder geradezu harmlos war und seinen mörderischen Umtriebe „nur“ stillschweigend zusah, ihn aber nicht dazu anstiftete. Wir dürften daher nicht fehl in der Annahme gehen, dass Engel dem älteren Bruder hörig war, und das in jeder Beziehung, denn die beiden verband weit mehr als nur geschwisterliche Zuneigung: Albrecht und Engel waren ein Liebespaar!

Blutschande lautete denn auch einer der Hauptvorwürfe – ein Vorwurf, den die Geschwister nicht ableugnen konnten. Blutschande! Selbst die heutige Rechtssprechung stellt den Geschlechtsverkehr unter Geschwistern noch unter schwere Strafe – nach biblischer Lehre handelte es sich um eine Todsünde. die Gott den Allmächtigen aufs höchste erzürnte. Für ein solches Verbrechen konnte es nur eine Strafe geben – den Tod! Albrecht und Engel wussten das, aber es kümmerte sie nicht. Offen und ohne Scheu pflegten sie ihr Verhältnis, und das über etliche Jahre hinweg! Bei ihren Vernehmungen gab

Engel an, ihr Bruder habe sie mehr oder weniger gegen ihren Willen „defloriert“ oder, um mit den Worten der Zeit zu sprechen, „zu Fall gebracht“. Gut möglich, dass es sich tatsächlich so verhielt, doch das entschuldigt nicht Engels späteres Verhalten – ein Verhalten, das sich vielleicht mit der Annahme, dass Engel ihrem Bruder hörig war, erklären ließe. Doch damit genug der Spekulationen! Halten wir uns lieber an die Fakten oder das, was uns aus den Akten überliefert ist.

Neun oder zehn Jahre vor jener denkwürdigen Christnacht kehrte Albrecht von Selbach aus den Niederlanden zurück, um von seinem Vater das diesem als Lehen übertragene Haus Lohe mit allen dazugehörigen Rechten und Gerechtigkeiten zu übernehmen. Im Gegenzug durfte sich der damals noch durchaus rüstige Alte einen wohlverdienten Ruhestand erhoffen; schließlich hatte ihm der Sohn ein ansehnliches Altenteil vertraglich zugesichert. Albrecht d. Ältere sollte bald erfahren, wie sehr er sich getäuscht hatte. Während der saubere Sohnemann und seine Schwester in Saus und Braus lebten, fristete der alte Vater ein *„gantz jämmerlich(es), erbärmlich(es)“* Dasein. Während Albrecht und Engel in Samt und Seide gingen und es sich gut gehen ließen, mangelte es dem Vater an Nahrung und Kleidung. Eher, so heißt es in den Akten, gab Albrecht von Lohe *„seinen schandtlosen Huren“* etwas, *„alß das Er sich des Alten und krancken Vatters erbarmet“*, der sich in seiner Not nicht anders zu helfen wusste, als Schulden aufzunehmen.

Seit seiner Ankunft in Lohe, so heißt es weiter, habe Albrecht sich *„dermaßen verderblich, ärgerlich, Gottlos, Hurisch, Blutschänderisch, Tyrannisch, unverträglich, wiederspenstig undt Ungehorsamb“* gebärdet, dass selbst weniger sittenstrengen Zeitgenossen die Haare zu Berge standen. Nicht nur Albrechts Gesinde hatte unter seiner Brutalität bitter zu leiden, doch dazu später mehr. Oft reichte bereits ein kleiner Anlass, um den Junker zu einem seiner gefürchteten Gewaltausbrüche zu reizen. Glücklich konnte sich derjenige schätzen, der mit Prellungen und blauen Flecken oder ein paar ausgeschlagenen Zähnen davonkam! Etliche Knechte und Mägde aber hatte der brutale Junker so übel traktiert, dass sie wochenlang das Bett hüten mussten. Bedenkt man, wie hart im Nehmen die Menschen jener Zeit waren, so muss der Junker die Ärmsten fast zu Tode geprügelt haben!

Bald schon klagte man allenthalben, wie *„Tyrannisch undt Landtzwingerisch“* sich der neue Herr auf Lohe aufführte, und je mehr Zeit verstrich, desto schlimmer wurde es. Dass sein aufwändiger Lebensstil weit mehr Geld erforderte, als er mit seinen Gütern an Einnahmen erwirtschaftete, kümmerte ihn nicht. Geld nahm er gern, aber wenn es ums zurückzahlen ging, stellte er sich blind und taub. Wer es wagte, ihn an die längst fällige Begleichung der Schulden zu erinnern, erntete nichts als Hohn und Flüche.

Ganze Dorfschaften beschimpfte er als *„Schelmen, Diebe“* und *„Zauberer“* – schlimmere Ehrverlet-zungen konnte es damals kaum geben. Selbst in der Haft beschimpfte er Schultheißen, Diener und andere Männer in übelster Art und Weise, ja er drohte gar, sie zu erschießen, und das sogar im Beisein des Landesherrn!

Etliche Männer konnten ein Liedchen davon singen, dass es ihm mit solchen Drohungen durchaus Ernst war. Einer von ihnen war ein gewisser Ebert Kayser. Der ehrbare Siegener Bürger war unvorsichtig genug gewesen, dem adeligen Lebemann Geld zu leihen. Als er ihn jedoch an die Rückzahlung der Schulden erinnerte, erlebte er eine böse Überraschung: Während Kayser ahnungslos dem heimatlichen Siegen entgegenritt, folgte ihm der Junker mit einem Diener zu Pferde. Beide trugen geladene Pistolen, denn Albrecht plante nichts weniger, als den unglücklichen Gläubiger, der es gewagt hatte, seine Schulden einzufordern, zu erschießen. Um sicher zu gehen, dass Kayser ihm nicht entkommen würde, sollte der Diener den Siegener auf einer Parallelstraße verfolgen, während er, von Lohe, die Hauptstraße nahm. Das war Kaysers Glück, denn der Diener dachte gar nicht daran, seine Hände mit unschuldigem Blut zu beschmutzen. Er gab seinem Pferd die Sporen, holte den immer noch ahnungslosen Gläubiger ein und warnte ihn. Dieses missglückte Attentat hätte normalerweise ausgereicht, um Albrecht von Lohes Kopf von den Schultern zu trennen; dass nichts dergleichen geschah, haben wir bereits gehört.

Ein anderes Mal richtete sich der Zorn des Junkers gegen einen seiner Untertanen im nahegelegenen Crodenbach. Der Überfall traf den Ärmsten wie aus heiterem Himmel. Ohne Vorwarnung stürmte von Lohe in sein Haus, zertrümmerte Tür und Fenster, bedrohte das zu Tode erschrockene Ehepaar mit einem Rohr und wollte den Sohn der Familie aus dem Hause zerren und zusammenschlagen. Und warum? Ganz einfach: Weil der unglückliche Bursche es in seinem Dienst nicht mehr ausgehalten und davongelaufen war!

Damit war Albrecht allerdings doch etwas zu weit gegangen! Hausfriedensbruch war alles andere als ein Kavaliersdelikt: der häusliche Frieden galt als heilig. Graf Johanns Vorgänger ließ den Wüterich denn auch in Siegen arrestieren und verdonnerte ihn zu einer saftigen Geldbuße in Höhe von 100 Talern. Klüger wurde Albrecht von Lohe durch diese Erfahrung nicht. Er fuhr fort, seine Umgebung zu tyrannisieren und machte auch vor den Untertanen benachbarter Herrschaften nicht Halt.

Besonders übel wurde es, wenn diesen trotz sorgsamer Aufsicht wieder einmal einige Schafe oder anderes Vieh auf das Gebiet des Herrn von Lohe entlaufen war. Albrechts Vater und dessen Vorväter hatten sich in einem solchen Fall mit einem Pfand zufrieden gegeben oder den entstandenen Schaden mit Hilfe der gräflich-nassauischen Kanzlei eingeklagt, so wie es die anderen Adeligen auch noch taten. Albrecht hingegen begnügte sich nicht mit dem sonst üblichen Pfand, sondern ließ ganze Herden einsperren, und zwar etliche Tage lang und ohne Futter. Wenn es ihm gefiel, griff er sich die besten Hammel heraus und ließ sie schlachten, oder er erschoss einfach das Vieh. Wovon die armen Leute in Zukunft leben sollten, war ihm egal.

Einen Besucher aus Heuxter, der es gewagt hatte, ihm im Streit zu drohen, hatte er bei dessen Abreise beinahe erschossen. Es war Zufall, dass die Kugel nur den Mantel durchschlagen und den Arm des Heuxterers gestreift hatte. Als der Amtmann den

Junker für diese Gewalttat zur Rede stellen wollte und ihn zu Fuß herausforderte, wartete Albrecht von Lohe nicht ab, wie die Regeln des Duells es verlangt hätten, sondern überfiel den Amtmann beim Absteigen und verletzte ihn dabei schwer. Anschließend drückte er dem Sekundanten etwas Geld in die Hand und gab Fersengeld. Dass der Amtmann diese Schmach nicht auf sich sitzen lassen wollte, war klar, doch Albrecht dachte gar nicht daran, auf dessen zweite Herausforderung einzugehen, sondern ließ sich durch seinen alten Vater mit einer plumpen Ausrede entschuldigen. *„Sein Sohn sei foll"* gewesen, behauptete der Alte, und ein Betrunkener sei bekanntlich nicht zurechnungsfähig. Die Zeitgenossen hatten für solch ein Verhalten nur ein Wort: ehrlos!

Dass der saubere Junker sich niemals in der Kirche blicken ließ und sich einen Kehrricht um die Sakramente scherte, wundert bei alldem nicht. Umso eifriger war er, wenn es ums Fluchen ging. Landauf, landab waren seine gotteslästerlichen Flüche bekannt. Aus seinem Mund *„schäumte"* nichts als *„grobe, schendtliche Unzucht"*. Niemals zuvor habe man einen solchen Flucher und Gotteslästerer gesehen, vermelden die Akten, und das will etwas etwas heißen, denn Fluchen konnten die Menschen damals derb und deftig. Pfarrern und Seelsorgern, die nicht *„Perlen vor die Säw werfen"* wollten und Albrecht und seiner Schwester *„wegen ihrer Gottlosigkeit undt ärgerlichen Lebens"* das Heilige Abendmahl verweigerten, klangen die Beschimpfungen der Herrn Junkers noch lange in den Ohren. Dabei hatten sie nicht nur das Recht, sondern sogar die Pflicht, den Geschwistern die Verabreichung dieses für das ewige Seelenheil so wichtigen Sakrament vorzuhalten, so lange die Beiden ohne Scham und Reue einer der schrecklichsten Todsünden frönten: Sie schliefen miteinander!

Und damit wären wir bei einem Thema angelangt, das von manchen als die schönste Nebensache der Welt bezeichnet wird: Sex! Albrecht von Lohe scheint geradezu davon besessen gewesen zu sein. Wenn er sich lediglich hin und wieder mit einer seiner Mägde vergnügt hätte, hätte man wahrscheinlich großzügig darüber hinweg gesehen. Offiziell war jedweder unehelicher Geschlechtsverkehr zwar verpönt, aber der Sex zwischen Herr und Dienerschaft war so weit verbreitet, dass außer einigen eifrigen Priestern kaum jemand auf den Gedanken gekommen wäre, solch „sündhaftes" Treiben zu ahnden. Puritanische Sittenstrenge war den Menschen fremd. Wein (oder Bier), Weib und Gesang – das Leben war viel zu kurz, um darauf zu verzichten! Was aber auf Burg Lohe vorging, überstieg die Grenzen des Akzeptablen bei weitem. Um das Wohl des Landes Willen konnte – nein, durfte! - Graf Johann von Nassau *„das schendtliche, verfluchte, Viehehische HurenLeben"* des Herrn von Lohe nicht länger dulden! Nichts und niemand war vor seiner Libido sicher – am wenigsten die Mägde, von denen jede zumindest ein *„Hurenkind"* zu Welt gebracht hatte. Ein gewisses Gretchen, das sich für einige Zeit seiner besonderen Gunst erfreuen „durfte", sollte, wie wir noch sehen werden, ein besonders trauriges Schicksal erwarten.

Als Ältester unter den Geschwistern hätte Albrecht eigentlich ein Vorbild für seine jüngeren Schwestern sein sollen, aber was für ein Vorbild war das? Clara, die bis zu seiner Ankunft auf Lohe ein sittsames, keusches Mädchen gewesen war, konnte den Verlockungen des durch den Bruder eingeführten Lotterlebens nicht lange widerstehen und ließ sich von einem seiner Reiter verführen. Das aus dieser unsittlichen Beziehung hervorgegangene Kind wurde bei einer Verwandten untergebracht und durch eine Amme versorgt. *„Wie eine Saw im Koth"* habe sich Albrecht *„in Hurerey, Unzucht undt Blutschanden"* gewälzt, klagen die Akten, und das scheint noch nicht einmal übertrieben zu sein. Gerüchteweise sollte er sogar eine Klosterjungfrau geschwängert haben – zuzutrauen gewesen wäre es ihm. Das dicke Elschen, eine Bettlerin aus dem Wildenbergischen, hatte er im Backhaus vergewaltigt und geschwängert. Aus Scham und Furcht hatte die arme Frau geschwiegen. Albrecht von Lohe machte auch gar keinen Hehl daraus, dass Elschens Kind ein Produkt seiner Lenden war, aber was ging ihn das an? Sollten sie und das Balg doch sehen, wo sie blieben!

In damaligen Zeiten hatte jeder Mann die moralische Verpflichtung, seine unehelichen Kinder zu versorgen – nötigenfalls konnten die Mütter die Alimente sogar gerichtlich einklagen.[39] Elschen aber hatte seit der Geburt noch keinen Heller gesehen. Hungernd und frierend zog sie mit Albrechts Kind von Haus zu Haus, so dass man gar fürchten musste, sie würden durch Kälte und Auszehrung sterben. Die Akten lassen keinen Zweifel daran, wie man ein derart unverantwortliches Verhalten zu bewerten hatte: Das wäre Mord! Mord am eigenen Fleisch und Blut!

Dennoch, auch darüber hätte man vielleicht noch hinweggesehen – aber das Albrecht seit mindestens fünf Jahren hemmungslos mit seiner Schwester Blutschande übte, war ein Verbrechen gegen weltliche und göttliche Gesetze! Engel und er waren geradezu unzertrennlich. Wie oft war es vorgekommen, dass Albrecht unter irgendwelchen Vorwänden seinen Dienst als Rittmeister des Kölner Erzbischofs vernachlässigte und im gestreckten Galopp nach Lohe ritt, um ein paar Schäferstündchen mit der Schwester zu verbringen! Dass in dem gemeinsam genutzten Schlafgemach zwei Betten standen, konnte nicht einmal den Dümmsten über die tatsächlichen Verhältnisse hinwegtäuschen.

Zwei Kinder waren aus dieser inzestuösen Verbindung hervorgegangen; ein drittes war bereits unterwegs. Bei der Verheimlichung ihrer Schwangerschaften kam Engel die gerade in Mode gekommene Reifrock-Unsitte zu pass: Einen ihrer Reifschurze hatte sie eigens zu diesem Zwecke erweitern lassen. Fremde konnte sie auf diese Weise über ihren tatsächlichen Zustand hinwegtäuschen, nicht jedoch das Gesinde. Die weitläufige Verwandtschaft wusste ohnehin mehr oder weniger Bescheid. Sie missbilligten das Verhalten der Geschwister zutiefst, doch fürchteten sie um den Ruf der Familie. Also begnügten sie sich mit Mahnungen und guten Worten und – schwiegen.

Bei der Geburt des ersten Kindes war nicht nur die Hebamme,

39 Die Kosten hierfür trug der Kindsvater.

sondern auch Engels ältere Schwester Clara präsent. Kaum hatte das unschuldige Würmchen – ein Mädchen – das Licht der Welt erblickt, drückte man das blutverschmierte, zappelnde Bündel dem wartenden Gretchen in die Arme; demselben Gretchen übrigens, das mit schöner Regelmäßigkeit das Bett ihres Herrn teilte. Eifersucht kannten die beiden ungleichen Frauen offenbar nicht: Solange Albrecht keine von ihnen vernachlässigte, waren sie's zufrieden.

Hätte Albrecht von Lohe auch nur ein Fünckchen Verantwortung besessen, so hätte er zumindest dafür gesorgt, dass die Kleine getauft würde, bevor Gretchen sie für immer aus dem Haus ihrer Eltern forttrug. Nur die Taufe, so glaubte man, konnte das Neugeborene vom Makel der Erbsünde, mit dem jeder Mensch seit Adams Zeiten behaftet war, befreien. Ungetauft verstorbene Kinder würden niemals die Herrlichkeit Gottes schauen dürfen.[40] Wer wie Albrecht und Engel dieses Risiko billigend in Kauf nahm, verdiente nichts als Verachtung! Doch das Mädchen hatte „Glück“: Mit dem Kind ihrer Nebenbuhlerin im Arm eilte Gretchen über Römershagen und Erdingen in Richtung Köln. Sie reinigte das Kind von den blutigen Resten der Geburt, badete und versorgte es. So ganz schien Albrecht von Lohe der Magd jedoch nicht zu trauen; jedenfalls schickte er ihr den Trompeter Finger Hans hinterher – einen Kerl mit äußerst weitem Gewissen, wie wir noch sehen werden. Zu Dritt reisten sie weiter nach Deutz (bei Köln), wo das Kind schließlich einer Amme übergeben wurde. Ahnungslos nahm die gute Frau das Mädchen, von dem Finger Hans behauptete, es sei das Kind seiner Schwester, entgegen. In Deutz wurde das Mädchen nun endlich auch getauft.

Einen Rest von Verantwortung hatten sich Engel und Albrecht wohl doch noch bewahrt: Drei Wochen nach der Geburt schickte der von Lohe das treue Gretchen mit Geld nach Deutz, ja, Engel behauptete gar, sie habe eine Kette versetzt, um die

---

40 Aus diesem Grunde waren sogar die Hebammen befugt, eine Nottaufe vorzunehmen, wenn zu befürchten stand, dass das Kind die nächsten Stunden nicht überleben würde.

Amme zu bezahlen. Andere hingegen wollten wissen, das arme Würmchen sei von Finger Hansen oder Gretchen umgebracht worden. Die Gerüchteküche brodelte, und bei all dem stand nur eines sicher fest: Das kurze Erdenleben des Mädchens währte nur etwa sechs Wochen, was allerdings nichts Ungewöhnliches war, denn die Säuglingssterblichkeit war hoch. Ein noch weit traurigeres Schicksal war Engels zweitem Kind, einem Knäblein, beschieden. Eigenhändig trug es der Junker *„bey finsterer Nacht, inn großer, grimmiger Kälte“* davon. Gnadenlos trieb er sein Pferd über drei große Meilen durch Eis und Schnee, dem Kölnischen Städtchen Drolshagen entgegen. Dort legte er das warm eingepackte, wimmernde Bündel *„ohne Tauff, auch ohne Vorrath an geldt oder Kindergezeug“* in eine Schießscharte der Stadtmauer – *„Welches doch die Wilte ungeheuerste Thier nicht zu thun pflegen, Sondern vielmehr undt zum Wenigsten so lange als ihre Jungen der Mutter Milch nicht entrathen können, bey sich behalten, ja ihr Leben darbey auffsetzen“*, vermerkt der Schreiber mit Abscheu. Was sollte man anders vermuten, als dass die Geschwister den Tod ihres unschuldigen Kindes zumindest billigend in Kauf genommen hatten?

Dabei hätten sie den Säugling ohne Weiteres bei einer ihrer Verwandten unterbringen können. Eingeweiht waren sie ohnehin, und eine von ihnen lebte sogar in der Stadt. Es war reiner Zufall, dass wenig später eine Frau mit ihrer Tochter vorbeikam, das schreiende Bisschen Mensch entdeckte und zu sich nahm. Es *„sey ein so lieblich Kindtgen gewesen“*, klagt sie. Wie eine Mutter habe sie sich um den Kleinen gesorgt, doch trotz aller Liebe sei er nach einigen Monaten gestorben. Die Windeln und Tücher, in die er eingewickelt war, seien übrigens aus stattlichem Tuch gewesen.

Soweit die Aussage jener Frau, die sich in finsterer Winterszeit eines hilflosen Findelkinds annahm, das von einem herzlosen Vater in bitterer Kälte ausgesetzt worden war. Was, so fragt der Schreiber mit einer Mischung aus Ekel und Entsetzen, wäre mit dem dritten Kind geschehen – jenem, das noch zur Stunde in Engels Leib ruhte und an den bösen Taten seiner Eltern unschuldig war? Vermutlich, so fährt er fort, wäre es ihm noch viel ärger ergangen.

Schlimm erging es auch Gretchen, das ihrem Herrn so lange in jeder Beziehung treu und willig gedient hatte. Lange Zeit scheint sie eine gewisse Sonderstellung unter den Mägden eingenommen zu haben. Zumindest war sie – Engel ausgenommen – seine bevorzugte Beischläferin und hatte ihm vier Kinder geboren. All das stieg Gretchen schließlich zu Kopf. Sie begann, die anderen Mägde und sogar Engel, die standesmäßig weit über ihr stand, geringschätzig zu behandeln. Ob sie wirklich behauptete, Albrecht von Lohe habe ihr die Ehe versprochen, bleibt dahingestellt, zumal solch eine unstandesgemäße Verbindung Anfang des 17. Jh. völlig undenkbar war. Plötzlich aber, von einem Tag auf den anderen, verschwand Gretchen, und alles deutete darauf hin, dass Albrecht von Lohe sie entweder selbst umgebracht hatte oder – was wahrscheinlicher war – den Mord zumindest in Auftrag gegeben hatte. Einige Tage vor ihrem Verschwinden nämlich war es zum Streit gekommen. Gretchen hatte Unterhalt für sich und ihre vier Kinder gefordert und gedroht, auszupacken. Sie war vielleicht die einzige, die über alle Untaten des inzestuösen Geschwisterpaares Bescheid wusste – also musste sie zum Schweigen gebracht werden. Am Pfingstdonnerstag – dem Tag ihres Verschwindens – schickte Albrecht von Lohe die Magd mit einem Korb Fische und einem Brief zu seinem Verwandten nach Ossendorf. Dort aber kam sie nie an. Sie hatte auch niemals ihre bei dem Müller von Crodenbach aufbewahrten Kleider abgeholt, was unzweifelhaft geschehen wäre, wenn sie noch am Leben gewesen wäre. Die brodelnde Gerüchteküche wollte wissen, dass Finger Hans die Magd im Auftrag des Junkers entweder erschossen oder mit einem Beil erschlagen hatte. Ihre Leiche aber blieb verschwunden. Manch einer schwor zwar Stein und Bein, er wisse genau, wo der Trompeter den Leichnam verscharrt hätte, aber gefunden hatte man Gretchens Überreste an keinem der angegebenen Orte. Albrecht von Lohe und Finger Hans wären die einzigen gewesen, die über Gretchens Schicksal hätten Auskunft geben

können, doch ersterer leugnete alles ab, und Letzterer hatte es vorgezogen, sich aus dem Staub zu machen.
Schließlich und um das Maß voll zu machen, hatte sich Albrecht von Lohe einige Wochen vor seiner Ende Dezember 1611 erfolgten Verhaftung einen Kettenhund zugelegt, der gut und gerne ein Vorfahre des berühmt-berüchtigten Hundes von Baskerville gewesen sein könnte. Angeleint an eine lange Kette, bewachte dieses agressive Monstrum von nun an die Brücke vor dem Burgtor, und wehe dem, der es wagte, hinüber zu gehen! Einem der Männer, die den tyrannischen Junker im Auftrag des Nassauer Grafen verhaften sollten, zerriss die bissige Bestie nur die Kleider.
Ein altes Bettelweib, das kurze Zeit zuvor in der Burg um Almosen bitten wollte, hatte weniger Glück. Das aggressive Monstrum stürzte sich auf sie und ließ nicht von ihr ab, bis sie in den Burggraben stürzte. Drei Tage später starb die Ärmste. An ihrem Tod hatte der Junker zumindest eine Mitschuld.[41]
Wie viel Unglück hätte verhindert werden können, wenn man dem Treiben des Junckers früher Einhalt geboten hätte. Das Resümee des Schreibers ist bitter: *„Qui unam injuriam tolerat, alteram invitat – Wer das eine Unrecht duldet, lädt zu weiterem Unrecht geradezu ein.“* – Wie wahr, wie wahr!

Inzest, Anstiftung zum Mord, versuchter Mord in mehreren Fällen und schließlich Mord – wahrlich, Albrecht von Selbach, Herr zu Lohe, hätte den Tod hundertfach verdient, und auch Engels Kopf wäre, wenn es nach geltendem Recht gegangen wäre, unter dem Beil des Henkers gefallen. Doch was geschah stattdessen? Engel kam bereits nach knapp zwei Monaten wieder frei; Albrecht folgte ihr einen Monat später – auf inständiges Bitten ihrer Verwandten, wie es heißt. Natürlich

---

41 Fand ein Mensch durch ein Tier den Tod, so galt dessen Besitzer sowohl nach alttestamentlichem Recht als auch nach den Bestimmungen der Volksrechte für den Fall, dass er um die Gefährlichkeit des Tieres gewusst hatte, als Mörder.

mussten sie schwören, sich nicht für die „erlittene" Haft zu rächen und sich an die mit ihrer Entlassung verbundenen Bedingungen zu halten, aber wie wahrscheinlich war es, dass sie sich an diesen heiligen Eid hielten? Und überhaupt – was waren das für Bedingungen?

Dass man das „saubere" Geschwisterpaar nicht länger auf Nassauischem Gebiet dulden wollte, versteht sich von selbst. Beide mussten schwören, das Land sofort nach ihrer Entlassung auf ewige Zeiten zu verlassen. Die stattliche Summe von 600 Frankfurter Gulden, die während ihrer Haft für Verpflegung und Heizung angefallen waren, übernahm Engels Bruder Johann von Lohe, ebenso die Zahlung von 50 Gulden zugunsten der Schule von Siegen.

Albrecht von Lohe musste für sich und seine (potentiellen) Erben auf alle Ansprüche am Haus Lohe verzichten und sich verpflichten, sofort nach seiner Entlassung nach Ungarn oder Malta zu reisen, um dort im Kaiserlichen Heer gegen die Türken zu kämpfen. Zehn Jahre lang sollte er ehrlich und treu als Kriegsmann dienen und ziehen, wohin man ihn auch immer rief. Die schlimmste Strafe aber dürfte für ihn die Trennung von seiner geliebten Schwester gewesen sein. Nicht einmal schreiben durfte er ihr! Dafür musste er schließlich noch schwören, sich für den Fall, dass sich der gegen ihn erhobene Mordverdacht im Laufe der Ermittlungen erhärten würde, jederzeit wieder zu stellen – ein wenig glaubwürdiger Versuch der Landesherrschaft, die mit der Entlassung des Junckers verbundene unerhörte Rechtsbeugung zu bemänteln. Dass es nie zu einer solchen Vorladung kommen würde, dürfte jedem der Beteiligten klar gewesen sein. Um den Schein zu wahren, würde man die Ermittlungen noch eine Weile weiterführen, und sie schließlich im Sande verlaufen lassen. „*Qui unam injuriam tolerat, alteram invitat – Wer das eine Unrecht duldet, lädt zu weiterem Unrecht geradezu ein.*" – Gerechtigkeit sieht anders aus.

August Wilhelm Meyer – Brudermörder wider Willen

Bruder-Mörder, ein sich hier im Lande im vorigen Jahre ereigneter und in diesem Jahre entschiedener Criminalfall – Wahrlich eine reißerische Überschrift, an der sich jeder Redakteur sensationslüsterner Presseartikel ein Beispiel nehmen könnte! Brudermörder ! Das klingt verrucht, blutrünstig, brutal – kurz, der Titel verspricht eine Mischung aus Spannung und Gänsehaut, die perfekte Story. Um so enttäuschter wird manch Leser vielleicht sein, wenn er feststellen muss, dass es in diesem Fall keinen blutrünstigen Killer und auch keinen heimtückischen Mord gibt. Im Gegenteil: Umbringen wollte Jürgen Berstermann seinen Bruder Bals sicher nicht, auch wenn er ihm schon so manches mal zur Hölle gewünscht haben dürfte. Die tragischen Vorfälle des 31. August 1783 hatten also eine Vorgeschichte.

Es mochte gegen 5 Uhr Nachmittags gewesen sein, als Jürgen Berstermann das Brunesche Wirtshaus zu Borglohe betrat und sich nach kurzem Zögern neben seinen am Feuer sitzenden Bruder niederließ. Der Gastwirt runzelte ärgerlich die Stirn: Hatte er Jürgen nicht vor ein paar Stunden nachdrücklich zur Tür hinauskomplementiert und ihm dabei deutlich gemacht, dass er sich heute nicht mehr blicken lassen sollte? Wo dieser Kerl auftauchte, war die nächste Schlägerei nicht fern. Wirt Brune war gewiss nicht zart besaitet, doch diesen brutalen Typ sah er lieber von hinten als von vorn. Jürgen Berstermann galt als jähzornig – vor allem dann, wenn er betrunken war. Vor einiger Zeit hatte er seinem anderen Bruder gar den Arm gebrochen! Außerdem wurde man diesen Kerl kaum wieder los, wenn er sich einmal zum Trinken hingesetzt hatte!

Es dauerte nicht lange, bis sich die bösen Ahnungen des Wirtes bestätigen sollten. Kaum hatte sich Jürgen ans Feuer gesetzt, als die beiden so ungleichen Brüder auch schon in Streit gerieten. Was genau den Anlass für das hitzige Wortgefecht gegeben hatte, ist ebenso unklar wie die Frage, wer den Disput angefangen hatte. Als die später vernommenen Gebrüder

Landieck hinzukamen, hörten sie gerade noch, wie Bals seinen Bruder aus übelste Weise beschimpfte: *„Du magst zwar mein Bruder sein, aber du bist ein Schelm! Ach, was sage ich, du bist ein Halunke, ein Hundsfott!“* Dass ausgerechnet der gutmütige Bals Berstermann, der sonst keiner Fliege etwas zuleide tun konnte, sich zu einer solchen verbalen Entgleisung hinreißen ließ, war mehr als ungewöhnlich. Die Reaktion seines Bruders hingegen überrascht kaum. Hundsfott und Schelm waren so ziemlich die schlimmsten und ehrenrührendsten Schimpfwörter, die man sich vorstellen konnte, noch dazu, wenn sie in aller Öffentlichkeit ausgesprochen wurden. Jürgen Berstermann, der ohnehin mindestens ein Glas Branntwein intus hat und später gar behauptet, er sei so betrunken gewesen, dass er sich an das Geschehen gar nicht erinnern könne, sprang auf und schlug mit einer mehr als zwei Pfund schweren eisernen Feuerzange, mit der er gerade ein Stück Kohle aus dem Feuer fischen wollte, um seine Pfeife anzuzünden, zu. Einmal, zweimal, dreimal – immer auf den Kopf! *„O Jesus! O Jesus! Düt will sin Lebe nich dügen!“* Alarmiert durch die Schreie des schwerhörigen Colonus Heisterkamp, eilt der Wirt in die Schankstube, reißt dem wild mit der Feuerzange herumfuchtelnden Berstermann das Schlagwerkzeug aus der Hand und wirft in unsanft aus dem Haus.

Jürgen Berstermann war nicht gerade zimperlich gewesen und hatte Bals drei blutende Kopfwunden zugefügt, aber insgesamt schienen die Verletzungen nicht allzu schwer zu sein. Solche und ähnliche Wirtshausschlägereien kamen auf dem Lande häufig vor, zumal wenn Alkohol im Spiel war. Als Bals nach einer Viertelstunde immer noch blutete, wuschen die Gebrüder Landieck den Kopf des Verletzten mit Branntwein und streuten Asche auf die Wunden – das brachte die Blutung zum Stillstand. Bals selbst mag zwar gehörig der Schädel gebrummt haben, aber auch er dachte sich nichts weiter dabei, ja er trank sogar noch eine Glas Bier, erhandelte einige Waren, und machte sich zwischen sieben und acht Uhr auf den Heimweg. Gut zwei Stunden waren seit der Schlägerei vergangen.

Als Bals aufstand, bemerkte Brune, dass er strauchelte. „Was ist

mit dir los? Ist alles in Ordnung?“ fragt er, doch der Verletzte winkt ab. „Es ist nichts weiter. Ich werde Ferdinand Jütting rufen, dass er mich nach Hause bringen soll.“ Sprach‘s, und wankte aus dem Haus.
Kurze Zeit später fanden zwei Nachbarn des Wirtes den Verletzten nur wenige Dutzend Meter weiter im Fahrweg liegend und vermuteten zunächst, Bals sei betrunken. Als sie ihn auf den etwas höher gelegenen Fahrweg setzten, stöhnte er. „Mir dröhnt der Schädel! Jürgen hat mich heute übel zugerichtet!“ presste Bals zwischen den Zähnen hervor. Dass die beiden bei diesen Worten nicht hellhörig wurden, ist beinahe unbegreiflich und lässt sich eigentlich nur damit erklären, dass Schlägereien fast schon zur „Tagesordnung“ gehörten. Doch das ist Spekulation. Fakt ist: Anstatt sich weiter um den Verletzten zu kümmern, rieten sie ihm nur, er solle besser nach Hause gehen, und gingen dann selbst nach Hause. Zu diesem Zeitpunkt dürfte es ohnehin für Hilfe schon zu spät gewesen sein, doch das ahnten weder Bals Berstermann selbst noch die beiden Männer. Zwei Stunden später fanden Gastwirt Brune und sein Nachbar ihn tot. Man versuchte zwar noch, ihn mit Hilfe eines Aderlasses – damals geradezu das Allheilmittel in allen Lebenslagen – ins Leben zurückzuholen, aber Bals Berstermann war und blieb tot.
Bei der vier Tage später durchgeführten gerichtlichen Obduktion fand man über dem rechten Osse bregmatis eine zweieinhalb Zoll lange Wunde, die bis auf das Pericranium gegangen war; eine ebensolche, gut einen Zoll lange Wunde konnte über dem linken Osse bregmatis festgestellt werden. Im Pericranium, vor allem aber im Hirn, fand sich geronnenes Blut, und zwar nicht zu knapp. Die Todesursache stand damit fest: Die brutalen Schläge hatten zwar nicht unmittelbar den Tod herbeigeführt, aber in der Folge hatte Bals Berstermann eine Hirnblutung erlitten. Für den Staatsanwalt bestand daher auch kein Zweifel, dass Jürgen Berstermann seinen Bruder ermordet hatte. Er hatte den Mord zwar nicht geplant, aber durch die Verwendung einer schweren Feuerzange den Tod des Bruders billigend in Kauf genommen. Zwar gesteht er dem

längst wieder nüchternen Täter ein gewisses Maß an Empörung ob der ihm zugefügten Ehrverletzungen zu, aber erstens rechtfertigte das seiner Meinung noch lange nicht die brutalen Schläge, und zweitens *„glaubt man diesseits gar nicht, daß der Erschlagene den Wortstreit angefangen habe. Denn der Wirth Brune, bey dem er immer des Sonntags nach der Kirche eingekehret ist, der ihn also genau kennen muß, giebt ihm das Zeugniß, daß er immer ruhig gesessen, und an sich ein kurzweiliger Mann gewesen sey, so daß er kein Kind beleidiget hätte.“* Jürgen Berstermann, so argumentiert er, habe seinen Bruder ganz klar verletzen wollen; warum sonst hätte *„der Bösewicht“* die Feuerzange *„unten beym spitzen Ende angefasset, und so seinem Bruder mit der völligen Schwere derselben nicht einmal – sondern drey bis vier mal, erst von oben und nachher von der Seite, auf den Kopf geschlagen“*. Es handele sich also um einen vorsetzlichen Totschlag, und darauf steht die Todesstrafe!

Von wegen Trunkenheit! fährt er fort. Der Wirt und die Brüder Landieck haben eindeutig bezeugt, dass der Schurke nicht betrunken war – jedenfalls nicht so sehr, dass er nicht mehr wusste, was er tat. Und hat Berstermann nicht selbst angegeben, er habe am Nachmittag nichts weiter als ein bis zwei Gläser Branntwein bei Brune (der Wirt behauptet gar, es sei maximal ein Glas gewesen), und bei Bartolomeus auch nur ein Glas Branntwein geturnken? *„Hiervon kann aber ein Kerl, der das Branteweintrinken so sehr gewohnt ist, wie er, unmöglich betrunken werden!“* Und auch der Vorwand, das viele Tabakrauchen hätte ihm den Rausch verursacht, ist durch nichts erwiesen! Außerdem war Berstermann nach dem Trinken und Rauchen einige Stunden an der frischen Luft; er kann zum Tatzeitpunkt gar nicht betrunken gewesen sein! Nein, er wusste genau, was er tat! Deshalb, *„Ewr. Hochwohl- und Wohlgeboren bittet Advocatus Fisci daher gehorsamst: diesen überführten Bruder-Mörder vermittelst des höchsten Grades der Tortur zum Bekänntniß der Wahrheit, und wenn dieses erfolget, wegen seines Verbrechens, mit dem Schwerdt vom Leben zum Tode bringen zu lassen.“*

Warum, so fragt man sich, greift der Staatsanwalt zu diesem äußersten Mittel, um die vermeintliche Wahrheit – das Geständnis der absichtlichen Tötung – ans Licht zu bringen? Hinter diesem schockierenden Antrag steht keineswegs die sadistische Freude an den Qualen anderer Menschen (davon abgesehen, wäre der Fiscus Advocati bei der Folter gar nicht anwesend gewesen), sondern das Bewusstsein um die noch immer geltende Maxime: Ohne Geständnis kein Urteil! Im letzten Drittel des 18. Jahrhunderts war man indes nicht mehr bereit, diese jahrhundertelang bestens bewährte Methode der „Wahrheitsfindung" einzusetzen. Der Berstermann von Amts wegen zugeordnete Verteidiger weist denn auch in der Einleitung seiner am 12. Juli 1784[42] abgelieferten Defensionsschrift mit Nachdruck auf die beeindruckenden philosophischen Schriften der Aufklärer hin, die die Todesstrafen *„als gänzlich zwecklose Mittel, als eine Entehrung der Menschheit, ja selbst als einen vorsezlichen Todtschlag ansehen"*, um dann fast bedauernd festzustellen, dass die alte peinliche Halsgerichtsordnung ja noch immer gültig sei und sich schließlich dem eigentlichen Anliegen seiner Schrift zu widmen – ein geschickter psychologischer Schachzug, der seine Wirkung nicht verfehlte.

Für die richtige Beurteilung der Tat, so argumentiert er, müsste man die Persönlichkeit des Delinquenten und seinen sozialen Hintergrund ebenso berücksichtigen wie die besonderen Umstände zum Tatzeitpunkt. Jürgen Berstermann mochte als Untervogt eine gehobenere Stellung in der ländlichen Gesellschaft eingenommen haben, aber im Grunde genommen war und blieb er eben doch ein Bauer. Er war *kein „Mann von*

42 Stand die Täterschaft so zweifelsfrei fest wie in diesem Fall, so verstrichen in der Regel nur wenige Wochen oder Monate bis zur Urteilsverkündung. Der Fall Berstermann beweist allerdings, dass der Gerichtsgang auch damals mitunter äußerst zähflüssig war: elf Monate saß Jürgen Berstermann mittlerweile im Arrest, und noch immer war sein Prozess nicht abgeschlossen.

erleuchteten Känntnissen, Cultur und gesunden ausgebildeten Menschenverstande", sondern *„ein Mensch, der ganz natürlicher Weise oft schon Schlägereyen, die auf dem platten Lande unter den Bauern nicht selten bekanntermaßen vorzufallen pflegen"* miterlebt hatte, und das von frühester Jugend an. Er war *„ein Mensch, der es nicht selten gesehen, daß in einem solchen Gefechte mit Flegeln, Mistgabeln, eisernen Standen und armdicken Keulen diesem ein Arm oder Bein entzwey geschlagen, einem andern dermaßen auf den Kopf gehauen worden ist daß er sofort auf Gottes Erdboden niedergesunken, bald hernach wieder aufgestanden, und sein Gefecht entweder muthig fortsetzt, oder doch wenigstens keinen merklichen Schaden erhalten hat.... Dieser westphälische, in seinen ursprünglichen Zustande gebliebene Bauer"*, der noch dazu ein gewisses Quantum Branntwein intus hatte, war auf schimpflichste Art beleidigt und in seiner Ehre verletzt worden. In aller Öffentlichkeit hatte Bals ihn einen Hundsfott, einen Schurken, Halunken und Erzbetrüger genannt! Musste Jürgen Berstermann, der *„wie alle Bauern ein grosses point d'honneur im Leube hat"*, sich hier nicht zur Wehr setzen? Ist es nicht verständlich, dass er *„dem Schänder seiner Ehre und (seines) ehrlichen Namens, einige Hiebe"* versetzte? Dass diese tödlich sein würden, lag gewiss nicht in seiner Absicht. Kurz und gut, Dr. Meyer plädiert für Freispruch und appelliert zugleich an das Mitleid des Gerichts. Schon fast ein Jahr habe Berstermanns Frau ihre vielen Kinder alleine mit ihrer Hände Arbeit ernähren müssen. Jetzt sei sie mit ihren Kräften am Ende, zumal der Bauer, in dessen Kate die vielköpfige Berstermannsche Familie wohnte, ihr angekündigt hatte, wenn ihr Mann nicht vor der Ernte freikäme, um ihm bei der Ernte zu helfen, müsse sie die Kate räumen. Bedenkt, ihr hochwohlgeborenen Herren! fleht Dr. Meyer. Selbst wenn ihr meinen Mandanten nur zu einer halbjährigen Zuchthausstrafe verurteilen würdet, so würden *„dessen Ehefrau und Kinder dadurch gänzlich unglücklich gemacht und an den Bettelstab gebracht"!*

Man muss ihn wirklich bewundern, diesen Dr. Meyer. Obwohl er eigentlich „nur" als Pflichtverteidiger eingesetzt wurde, nimmt er sich seines ärmlichen Mandanten mit der gleichen Leidenschaft an, als ob es ein zahlungskräftiger Geldprotz wäre. Seine meisterhaft formulierte Verteidigungsschrift erspart Jürgen Berstermann nicht nur die Folter, sondern rettet auch sein Leben. Kanzler und Räte der hochfürstlichen Kanzlei erkennen schließlich für Recht: *„Daß der Beklagte wegen der seinem Bruder Baltz Berstermann mit der Zange über den Kopf gegebenen Schläge und dessen dadurch erfolgten Todes zwar vorkommenden Umständen nach mit der Todes-Strafe zu verschonen. Gleichwol zu dem ohne sein Verschulden bereits erlittenen längern Gefängniß annoch mit einer fünfjährigen Zuchthaus-Strafe zu belegen, auch zu Entrichtung der auf diese Inquisition ergangenen Unkosten schuldig sey.“* Von Rechts wegen.

Drei Frauen, ein Herzog und der ganze Rest oder: Fälscher im Hause Württemberg

Europa nach dem Untergang des Imperium Romanum war ein Kontinent im Umbruch. Im Laufe mehrerer Jahrhunderte bildete sich eine neue Gesellschaftsordnung heraus, die wir heute als Feudalismus kennen. Gott habe, so lehrte die mittelalterliche Kirche, die Menschen in drei Stände eingeteilt: die Kämpfenden (d.h. die Ritter), die Betenden (Geistliche) und die Arbeitenden. Vermischungen zwischen diesen Ständen waren ursprünglich nicht vorgesehen, ja sie widersprachen sogar der göttlichen Ordnung! In der Frühen Neuzeit hatte man die strengen Grenzen der mittelalterlichen Ständeordnung weitgehend aufgeweicht, doch noch immer galt der Adelsstand, galten die Ritter, als etwas Besonderes. Und seien wir ehrlich: Sehen nicht selbst heute noch viele Menschen mit einer Mischung aus Bewunderung und Neid auf die vermeintliche Glitzerwelt des Adels? Dass es hinter manch heiler Fassade schlimmer zuzugehen pflegt als in Sodom und Gomorrha, ist ein offenes Geheimnis. Dennoch wünschten und wünschen sich etliche Männer und Frauen, selbst ein Teil dieser ach so besonderen, blaublütigen Gesellschaft zu sein. Kaum einer aber vermag sich vorzustellen, welche Entbehrungen und Verpflichtungen das Leben als Hochadliger mit sich bringt – in früheren Zeiten noch mehr als heute. Adel verpflichtet – und das in jeder Beziehung! Von frühester Kindheit an wurden die Sprößlinge der altehrwürdigen hochfürstlichen und gräflichen Geschlechter auf ihre späteren Aufgaben vorbereitet. Spätestens im Alter von fünf bis sechs Jahren wurden die kleinen Prinzen und Prinzessinnen zur Erziehung an fremde Höfe geschickt. Sie lernten Lesen und Schreiben, Fremdsprachen, Musizieren und Tanzen, männliche und weibliche Fertigkeiten; die Knaben mussten als Knappen und Pagen, die Mädchen als Hofmädchen und -damen dienen, bis – ja bis sie alt und vernünftig genug waren, um die ihnen zukommende Rolle im Fürstenhaus zu übernehmen. Hunger und Not mussten sie nicht fürchten, doch für dieses Privileg zahlten sie einen hohen Preis: Unzählige Vorschriften und Regeln zwängten ihr Leben ein, jeder Schritt wurde von hunderten Augen beobachtet. Der auf ihnen lastende Druck war enorm; für manchen war er schlicht weg zu viel – vor allem dann, wenn die Liebe im Spiel war. Warum? Ganz einfach: Prinzen und Fürsten durften ihr Herz nicht beliebig verschenken. Heiratsverbindungen dienten als Mittel der Politik und wurden oft schon im Kindesalter verabredet. Wie Schachfiguren wurden die Prinzen und Prinzessinnen auf dem europäischen Heiratsmarkt hin und hergeschoben. Liebe spielte bei dieser Art der Heiratspolitik keine Rolle. Aber natürlich konnten und wollten auch Fürsten und Königinnen nicht auf Liebe verzichten. Abgesehen von ein paar übereifrigen Geistlichen nahm kaum jemand Anstand daran, wenn ein Fürst jenes Glück, das er bei der ihm angetrauten Gemahlin nicht finden konnte, bei einer anderen suchte. Ganz selbstverständlich lebten diese fürstlichen oder königlichen Konkubinen am Hof. Mit Charme und Intelligenz verstanden sie es, nicht nur die Herzen ihrer fürstlichen Geliebten zu verzaubern. Nicht jedem gefiel, wie viel Macht und Einfluss die herrschaftlichen Maistressen besaßen. Insge-

samt aber hatte man sich – wenn auch zuweilen nur zähneknirschend – mit der Existenz der Konkubinen abgefunden. Nur hinter vorgehaltener Hand wurde hin und wieder über die „Huren" gelästert, aber vorsichtig – man wusste ja nie!
Dass diese fürstlichen Liasons oft nicht folgenlos blieben, ist nur selbstverständlich. Aber genau wie die Konkubinen niemals hoffen konnten, in rechtlicher Hinsicht einer kirchlich angetrauten Gattin gleichgestellt zu werden, waren auch die fürstlichen Bastarde[43] von der Erbfolge ausgeschlossen. Um ihren Lebensunterhalt mussten sie sich freilich keine Sorgen machen: Die aus den illegitimen Verbindungen hervorgegangenen Söhne erhielten hohe Posten im Militär, erfreuten sich als Domherren erklecklicher Pfründe oder wurden gar auf einen Bischofsstuhl gehievt; die Töchter hingegen wurden vorteilhaft verheiratet. So konnten gewissermaßen zwei Fliegen mit einer Klappe geschlagen werden: Die unehelichen Sprößlinge waren standesgemäß versorgt, einflußreiche Posten mit nahen Verwandten besetzt, und Verbindungen zu anderen hochadligen Geschlechtern geschaffen worden. All das hatte sich seit den Zeiten Karls des Großen hundertfach bewährt, und doch kam es immer wieder vor, dass illegitime fürstliche Nachkommen nach jenen Privilegien strebten, die seit altersher nur den ehelichen Fürstensprößlingen zustanden – insbesondere dann, wenn der König oder Fürst nie verheiratet war und folglich keine leiblichen Erben existierten. Handelte es sich dann noch um einen Mann von schwachem Charakter, war dem Intrigenspiel Tür und Tor geöffnet. Ein Musterbeispiel hierfür liefern jene Geschehnisse, die sich in der ersten Hälfte des 18. Jahrhunderts im hochherzoglichen Hause Württemberg zutrugen.
Herzog Leopold Eberhard von Württemberg-Mömpelgard darf wohl mit Fug und Recht als das schwarze Schaf der Familie bezeichnet werden und bereitete dem regierenden Oberhaupt

43 Anders als heute hatte das Wort „Bastard" damals keine beleidigende Bedeutung, sondern diente einfach als Bezeichnung für uneheliche Kinder.

des Hauses Württemberg mehr als genug Kummer. Wäre es nach seinen zahlreichen Söhnen und Töchtern gegangen, hätte sein Tod noch lange nicht das Ende der Linie Württemberg-Mömpelgard bedeutet: Einige von ihnen schreckten vor nichts zurück, um sich trotz ihrer unehelichen Abstammung als legitime Erben ihres Vaters zu präsentieren. Taufscheine, Trauurkunden und andere Kirchendokumente wurden gefälscht, Prediger bestochen, herzogliche Räte mit Verwandten besetzt – alles mit Wissen und vollster Unterstützung des Herzogs. Längst war Leopold Eberhard zu einer willigen Marionette seiner Konkubinen und ihrer intriganten Kinder geworden.

Über mangelnde Libido brauchte sich der in Mömpelgard residierende Herzog wahrlich nicht zu beklagen. Eine Konkubine reichte ihm nicht; zeitweise lebte er mit allen drei Frauen zusammen. Den Damen wiederum blieb nichts anderes übrig, als sich damit abzufinden, dass sie ihren herzoglichen Liebhaber und Gönner mit anderen teilen mussten.

Mehr als 20 herzogliche Bastarde erblickten im Laufe der Jahre unter teils abenteuerlichen Umständen das Licht der Welt. Anna Sabina Hedwigerins Kinder wurden an fremden Orten, ja sogar in Wäldern bei Nacht und Nebel unter Vorgabe eines falschen Vaters getauft. Um die aus der Verbindung mit Henriette Hedwig Lesperance hervorgegangenen Kinder zu legitimieren, wurde die herzogliche Konkubine Nr. 2 posthum an einen von Sandersleben verheiratet, die herzoglichen Bastarde als die Seinigen ausgegeben. Der von Sandersleben versprach sich vermutlich Vorteile davon, wenn er die ebenso überflüssige wie leicht durchschaubare Charade mitspielte, und war doch nur weitere Marionette auf dem Schachbrett der Intrigen. Henriette Hedwig starb bereits 1707, doch noch zu ihren Lebzeiten hatte der liebestolle Herzog auch mit ihrer Schwester Elisabethe Charlotte Lesperance ein Techtelmechtel angefangen, das nicht ohne Folgen blieb. Gemeinsam mit einigen ihrer Kinder begannen die Konkubinen mit herzoglicher Unterstützung im Mai 1719 ein wahrhaft unglaubliches Ränkespiel, das nicht nur das hochherzogliche Haus Württemburg bis in die

Grundfesten erschütterte und mehr als einmal für einen handfesten Skandal sorgte. Mitspieler gab es viele; begnügen wir uns daher fürs Erste mit der Aufzählung der wichtigsten Protagonisten aus den Reihen der herzoglichen Sprößlinge. Unter den Kindern der später in den Rang einer Gräfin von Sponeck erhobenen Anna Sabina Hedwigerin treten vor allem Georg Leopold Sponeck und seine Schwester Leopoldine Eberhardine Sponeckin in Erscheinung. Das aus Henriette Hedwig Lesperances Schoß hervorgegangene Trio Infernale bestand aus Charles Leopold, Ferdinand Eberhard und Eleonore Lesperance; alle drei nannten sich später übrigens von Sandersleben-Colligny.

Von den Kindern der dritten Konkubine schließlich sind ein weiterer Charles Leopold Lesperance und sein Bruder Georg Friedrich von Bedeutung, aber verglichen mit ihren Halbgeschwistern scheinen sie – schon auf Grund ihres jugendlichen Alters – eine eher untergeordnete Bedeutung zu spielen.

Wie oft mag Herzog Leopold Eberhard im Stillen seine hochadlige Abstammung verflucht haben – eine Abstammung, die ihm verbot, dem Ruf seines Herzens zu folgen? Die Zahl der für einen Sproß aus solch hohem Geschlecht in Frage kommenden Heiratskandidatinnen war überschaubar: Eine Niederadlige zu heiraten war nicht erwünscht, eine nicht standesgemäße Heirat ganz und gar ausgeschlossen. Hinzu kam das bestehende Heiratsverbot unter „nahen" Verwandten[44]. Was nun Leopold Eberhards Herzensdamen anging, so hatten die drei Konkubinen eines gemeinsam: Sie waren alles anders als standesgemäß. Niemals hätte das Oberhaupt des Hauses Württemberg seine Zustimmung zu einer Heiratsverbindung mit einer von ihnen gegeben! Anna Sabina Hedwigerins Mutter

44 Im Hoch- und Spätmittelalter waren Ehen unter Verwandten ersten bis siebenten (!) Grades verboten – eine Forderung, die zu erfüllen fast unmöglich war. Man begnügte sich später daher damit, Ehen bis zum dritten Verwandtschaftsgrad zu untersagen.

war eine verarmte Adlige, ihr Vater ein Pfefferkuchenbäcker in Lignitz. Trotz dieser niedrigen Abstammung väterlicherseits beanspruchte Anna Sabina selbstbewusst die Zugehörigkeit zum Adelsstand für sich. So gelang es ihr, als Kammerfräulein in den Dienst der Herzogin von Öls zu treten. Diese wiederum war Herzog Leopold Eberhards Schwester.

Konnte die Hedwigerin zumindest eine niederadlige Abstammung für sich beanspruchen, so war die Herkunft der Schwestern Lesperance völlig indiskutabel: ihr Großvater war Stadtknecht oder Büttel in Mömpelgard – ein Beruf, der allgemein als „unehrlich" angesehen wurde. Vater Lesperance hatte das Schneiderhandwerk gelernt, aber auch dieses Handwerk rangierte in der Liste der „ehrlichen" zünftigen Berufe weit unten. Immerhin war er später dem Militär beigetreten und hatte es bis zum Hauptmann gebracht – aber das nur am Rande. Nach dem Tode ihres Mannes war die Witwe Lesperance mit ihren Kindern nach Öls gezogen. So hatte das launische Schicksal drei junge Frauen ausgerechnet an jenen Ort geführt, an den sich auch Prinz Leopold Eberhard von Mömpelgard mit seinem Vater, dem alten Herzog Georg, in den 1690er Jahren notgedrungenermaßen zurückziehen musste. Bald schon war der junge Prinz den Reizen der drei Schönen hoffnungslos verfallen; es war der Beginn einer Liason, die selbst in den sinnenfreudigen höfischen Kreisen ihresgleichen suchte. Nicht die Tatsache, dass der Prinz sich diversen Liebschaften hingab, erregte die Gemüter weit über das Haus Württemberg hinaus: Der heimliche Skandal war, dass Leopold Eberhard ganz ungeniert nicht nur mit einer, sondern gleich mit drei Frauen zusammenlebte! Dieses traute Liebesleben geriet jedoch in Gefahr, als Anno 1698 endlich Frieden[45] geschlossen wurde und Leopold Eberhard sein Ölser Exil mit der Residenz zu Mömpelgard vertauschen konnte. Anna Sabina Hedwigerin musste all ihre Überredungskünste aufbieten, um ihre Mutter dazu zu bringen, den Dienst in Öls zu kündigen und eine Stelle in Mömpelgard anzunehmen. Töchterchen

45 Rykwicker Friede

Anna Sabina musste natürlich mit, und genau das hatte die gerissene junge Frau ja auch im Sinn gehabt. Nun konnte sie ganz ungeniert ihren herzoglichen Liebhaber weiter um den Finger wickeln. Die Lesperanzische Familie folgte ihrem Beispiel und zog ebenfalls nach Mömpelgard.
Jetzt stand nur noch eine Person dem trauten Liebesglück zu Viert im Wege: der alte Herzog Georg. Aber auch dieses Problem löste sich bald von selbst: Herzog Georg starb, und nun konnte der frisch gebackene Herzog Leopold Eberhard seine drei Gespielinnen als offizielle Konkubinen an den Hof holen. Zweiundzwanzig Jahre vergingen, und niemals in all der Zeit hatte es Anzeichen für eine legitime Ehe des Herzogs mit einer (oder mehreren) seiner Konkubinen gegeben. Auch deren Kinder waren stets als uneheliche Kinder behandelt worden, als Bastarde eben. Mit gewisser Sorge sahen daher Leopold Eberhards Konkubinen der Zukunft entgegen. Was sollte aus ihnen und ihren Kindern werden, wenn der Herzog – mochte Gott ihm ein langes Leben schenken! – aus diesem irdischen Jammertal abberufen werden sollte? Mit vereinten Kräften redeten die beiden noch lebenden Konkubinen und seine Kinder so lange auf Leopold Eberhard ein, bis er sich 1715 auf eine Reise nach Stuttgart begab, um den dort regierenden, in der Mömpelgardischen Erbfolge an erster Stelle stehenden Herzog Eberhard Ludwig inständigst zu ersuchen, *„daß Er auf den Fall seines Absterbens solch seinen Kebs-Weibern und natürlichen Kindern aus besonderer Gnade einen gewissen Lebens-Unterhalt verwilligen möchte“*.
Herzog Eberhard Ludwig willigte unter gewissen Bedingungen ein. In dem am 18. Mai 1715 geschlossenen Wildbader Vertrag erklärte Herzog Leopold Eberhard ausdrücklich, niemals mit einer seiner Konkubinen eine legitime Ehe eingegangen zu sein und dass seine Nachkommen daher von der Erbfolge ausgeschlossen seien. Im Gegenzug verpflichtete sich der Stuttgarter Herzog, den Konkubinen und deren Kindern zeitlebens eine üppige Leibrente zu zahlen.
Nach der Rückkehr Leopold Eberhards wurde der Wildbader Vertrag mit großer Würdigkeit publik gemacht, von allen

herzoglichen Räten beschworen und den beiden Konkubinen *„auf das kräfftigste bestättiget“*. Vier Jahre vergingen, ohne dass jemand an diesem für das gesamte Haus Württemberg so wichtigen Vertrag zu rütteln wagte. Um so überraschender kamen jene „Enthüllungen“, die im Mai 1719 die scheinbar heile Welt des Hauses Württemberg bis auf die Grundfesten erschütterten und den Inhalt des Wildbader Vertrags ad absurdum zu führen suchten. Plötzlich wurden sowohl Anna Sabina Hedwigerin alias Gräfin von Sponeck als auch Elisabetha Charlotta Lesperance als legitime Gattinnen und Herzoginnen, ihre Kinder dementsprechend als Prinzen und Prinzessinnen ausgegeben. Mehr noch, auch die Kinder der zweiten Konkubine sollten plötzlich einer legitimen Ehe entstammen und damit vom Makel der ehelichen Geburt befreit werden. Diese, bzw. die drei ältesten unter ihnen, waren es auch, die das großangelegte *Mysterium Nequitiae*[46] ins Rollen brachten. Charles Leopold, Ferdinand Eberhard und die schöne, kluge Eleonore Charlotte konnten mit ihrem Vater, der weiblichen Reizen niemals abhold war, machen, was sie wollten. Bereits 1716 hatten sie ihn dahin gebracht, ihnen die Grafschaft Colligny und weitere stattliche Güter zu übertragen. Die drei wussten allerdings sehr gut, dass sie ihres Besitzes nicht sicher sein konnten, so lange sie mit dem Makel der unehelichen Geburt behaftet waren. Ein gewisser von Sandersleben musste als Alibi-Ehemann und Vater der Drei herhalten. Dass Henriette Hedwig Lesperanzin niemals mit ihm zusammengelebt hatte, spielte da keine Rolle. Nachdem sämtliche Probleme auf diese Weise fürs erste aus dem Weg geräumt waren, erteilte Herzog Leopold Eberhard seinen drei Sprößlingen einen förmlichen Adoptionsbrief, gefolgt von der Schenkungsurkunde über die Grafschaft Colligny. Das allein genügte jedoch nicht – zu lange hatten die drei ganz offiziell als illegitime Abkömmlinge Herzog Leopold Eberhards gegolten. Um jeglichen Zweifel an der angeblichen Vaterschaft des von

46 Mysterium Nequitiae = Mysterium der Gemeinheit oder Nichtsnutzigkeit

Sandersleben zu beseitigen, mussten schon stärkere Kaliber aufgefahren werden. Also überredete man Pfarrer Gropp, der damals die einträgliche Stelle als Hofprediger in Mömpelgard innehatte, das schmutzige Spielchen mitzumachen und gewisse Einträge in gewissen Dokumenten ein wenig „anzupassen". Anders ausgedrückt: Gropp fälschte die Kirchenbücher und schrieb obendrein noch ein falsches Konsistorialprotokoll. Dabei unterliefen ihm allerdings mehrere derart plumpe Fehler, dass die Fälschungen für jeden einigermaßen vernunftbegabten Zeitgenossen leicht zu durchschauen waren.

Eines der Probleme, die der Hofprediger beseitigen sollte, waren die verräterischen Einträge in den Taufregistern: die drei „Sanderslebischen" Kinder waren nämlich nicht auf diesen Namen getauft worden. Charles Leopold wurde in Schlesien geboren, und zwar zu einer Zeit, als der von Sandersleben sich mit der Kaiserlichen Armee in Ungarn aufhielt. Kein Mensch wusste, wo und wann er überhaupt getauft worden war. Sein 1699 geborener Bruder Ferdinand Eberhard und die ein Jahr jüngere Eleonora Charlotta erblickten in Mömpelgard das Licht der Welt und wurden im Dörfchen Etupes heimlich auf den Namen fremder Eltern getauft. Unser Laienfälscher Gropp ließ daher anno 1716 die Taufbücher von Etupes und Schloss Mömpelgard verschwinden und ersetzte das letztere durch neue Tauf-, Ehe- und Sterberegister, die er mit dem Jahre 1698 beginnen ließ. Nun war es ihm ein Leichtes, für die Jahre 1699 und 1700 die Geburten von Ferdinand Eberhard und Eleonora Charlotta einzufügen. Aus dem alten, bis in den Mai 1701 laufenden Mömpelgardischen Kirchenbuch riss er die letzten Seiten des Taufregisters einfach aus, beging aber dabei die Dummheit, die Ehe- und Sterberegister nicht gleich mit zu beseitigen. Neben dieser datumsmäßigen Diskrepanz wurde die Fälschung auch durch einen einfachen Handschriftenvergleich offensichtlich; von der Verwendung gänzlich anderer Tinte einmal abgesehen.

Nachdem auf diese Art und Weise die Geschwister kurzerhand einen neuen Vater bekommen hatten, galt es, ihre schon seit neun Jahren unter der Erde ruhende Mutter von dem durch die

Fälschung suggerierten Verdacht der schweren Sünde des Ehebruches reinzuwaschen; schließlich wusste jeder über ihre Rolle als Konkubine Bescheid. Aber auch für dieses Problem wusste der Hofprediger Rat und produzierte einfach ein auf das Jahr 1701 datiertes Konsistorialprotokoll, durch das die angebliche Eheverbindung geschieden wurde. Dumm nur, dass Gropp, der das Protokoll auch noch mit seiner Unterschrift versah, zu diesem Zeitpunkt noch gar kein Konsistorialrat war!
Die 1716 in aller Stille vollzogene großzügige Schenkung der Grafschaft Colligny und die selbst für damalige Verhältnisse äußerst plumpen Fälschungen kamen erst zwei Jahre später, als das Trio sich beim Französischen König erfolgreich um die Konfirmation der Schenkung bemüht hatten, ans Licht.[47] Die beiden noch lebenden Konkubinen und deren Kinder waren empört. „C'est un scandale! Wenn sich eine Frau als rechtmäßige Herzogin bezeichnen darf, dann ja wohl ich!" brach die Gräfin von Sponeck heraus. „Mich hat der Herzog damals in Öls[48] geheiratet! Mich, und nicht diese....diese....!" Zum Beweis präsentierte sie einen Trauschein des Pfarrers von Rajowiz, der – wen wundert's – genauso wenig echt war wie die Urkunden der angeblichen Sanderslebischen Kinder. Die wiederum fielen aus allen Wolken. Mit vielem hatten sie gerechnet, nur damit nicht! Sollte ihr mit großen Mühen durchgezogener und bis hierher so wohl geratener Plan im letzten Augenblick doch noch scheitern? In seiner Not griff das Trio zu einem ebenso verzweifelten wie – zumindest in den Augen der Zeitgenossen – abscheulichen Mittel, um die aufgebrachte Gräfin zu besänftigen: Die Geschwister schlugen eine Heirat ihres Sohnes Georg Leopold mit seiner hübschen Halbschwester Eleonore Charlotte vor. Diese inzestuöse Verbindung galt zwar als Blutschande und schwere Sünde, aber in dieser Situation wären die Drei bereit gewesen, selbst mit dem Teufel einen Pakt zu schließen, um die so hart erworbene

47 Als oberster Lehnsherr musste der König die Schenkung formal bestätigen.
48 Öls liegt in Schlesien.

Grafschaft nicht zu verlieren. Und tatsächlich ließ sich die Gräfin auf diesen skandalösen Deal ein. Am 22. Februar 1719 erhielten die 18-jährige Eleonora Charlotta und ihr einige Jahre älterer Halbbruder Georg Leopold den kirchlichen Segen.

Kaum war diese Klippe glücklich umschifft, wagten sich die drei Geschwister an die Umsetzung eines noch viel größeren Plans. Das konnte jedoch nur gelingen, wenn sie sich mit ihren bisherigen Konkurrenten verbündeten und auch die dritte Konkubine Elisabetha Charlotte Lesperanzin mitspielte. Und sie wussten auch schon, wie sie ihre Tante überzeugen konnten: Elisabetha Charlotte Lesperanzin musste ebenfalls als legitime Gattin des Herzogs ausgegeben werden, was wiederum die Scheidung der angeblichen Ehe des Herzogs mit der Gräfin von Sponeck voraussetzte. Der Zweck des Ganzen liegt auf der Hand: Als eheliche Nachkommen des Herzogs wären die Kinder aller drei Konkubinen erbberechtigt! Es klingt fast unglaublich, und doch: dieses ganze abenteuerliche Intrigenspiel wurde im Mai 1719 tatsächlich durchgezogen, und sogleich öffentlich bekannt gemacht. Der erst wenige Jahre zuvor von Herzog Leopold Eberhard und seinen Konkubinen so feierlich anerkannte Wildbader Vertrag wurde damit vollständig ausgehebelt, die Erbfolge des Herzogs von Württemberg-Stuttgart in Frage gestellt. Wie letzterer auf die unerhörte Nachricht aus Mömpelgard reagierte, kann man sich vorstellen. Was folgte, war ein jahrzehntelanger Streit um die Rechtmäßigkeit der Mömpelgardischen Ansprüche. Der vorgebliche Erbprinz Georg Leopold und seine Bastardgeschwister ließen nichts unversucht, um die Echtheit der von ihnen präsentierten Kirchenbücher, Taufscheine und all der anderen Urkunden zu beweisen, doch die Wahrheit ließ sich auf Dauer nicht verbergen. Stück für Stück wurde das ganze Ausmaß des Ränkespiels ersichtlich – eines Ränkespiels, bei dem der charakterschwache Herzog Leopold Eberhard fleißig mitgemacht hatte und etliche hochrangige Personen eine äußerst zwielichtige Rolle spielten. Die ganze Geschichte ist so absurd und unglaublich, dass sie mehr als genügend Stoff für ein Drehbuch liefern könnte. Und wer weiß, vielleicht findet die abenteuerliche Charade um den letzten Herzog von Württemberg-Mömpelgard, seine drei Konkubinen und deren Kinder eines Tages sogar den Weg nach Hollywood? Wir werden sehen.

Dresden Anno 1726: Von Amokläufern und Fanatikern

Amokläufer sind der fleischgewordene Albtraum eines jeden Angehörigen der Sicherheitsorgane. Völlig unauffällig leben sie unter uns, und doch gleichen sie tickenden Zeitbomben. Der nette Nachbar von nebenan, der Abiturient aus der Schule um die Ecke, die Köchin aus der Lieblings-Pizzeria – von einem Augenblick auf den andern verwandeln sie sich in mörderische Bestien und bringen unendliches Leid über unzählige Menschen, die sie oft noch nicht einmal kennen. Verfolgt man die erschreckenden Nachrichten der letzten Jahre, so kann man sich des Eindrucks kaum erwehren, als ob die Häufigkeit von Amokläufen im Zunehmen begriffen ist. Eine neue Erscheinung sind sie indes nicht: Auch vor 300 Jahren verbreiteten solche völlig atypischen Verbrecher immer wieder Angst und Schrecken.

Die Tat des Ex-Soldaten Frantz Laubler weist viele Züge eines klassischen Amoklaufes auf, und doch war Laubler kein typischer Amokläufer (wenn man in diesem Zusammenhang überhaupt von „typisch" sprechen kann). Sämtliche im Zusammenhang mit dem Dresdner Attentat verfassten Druckschriften sind mehr oder weniger stark von religiösem Fanatismus durchsetzt und ausgesprochen polemisch. Die zeitgenössische Berichterstattung trägt stark propagandistische Züge und zeigt, dass das tiefe Misstrauen zwischen Protestanten und Katholiken auch im 18. Jahrhundert noch allgegenwärtig war. Unterschwellig schwelte die alte, aus der Reformationszeit und der Zeit des Dreißigjährigen Krieges stammende Feindschaft zwischen den Konfessionen weiter – der kleinste Anlass reichte, um sie offen zum Ausbruch zu bringen. Und Laublers mörderisches Attentat auf den beliebten evangelischen Stadtprediger M. Hahn war gewiss nicht nur ein „kleiner Anlass". Doch der Reihe nach:

Der wohlgelehrte Herr Magister Joachim Hermann Hahn, seines Zeichens Pfarrer und Diakon an der Kreuzkirche zu Dresden, nahm seine pastoralen Aufgaben überaus ernst. Er setzte alles daran, so viele Schäfchen wie möglich mit der einzig wahren christlichen Lehre – der evangelisch-lutherischen nämlich – zu „beglücken", und schoss dabei wohl mehr als einmal über das Ziel hinaus. Am 21. Mai des Jahres 1726 sollte ihm sein Missionierungseifer zum Verhängnis werden.

Am Vormittag war der von seinem Sendungsbewusstsein erfüllte Mann zu einem Krankenbesuch gerufen worden. Pünktlich zur Mittagszeit kehrte der äußerst kräftige Herr Pfarrer nach Hause zurück, wo Frau und sieben Kinderlein schon am gedeckten Tisch auf den Pater Familii warteten. Wie die meisten seiner Berufskollegen war der fromme Prediger alles andere als ein Kostverächter und lebte nach dem Motto: „Essen hält Leib und Seele zusammen". Hungrig wie ein Wolf wollte er sich gerade an den Tisch setzen, als ein Besucher sich anmelden ließ und bat, der Herr Pfarrer möge herauskommen, er habe etwas Wichtiges mit ihm zu bereden. Der Besucher, ein gewisser Frantz Laubler, war im Hahnschen Haus kein Unbekannter. Drei Jahre lang hatte sich der brave Pfarrer damit abgemüht, dieses im katholischen Glauben verlorene Schaf der evangelischen Herde zuzuführen – drei Jahre lang hatte er seinen ganzen missionarischen Eifer daran gesetzt, den Ex-Soldaten zur Konvertierung zu bringen. Mehr als einmal hatte er Laubler fast schon so weit gehabt, doch im letzten Augenblick ruderte dieser störrische Schafbock immer wieder zurück. Hahn konnte sich schon denken, was Laubler so „wichtiges" mit ihm zu besprechen wünschte, aber diesmal musste er warten! Das Essen auf dem Tisch duftete einfach zu verführerisch! Er ließ also dem Besucher ausrichten, er hätte heute keine Zeit mehr: Erstens säße er gerade beim Mittagstisch, und zweitens müsse er sich noch auf seine morgige Predigt – Magister Hahn war Mittwochsprediger in der Kreuzkirche – vorbereiten. Laubler solle doch so gut sein und morgen wiederkommen. *„Es hat aber dieser Bösewicht mit Bitten angehalten"*, heißt es in einem der polemischen Berichte. Der Besuch sei unaufschiebbar, behauptete Laubler, denn schon am nächsten Tag müsse er nach Polen reisen; die Kutsche habe er sogar schon bezahlt. Er würde den Herrn Pfarrer auch gar nicht lange aufhalten.

„Nun geh' schon!", drängte die Frau Pfarrerin ihren immer noch zaudernden Herrn Gemahl. „Er wird ja sonst doch keine Ruhe geben!" Mit einem letzten Blick auf das appetitlich angerichtete Mahl und einem abgrundtiefen Seufzer erhob sich der Prediger und schickte sich in das Unvermeidliche. Es sollte das letzte Mal sein, dass ihn seine Familie lebend sah; wenige Minuten später war er tot.

„Nachdem sie sich beyde haussen im Vor-Saale auf 2 Stühlen niedergelassen .... so macht ihm die listige Schlange dieses schmeichelhaffte Compliment: Er habe nunmehro bey dem Trabanten-Corps seinen Abschied erhalten, daher, weil er nach Pohlen gehen wolte, noch einmahl zu ihm komme, vor erwiesene viele Wohlthaten Danck zu sagen." In der Folge verwickelt *„der in einem Engel des Lichts verstellte Satanische Bösewicht"* den Pfarrer in einem abstrusen theologischen Diskurs, der immer bizarrere Züge annimmt. *„So wisset denn"*, stößt Laubler endlich hervor, *„ich bin von Gott gesandt, Euch zu töten, denn Ihr habt gegen die Katholische Religion gepredigt!"* Im gleichen Moment versucht er, dem völlig überraschten Pfarrer einen Strick um den Hals zu werfen und ihn zu strangulieren. Hahn gelingt es jedoch, den Angriff zumindest soweit abzuwehren, dass die tödliche Schlinge nicht seinen Hals, sondern nur die linke Hand einschnürt. Nun drückt Laubler den überrumpelten Geistlichen mit aller Gewalt an den großen Kleiderschrank und versetzt ihm mit einem eigens zu diesem Zweck gekauften langen Messer vier Stiche in den Oberkörper. Verzweifelt schreit der Pfarrer zu Jesus um Hilfe, doch statt des Gekreuzigten schaut nur die Pfarrerin aus der Stubentür. Entsetzt sieht sie, wie Laubler wie im Wahn auf den gewiss nicht schwachen Mann einsticht – und tut das einzig Richtige: Sie schlägt die Tür zu, rennt in die Stube zurück und schreit

durchs Fenster hinaus um Hilfe. Unglücklicherweise ist gerade Mittagszeit, und auch damals saß man in Dresden um 12 Uhr gewöhnlich bei Tisch. Die sonst so belebte Pfarrgasse ist folglich wie leergefegt. Unterdessen hat Hahn es trotz seiner schweren Verletzungen geschafft, sich aus Laublers tödlicher Umklammerung zu befreien, doch beim Versuch, die Treppe hinunter zu eilen, schwinden ihm die Sinne. Ohnmächtig fällt er aufs Gesicht und so, mit dem Kopf nach unten, bleibt er mitten auf der Treppe liegen. Laubler, der mittlerweile die Flucht ergriffen hat, sieht den Sterbenden auf der Treppe und sticht ihn noch zweimal in den Rücken. Dann rennt er auf die Gasse hinaus. Die Magd oder Köchin, die ihm im Hause begegnet, fährt er mit der Drohung an: *„Zurück, oder ich stoß dich über den Haufen!“*

Noch während Laubler durch die Straßen und Gassen der Stadt in Richtung Schloss flieht, verbreitet sich die Kunde von dem entsetzlichen Anschlag. Einige Jungen verfolgen den Täter und schreien die Leute zusammen. Dennoch gelingt es erst im Schloss, den feigen Attentäter festzunehmen. Dass der Dresdner Gouverneur Wackerbarth den ehemaligen Soldaten nicht in fürstlichen Gewahrsam bringen lässt, sondern ihn dem Magistrat der Residenzstadt Dresden übergibt und ins Rats-Stockhaus überstellt, hat strategische Gründe, denn Laublers mörderischer Anschlag sollte nicht folgenlos bleiben.

Erst wenige Stunden waren seit dem Überfall vergangen, da pfiffen es die Spatzen von allen Dächern: Magister Hahn ist tot – ermordet von einem dieser teuflischen Katholiken! Gerüchte schossen wie Pilze nach einem warmen Sommerregen aus dem Boden: Dieses Höllenkind habe noch drei oder vier weitere *„redliche Männer Gottes“* ermorden wollen, wussten die einen. Das alles ist eine Verschwörung der Katholiken, behaupteten die anderen. Einer dieser verruchten Papisten habe am Tag nach dem Attentat in der Stadt- und Kreuzkirche während der Predigt des Herrn D. Löschner einen Anschlag verübt und auf den Gottesmann geschossen; zum Glück sei nur das Pulver auf der Pfanne losgebrannt. Als man den Attentäter habe festnehmen wollen, hätten ihn mehr als ein Dutzend

Unterstützer mit entblößten Degen geschützt. – Unzählige solcher und ähnlicher Gerüchte flogen durch die Straßen und Gassen der sächsischen Residenzstadt, und auch wenn nichts davon stimmte – Löschner z.B. hatte am Mittwoch gar nicht gepredigt, sondern sich durch einen Studenten vertreten lassen – die Folgen waren verheerend. Bereits am Nachmittag des 21. Juni kam es zu tumultartigen Zuständen. Der aufgebrachte Pöbel witterte eine Verschwörung der Katholiken und schrie nach Rache. Mehrere tausend Dresdner stürzten als Lynchmob durch die Stadt und machten Jagd auf alles, was angeblich oder tatsächlich katholisch war. Selbst besonnenere Protestanten, die zur Mäßigung aufrufen wollten, wurden von dem wütenden Mob mit Steinen und Schlägen traktiert, und nur dem raschen und entschlossenen Eingreifen des Magistrats und des Dresdner Gouverneurs Graf von Weckerbarth war es zu verdanken, dass keine Toten zu beklagen waren. Als die Kunde von den Ereignissen in Dresden den Grafen, der sich gerade auf seinem Lustschloss in Pirna aufhielt, erreichte, ließ von Weckerbarth sofort die in der Garnison stationierten Soldaten ausrücken und ritt auf dem schnellsten Weg nach Dresden zurück. Doch weder die Soldaten noch die vom Stadtrat aufgebotenen 300 Mann von der Bürgerschaft vermochten den marodierenden Pöbel zu stoppen. In dieser Situation traf der gerade in Dresden angekommene Graf von Weckerbarth die einzig richtige Entscheidung: Ein ganzes Regiment wurde auf dem Markt postiert; die restliche Mannschaft wurde zur Bewachung der katholischen Kapelle und zu nächtlichen Patrouillengängen eingeteilt. Außerdem teilte er den prominentesten protestantischen Predigern Leibwachen zu: Hofprediger Engelschall bekam einige Soldaten, Magister Weller wurde von vier, Superintendent Löscher sogar von 16 Mann der Bürgerwache beschützt – eine durchaus nachvollziehbare Vorsichtsmaßnahme, denn noch wusste man nicht, ob der Mörder ein Einzeltäter oder Mitglied einer Verschwörung war.

Nach all diesen Vorsichtsmaßnahmen beruhigte sich die Lage tatsächlich etwas. Graf von Weckerbarth aber wusste, dass diese

Ruhe trügerisch war und blieb die ganze Nacht über wach, um nötigenfalls sofort eingreifen zu können. Auch das hochedle Dresdner Rats-Kollegium verbrachte die Nacht im Rathaus und legte damit ein hohes Maß an Verantwortungsbewusstsein ab, an dem sich so manch heutiger Politiker ein Beispiel nehmen könnte. Und die Befürchtungen von Gouverneur und Ratsherren sollten sich schon nach wenigen Stunden bewahrheiten. Während der Frühpredigt kam es in der Kreuzkirche zu einem ominösen Zwischenfall, der die Lage sofort wieder eskalieren ließ.

Was genau eigentlich passiert war, wusste im nachhinein niemand mehr zu sagen. Angeblich hatte ein Katholik auf den auf der Kanzel stehenden Prediger, der gerade *„das den vorigen Tag passirte erschreckliche Unglück beweglich vorgestellet"* schießen wollen, aber die Pistole ging nicht los; nur das Pulver brannte auf der Pfanne ab. Man wollte auch wissen, dass er noch zwei Helfer gehabt hatte, die ihn mit ihren Degen beschützen wollten. Selbst der Verfasser eines sonst sehr polemisch gehaltenen Berichts gibt zu, dass an dieser ganzen Story so gut wie nichts stimmte, sondern das Ganze wohl auf einem verhängnisvollen Missverständnis beruhte. Vermutlich hatte sich ein Dresdner Katholik, von Neugier getrieben, am 22. Juni in die Kreuzkirche gewagt, um zu hören, was der protestantische Prediger über die schrecklichen Ereignisse des Vortages sagen würde und vor allem, ob er – wie so viele andere – den Katholiken die Schuld an dem Unglück geben würde. Aus Furcht, als Katholik enttarnt und angegriffen zu werden, hatte dieser Unglücksrabe wohl einen Degen unter dem Rock versteckt. Den hatte dann wohl jemand durch Zufall gesehen und sofort Zeter und Mordio krakeelt. Zwar gelang es dem tapferen Studiosus noch, seine Predigt mit mehrfachen Unterbrechungen zu Ende zu bringen, aber danach brachen die blutigen Unruhen aufs neue los.

„Der Pöbel lief gantz wütend zusammen und schrie, schlaget die Catholische Hunde todt, und also giengen sie von Haus zu Haus, wo sich Catholicken befanden, brachen die Thüren mit Gewalt auf, daß man also nicht anders thun konte, um Mord

und Todschlag zu verhüten, als die Catholicken aufzusuchen, und sie unter starcker escorte aufs Rathhaus zu bringen. Es hat dieses zusammen gelauffenes Volck kein Haus geschonet, sondern, wo nur Catholicken gewohnet, alles eingeschlagen, und war die Garnison nicht im Stand, ohne Blutvergiessen diesen Allarm zu stillen, wo nicht die sonderbare Conduite unsers Gouverneurs solches verhindert, welcher durch seine kluge Disposition es dahin gebracht, daß es doch ohne eintzig Blutvergiessen abgangen.[49]" Dennoch konnte *„dem rasenden Pöbel"* nicht überall rechtzeitig Einhalt geboten werden. Alle Häuser, in denen sich Katholiken eingemietet hatten, wurden angegriffen. Der außer Rand und Band geratene Mob schlug Fenster und Türen ein, zerhackte Tische und Bänke und warf die in jedem gut-katholischen Haushalt vorhandenen Heiligenbilder Bilder *„mit vielen Spott-Reden auf die Gassen"*. Dass der ein oder andere in diesen tumultartigen Zuständen etwas mitgehen ließ (um das unschöne Wort „Plündern" zu vermeiden), muss nicht extra betont werden. Selbst jene protestantischen Glaubenseiferer, die sonst keine Gelegenheit auslassen, über den katholischen Teil der Christenheit herzuziehen, sind über die Exzesse des wildgewordenen Pöbels empört. *„Unterschiedliche Patres hatten das Unglück, in der Canaille Hände zu fallen"*, beschreibt einer dieser Autoren die Krawalle. In höchster Todesangst versuchte ein Pater sogar, *„sich in Weibs-Kleidern zu salviren"*, doch seine für eine Frau viel zu großen Schritte verrieten ihn. Die katholische Kapelle,

---

49 Die Kunde von der Ermordung des protestantischen Diakons Hahn verbreitete sich mit unglaublicher Geschwindigkeit in allen sächsischen Landen und löste eine regelrechte Hetzjagd auf die katholische Minderheit aus. Am Schwarzen Brett der Leipziger Universität schlugen die Studenten einen Aufruf an, *„daß, wer ein resonnabler Bursch zzu Jena und andern benachbarten Universitäten wäre, sich bey ihnen einfinden möchte"* und *„daß alle auf der Messe seyende Catholicken sich aus der Stadt machen solten, sonsten man übel mit ihnen umgehen würde."*

deren Kirchenschmuck die Patres wohlweislich bereits am Vorabend in Sicherheit gebracht hatten, drohte gestürmt zu werden, *„weil die Canaille Hauffenweiß dahin lieff"*.
Glücklicherweise hatte von Weckerbarth die Gefahr jedoch vorausgesehen und eine Reitergarde zur Kapelle entsandt. In höchsteigener Person erschien der Dresdner Gouverneur bei der bedrohten Kirche. Ob tatsächlich seine *„vielen guten Worte"*, oder nicht doch eher die gut bewaffneten Soldaten die Meute besänftigten, sei dahingestellt. Auch der Magistrat war nicht untätig und ließ nicht nur überall in der Stadt Plakate anschlagen, sondern auch durch stimmgewaltige Ausrufer verkünden, dass jedermann sich friedlich nach Hause begeben solle. Wer sich durch die Ereignisse angegriffen fühlte, könne sich getrost darauf verlassen, dass ihm Satisfaction (Befriedigung) widerfahren würde – den Krawallmachern und Plünderern hingegen schwerste Strafen angedroht. Indes, die Ausrufer konnten ihre Stimmbänder strapazieren, wie sie wollten – ihre Botschaft verpuffte wie die Worte des Rufers in der Wüste.
Von Weckerbarth erkannte, dass er nur ein Mittel gab, den Tumult ohne Blutvergießen zu beenden: Der „Stein des Anstoßes" – die Katholiken also – mussten in Sicherheit gebracht werden. Der Graf handelte so rasch, wie man es von ihm gewohnt war und sandte Milizen in alle von Katholiken bewohnten Häuser; die Zustimmung des Rates zu dieser Aktion hatte er. Unter bewaffneter Eskorte wurden die Katholiken ins Rathaus und ins Breihaus gebracht und somit sozusagen zwei Fliegen mit einer Klappe geschlagen: Der aufgebrachte Mob bekam seinen Willen, nämlich die Fortschaffung der Katholiken aus den Bürgerhäusern, und die Katholiken waren in Sicherheit. Dennoch war der angerichtete Schaden groß: Der Pöbel hatte in den Mietshäusern wie eine Horde Tobsüchtiger gewütet. Vergeblich baten die protestantischen Besitzer um Schonung ihres Eigentums. „Das geschieht euch ganz recht", erhielten sie zur Antwort. „Ihr habt doch mit euren viel zu hohen Mieten rechtschaffene Bürger – eure eigenen Glaubensgenossen – vertrieben, und dafür *frembde Götzen-*

Diener angenommen! Jetzt bekommt ihr die Quittung dafür!" Stundenlang bemühten sich Bürgerwehr und Soldaten nach Kräften, die aufgebrachte Menge in Schach zu halten. Es kam zu zahlreichen Festnahmen, doch die meisten Tumultanten wurden auf Druck des Pöbels schon nach wenigen Stunden wieder freigelassen. Ein kluger Schachzug, denn auf diese Weise gelang es Graf von Weckerbarth tatsächlich, die Aufrührer zu beruhigen. Als sich an jenem 22. Mai die Sonne dem Horizont entgegenneigte, war die Ruhe zumindest einigermaßen wieder hergestellt. Für viele Katholiken aber war damit der Ärger noch nicht vorbei. So hatten die meisten Handwerksmeister ihren römisch-katholischen Gesellen den Abschied gegeben, ja die katholischen Soldaten durften die Hauptwache tagelang nicht verlassen: zu groß war die Gefahr, dass der wütende Pöbel sie angreifen würde.
Um ein Wiederaufflammen der Krawalle zu verhindern, ließ Graf von Weckerbarth Tag und Nacht unzählige Patrouillen durch die Stadt laufen. Schon am 21. Mai hatte er eigens zu diesem Zwecke Verstärkung angefordert: am Abend des 22. Mai traf das Prinz-Alxandrische Kürassier-Regiment in der Residenzstadt ein, am 23. und 24. folgten das kurprinzliche Regiment und das Löwenthalische Regiment. Diese starke militärische Präsenz trug entscheidend zur Beruhigung der Lage bei. Langsam kehrte der Alltag in die Straßen der Stadt zurück, und am 24. Mai konnten schließlich auch die zum Schutz der Prediger abgestellten Leibwachen abberufen werden.
Am 23. Mai mussten die Vermieter auf obrigkeitlichen Erlass hin ihre bisherigen katholischen Mieter wieder aufnehmen, nachdem letztere wiederum nachdrücklich gewarnt wurden, sich in irgend einer Art und Weise an ihren protestantischen Peinigern zu rächen. Die Tatsache, dass die Katholiken bereits am 26. Mai wieder ungestört ihren Sonntagsgottesdienst in der Kapelle feiern konnten, zeigt überdeutlich, wie effektiv die von Gouverneur und Magistrat getroffenen Maßnahmen waren.
Ein am 27. Mai publiziertes scharfes Mandat, in dem *„alle Zusammenrottirung"* mit drakonischen Strafandrohungen

untersagt wurde, trug entscheidend zur weiteren Beruhigung der Lage bei. Zusammenkünfte von mehr als acht bis zehn Personen in den Straßen wurden verboten; bei Zuwiderhandlungen drohten Festungsbau, Leib- und Lebensstrafen.

Der Verursacher der mehrtägigen Krawalle saß unterdessen im sicheren Gewahrsam des städtischen Stockhauses. Die Zelle, die man Franz Laubler zugedacht hatte, war durchaus geschichtsträchtig: einige Jahre zuvor hatte hier Lips Tullian, einer der berüchtigesten Räuber seiner Zeit, eingesessen. Ein sichereres Gefängnis konnte es kaum geben. Um potentielle Befreiungsaktionen von vornherein zu vereiteln, ließ der Magistrat sogar neue Fensterläden aus Eichenholz vor die Fenster setzen – man wusste ja nie in diesen Zeiten ... Aber niemand kam, um Laubler zu befreien – warum auch, denn die immer wieder vermutete katholische Verschwörung hatte es nie gegeben! Laubler, so viel steht fest, war ein von religiösem Wahn getriebener Einzeltäter. Von Reue war konsequenterweise denn auch nicht die geringste Spur bei ihm zu erkennen. Im Gegenteil: *„Vor Ausübung der That wäre ihm sein Hertz recht schwer gewesen, nun aber wäre es ihm Federleicht"*, ließ er sich vernehmen. Immer wieder küsste er seine eisernen Fesseln, nannte sie *„Jesus-Bande"* und glaubte allen Ernstes, als Märtyrer für den heiligen Kampf seiner Kirche zu sterben. Er sei, so Laubler, unendlich glücklich, diese Fesseln zu tragen, *„denn nunmehr hätte er den Lucifer überwunden, welchen er schon 3 Jahr nach dem Leben getrachtet, weil er ihn zur Evangelischen Religion, und folglich auch dahin gebracht, daß er seinen heiligen Nepomuck verleugnet habe. Die Faust, die eine so herrliche That verrichtet, die würde dort sein Jesus crönen, ob er gleich hier in der Zeit deswegen leiden müste."* – Worte eines Wahnsinnigen.

Der feige Anschlag auf Magister Hahn hatte ganz Sachsen zutiefst erschüttert. Franz Laublers Hinrichtung war daher viel mehr als eine bloße Bestrafung – sie war ein Ritual, dessen Signalwirkung nicht hoch genug eingeschätzt werden kann. Für einen „normalen Mörder" hätte man niemals einen solchen

Aufwand getrieben, aber Franz Laubler war eben kein gewöhnlicher Verbrecher: Er war ein religiöser Fanatiker, ein Glaubenskrieger! Laublers auf den 18. Juli angesetzte Hinrichtung sollte ein Spektakel werden und den zutiefst gekränkten Drednern Genugtuung verschaffen.
„Die Churf. Sächß. Residentz-Stadt Dreßden hat sich genöthiget befunden, in ihrer Ring-Mauer, und zwar auf öffentlichem Marckte, den 18. Juli dieses letztlauffenden 1726. Jahres ein Echaffot oder Toden-Gerüste aufzubauen, weil die Gerechtigkeit einen öffentlichen groben Missethäter, Priester- und Meuchel-Mörder nach Verdienst zu bestraffen vor nöthig befand", schreibt Schlegel. Wie üblich war dem Todeskandidaten der Hinrichtungstermin einige Tage zuvor bekannt gegeben worden, um ihm Zeit zu geben, durch tätige Reue, Beichte und Abendmahl sein Seelenheil zu retten. Aber für Reue oder Schuld war in Laublers kruder Weltsicht kein Platz. Pater Hartmann mühte sich redlich, *„diesen verstockten Buben auf bessern Weg"* zu bringen. Endlose Stunden verbrachte er in der kalten, dunklen Zelle und seine eindringlichen Worte und Gebete hätten selbst einen Stein dazu gebracht, Tränen der Reue zu vergießen. An Laubler jedoch prallten seine Worte ab. Mehr noch: einmal schlief Laubler sogar ein, während Pater Hartmann ihm in eindringlichsten Tönen vorhielt, in welcher Gefahr sich seine Seele befände.
In der Nacht vor der Hinrichtung wurde vor dem Rathaus ein Echaffot oder Totengerüst von beachtlichen Dimensionen aufgebaut: Es war acht Ellen hoch und 22 mal 22 Ellen breit, oben mit einem Geländer versehen und über eine 14-stufige Treppe zu erreichen. Die Wahl des Exekutionsplatzes war ein absolutes Novum, denn gewöhnlich pflegte man das Totengerüst auf dem Sand vor dem Alt-Dresdner Schwarzen Tor zu errichten. Auch stand ein Echaffot sonst nur vornehmen Adligen, nicht aber Mördern von niederer Abstammung zu. *„Daß aber E.E. Rath dergleichen Solennität mit diesem Bösewicht vorgenommen, und sichs so viel kosten lassen, ist nicht etwa aus eiteler Pracht geschehen, sondern iederman öffentlich zu zeigen, daß man das Schwerdt lasse schneiden, wo*

es schneiden solle, und weil dieses eine öffentliche Mordthat, wodurch die gantze Stadt in die höchste Betrübniß gesetzet worden, so solte auch eine öffentliche Execution die beleidigte Gerechtigkeit wiederum versöhnen.“

In der Tat, sie kannten ihre Dresdner gut, die Herren des wohlweisen Stadrats! Franz Laublers Hinrichtung war das Ereignis des Jahres; das öffentliche Interesse war riesig! Etliche Dresdner vermuteten, man wolle Laubler klammheimlich in aller Herrgottsfrühe hinrichten – schon um Aufruhr und Unruhe zu vermeiden. Das habt ihr euch so gedacht! sagten sich die Dresdner. Euch werden wir die Suppe gründlich versalzen! Um den Behörden, wie sie glaubten, ein Schnippchen zu schlagen, strömte die sensationslüsterne Menge schon am Abend zuvor dem Marktplatz entgegen. Alle Zimmer rings um den Markt waren hell erleuchtet, doch die Geduld der Meute wurde auf eine harte Probe gestellt. Als der neue Tag erwachte, waren sogar die Dachkehlen und Rinnen von Zuschauern belegt. Die besten Plätze aber hatten zweifellos die Schornsteinfegerlehrlinge für sich reserviert: Auf allen Essen sah man die kecken Burschen sitzen.

Die mit so viel Aufwand vorbereitete öffentliche Hinrichtung, so viel war allen Verantwortlichen klar, war durchaus nicht ohne Brisanz. Die Krawalle der letzten Maitage standen noch allzu deutlich vor Augen. Am Morgen des 26. Juli wurde daher in allen Gassen das bereits am 22. Mai publizierte königliche Mandat „*Wider den Auflauff und Tumultuiren im Lande*“ angeschlagen und in alle Häuser ausgeteilt; Aufrührern wurde gar die Schwertstrafe angedroht.

Gegen 3 Uhr morgens wurde der Attentäter unter starker Bewachung aus dem Gefängnis unter dem Rathaus über Schleichwege durch die Stadt und schließlich in ein kleines Hinterstübchen des Rathauses zurückgeführt, wo Pater Herrmann noch einmal versuchte, den selbsternannten Märtyrer zu Reue und Buße zu bringen. Vergeblich. In seinem religiösen Wahn glaubte Laubler seine Seele nicht im geringsten in Gefahr. Im Gegenteil: Er war der festen Überzeugung, als Märtyrer schon in wenigen Stunden nicht nur im

Paradies, sondern im Himmel selbst zu sein.

Während sich der gute Pater verzweifelt um die Rettung einer verlorenen Seele bemühte, marschierten aus den vier Vierteln der Stadt 600 Mann der Bürgerwehr in Richtung Marktplatz, allesamt in weißer und roter Bürgermontur und mit Ober- und Untergewehr bewaffnet. Hinter ihnen bezogen 800 Infanteristen Stellung, 250 Kürassiere wurden bei der Marktapotheke postiert. Mehr als 1600 Bewaffnete zur Absicherung einer einzigen Hinrichtung – wahrlich, ein gigantischer Aufwand, der zeigte, wie ernst man die Lage einschätzte. Zusätzlich kontrollierten Soldaten und Bürgerwehr an allen Ecken des Marktes, dass nur *„Leute von Condition"* Zugang erhielten. Patrouillen zogen unablässig durch die Gassen. Eine Wiederholung der Gewaltexzesse vom Mai musste unter allen Umständen vermieden werden.

Gegen 8 Uhr begaben sich Seine Exzellenz Graf von Weckerbarth und Generalfeldmarschall Graf von Flemming ins Rathaus, wo sich in rascher Folge auch die anderen königlichen Geheimräte und natürlich die Ratsherren einfanden.

Die Hinrichtung selbst war auf 10 Uhr angesetzt. Eine Viertelstunde vorher wurde Laubler mit einer mehr als 30 Mann starken Eskorte auf dem Rathaus in die vor dem Echaffot aufgerichteten Schranken gebracht. Hier hatte man Tische und Bänke für das obligatorische hochnotpeinliche Halsgericht aufgebaut. Alles folgte einem festen, seit dem Mittelalter unverändert gebliebenem Ritual: Nachdem der Stockmeister das hochnotpeinliche Halsgericht öffentlich ausgerufen hatte, wurde das vom Leipziger Schöppenstuhl beschlossene Urteil mitsamt aller Entscheidungsgründe und schließlich der Königliche Vollstreckungsbefehl verlesen. Endlich, nach mehr als einer halben Stunde, wurde Laubler zum Totengerüst gebracht. Ob er wirklich so *„munter und trotzig"* die Treppen hinaufstieg, wie Schlegel behauptet? Möglich wäre es, schließlich wähnte sich Laubler schon so gut wie im Himmel. Auf dem Echaffot angelangt, zog Laubler sein Camisol aus und ließ sich an Händen und Füßen fesseln. Die ihm nach Urteil und Recht zuerkandte Strafe des Räderns gehörte zu den grausamsten und entehrendsten Hinrichtungsarten überhaupt. Je drei Stöße ins Genick, auf die Brust, auf Hände und Füße sollten den Delinquenten vom Leben zum Tode befördern. Normalerweise war der Scharfrichter gnädig und verkürzte durch entsprechend starke Genickschläge das Leiden das Verurteilten. Nicht aber in Laublers Fall. Schlegel, der als Augenzeuge der Hinrichtung beiwohnte, schildert die blutige Szene wie folgt:

„Merckwürdig war (welches vielleicht zu gerechter Straffe geschehen), daß, als er einen Stoß ins Genicke bekommen, sich der Mörder mit dem Kopffe aufhub, nach dem Scharffrichter sahe, und eine ziemlich verdrießliche und blutige Mine machte. Die eine Hand war schon zerstossen, dennoch wolte er mit derselben nach dem Gesichte fahren, und wäre er wohl gar wieder aufgestanden, wenn ihn nicht die Henckers-Knechte scharff gehalten, auch ihn der Scharffrichter selbst mit den Haaren auf die Kreppen, da er einbeissen solte, niedergezogen hätte. Alle Gliedmassen waren entzwey, und dennoch lebte er immer noch, und bewegte sich, bis zuletzt einige sonst ungewöhnliche Stösse, auf des Paters Anhalten, dem Mörder den völligen Rest gaben. Bey jedem Stosse lief der Pater hinzu, bückte sich nieder, und schrye ihm in die Ohren: Jesu, du Sohn Davids, erbarme dich mein! Item: Herr Jesu, dir leb ich, dir etc. – Doch Laubler war ein Stock, und blieb ein Stock, und hat man weder ein Seufftzen noch Gebeth von ihm gehöret, ausser daß er bey dem ersten Genick-Stoß einen lauten Schrey gethan, weil ihm vielleicht dieses Compliment ziemlich spanisch vorgekommen.“

Endlich war Laubler tot, aber das blutige Spektakel war damit noch lange nicht vorbei, denn jetzt schleppte der Henker den Körper vom Gericht auf eine Schinder-Schleife. Dann wurde die Leiche mitsamt dem Rad mit einer 30 Mann starken Eskorte quer durch die Stadt über die Alt-Dresdner Brücke auf des Sand ans Hohe Gericht geschleift. Zweihundert Mann der Bürgerwehr und die Stadtgerichte folgten hinterdrein. Auf der gewöhnlichen Richtstätte, wo auf etlichen Rädern die Leichen anderer großer Missetäter vor sich hinmoderten, zog man den

Körper aufs Rad. Zur Befestigung verwendete man nicht wie sonst üblich einfache Stricke, sondern Ketten und Nägel – zu groß war die Angst, der Körper könnte von katholischen Reliquienjägern entführt werden. Der Pfahl, auf den Laublers Rad sodann gesetzt wurde, überragte selbst den des 11 Jahre zuvor hingerichteten Räubers Lips Tullian – auch das eine Maßnahme, die eine Entführung des Leichnams verhindern sollte. Wie begründet die Befürchtung, Laubler könne von einigen Fanatikern zum Heiligen stilisiert werden, zeigt folgende Episode, die wir mit Schlegels Worten zum Besten geben wollen:

„*Ein einfältiges Papistisches altes Weib*", so schreibt er, soll „*am Tage der Execution Nachmittags hinaus nach dem Gerichte gegangen, sich unter des Mörders Rad gelegt, und sich mit dessen herabtröpffelten Blute benetzen lassen. O sancta simplicitas!*" – O du heilige Einfalt! Wahrhaftig, zuweilen treibt der Heiligenkult gar seltsame Blüten.

Nachtrag:

Die Wahrheit liegt bekanntlich immer im Auge des Betrachters. Keine Lüge war zu bösartig, keine Diffamierung zu schlecht, wenn es darum ging, dem Gegner im zutiefst unchristlichen, unseligen, interreligiösen Kampf der Konfessionen eine auszuwischen. Die wortgewaltige Brutalität protestantischer Eiferer lässt uns nur sprachlos mit dem Kopf schütteln. Gewiss, auch die Predigten und Schriften der Katholiken waren „nicht ohne", doch gegen das, was protestantische Polemik seit Luthers Zeiten an Lügen und Schmähungen ausbreitete, wirken die Reaktionen ihrer katholischen Widersacher fast schon fade – meistens zumindest. Fürsten und Könige bemühten sich nach Kräften, den Frieden zwischen den Konfessionen zu halten. Pfarrern und Priestern war es strengstens verboten, gegen die jeweils andere Konfession zu predigen, was freilich gerade die Protestanten nicht daran hinderte, das Verbot bei jeder sich bietenden Gelegenheit zu übertreten und nach Kräften unter den Katholiken zu missionieren. Im Gegenzug „wilderten“ die Jesuitenpater im „evangelischen Garten“. Wurde dann noch durch einen Katholiken ein Anschlag auf einen Protestanten verübt, war das Chaos perfekt – vor allem dann, wenn das Opfer auch noch ein protestantischer Geistlicher war. Die in Folge der Ermordung des Dresdner Diakons Hahn ausgebrochenen Krawalle zeigen eindrücklich, wie fragil der Religionsfrieden noch immer war.

Sämtliche aus protestantischer Hand stammenden Berichte über Hahns Ermordung und die anschließenden Ereignisse sind naturgemäß stark polemisch gefärbt. Um so wohltuender hebt sich davon der am 24. Mai – drei Tage nach dem Attentat – verfasste Brief eines katholischen Hofkaplans ab. Anders als die protestantischen Schreiberlinge hält er sich mit polemischer Hetze, Schuldzuweisungen und Beschimpfungen zurück. Nüchtern, fast emotionslos schildert er die Gewaltexzesse, in deren Verlauf sogar Graf von Wackerbarth mit Steinen beworfen wurde. Der Täter, so schreibt der geschockte Hofkaplan, lief *„mit dem blutigen Stillet auff der Gassen unserer Kirchen“* und danach dem Schloss zu, wo er sich widerstandslos festnehmen ließ *„und seine That mit offner Anruffung unser lieben Frauen, und deß H. Ignatij und anderen Heiligen“* lobte. Ohne den geringsten Anhaltspunkt dafür zu haben, streute Malitz sofort das Gerücht aus, das Attentat sei von einem katholischen Priester, einem Jesuiten, verübt worden. Die mit voller Absicht unter das Volk gebrachte Falschnachricht schlug ein wie eine Bombe! Ehe Regierung und Stadtrat überhaupt die Chancen hatten, zu reagieren, brachen die Krawalle los. Das Volk wurde *„also ergrimmet... daß man unsere Glaubens-Genossene, wo sie nur einen angetroffen, angefangen übel zu tractieren und zu arrestieren, auch underschidliche Häuser, absonderlich deß Herrn Grafens von Litzelburgs zu ruinieren, und zu plündern...“* Er selbst, schreibt der Hofkaplan zur Beruhigung seiner Freunde, sei mit den unter seiner Obhut stehenden Prinzen gut bewacht und in Sicherheit geblieben.

Gegen 10 Uhr abends schien sich die Lage beruhigt zu haben, doch nicht für lange. *„Den andern Tag Frühe, als ein Praedicant* *eine sehr auffrührische Predig gethan, ware das Volck auff ein neues erwildet, zoge in der Creutz-Kirchen die Degen auß, und resolvirte sich zu sterben für ihren Glauben. Indessen wurde durch die gantze Statt außgesprenget, daß ein Catholischer in gedachter Kirchen nach einem Praedicanten geschossen, und die Auffruhr wurde gemeinsamblich erwecket, auch die Catholische überall zu dem Todt auffgesucht.*" Die Schilderung des Hofkaplans passt gut zu Schlegels Version der Ereignisse am Morgen des 22. Mai. Die Stimmung war so aufgeheizt, dass der geringste Anlass, das kleinste Wörtchen genügte, um die Lage erneut eskalieren zu lassen. Und genau das geschah denn auch. *„Unser Kirchen ist öffters angefallen, von denen Soldaten aber wol beschützet, doch vile Fenster, gleichwie in denen Particular-Häusern eingeworffen worden, alle Catholische, auch von Hof, hat man in Arrest geführet, und etliche gefährlich geschlagen, unter welchen sich Antonius Hadron, unnd der Leib-Schneider Ihrer Durchl. Chur-Princessin befinden, deß Chur-Printzens Leib-Medicus ist gleichfahls mit seiner gantzen Familie arrestiert, und Anfangs in die Gefängnuß, hernach aber mit anderen Hof-Bedienten nach Hof geliffert worden. Nachgehends wurden die Häuser geplündert, unter welchen auch das jenige ware, so deß Chur-Printzens dermahlen abwesenden Secretario angehörig, wobey die Schrifften und Mobilien verlohren gangen, und wurde so gar der heiligen Bildnussen, so Gottes-rauberischer Weiß profanierte, nicht verschonet. In Summa, es manglete nicht vil an unseren völligen Verlust und Undergang. Der Herr Graf von Wackerbarth, umb grosses Blutvergiessen zu verhinderen, bittete das auffrührische Volck durch das Blut Christi sich zuruck zugeben, aber es ware alles umbsonst, auff ihne selbst wurde mit Steinen geworffen, mit allen disen fande er nicht vor gut, wegen Schwachheit der Trouppen, biß zu Anlangung mehreren Succurs, Gewalt zu brauchen.*"

Zwei Tage später, schließt der Hofkaplan, ist Ruhe eingekehrt, was nicht zuletzt den auf 4880 Mann verstärkten Truppen zu verdanken war. Doch *„gewiß ists, daß nach Meynung der alten Soldaten ein grössere Gefahr allhier anschine, als wann ein Statt mit Sturm erobert wird.*" Nichts könnte die Brisanz der Lage deutlicher widerspiegeln als diese Einschätzung der altgedienten, kriegserfahrenen sächsischen Soldaten.

Quellen

Actenmäßige Nachricht von denen Betrügereyen, welche wegen der vorgeblichen Ehen deß Anno 1723 verstorbenen Herrn Herzogen Leopold Eberhard von Würtemberg-Mömpelgarddt von dessen Concubinen und unächten Kindern gespielet worden, Aus Gelegenheit der neuerlich bey dem Kayserl. Hochpreißlichen Reichs-Hof-Rath angebrachten unverschämter Klagen. Dem Publico vorgestellt (Stuttgart 1756)
(Online abrufbar unter:
http://idb.ub.uni-tuebingen.de/diglit/LV42_fol-3_17, letzter Zugriff: 13.12.2021)

Gantz erbarmens-würdige und glaubhaffte Nachricht von dem erschrecklichen und grausamen Priester-Mord, So den 21sten May a.c. an Herrn M. Hahnen, Wohlverdienten Stadt-Prediger der Königl. Chur-Sächsischen Residentz-Stadt Dreßden mit erstaunender Boßheit verübet worden. (o. O. 1726)
(Online abrufbar unter:
https://digital.staatsbibliothek-berlin.de/werkansicht/?PPN=PPN717980952, letzter Zugriff am 13.12.2021)

Zweyte Nähere und umständlichere Relation von dem durch einen papistischen Trabanten zu Dreßden an dem dortigen Evangel. Prediger Herrn M. Hanen verübten grausamen Mord und darauf erfolgten Tumult (o. O. 1726)
Online abrufbar unter:
https://digital.staatsbibliothek-berlin.de/werkansicht/?PPN=PPN848525671, letzter Zugriff am 13.12.2021)

E. F. Schlegel, Wahrhafftiger Und noch nicht so umbständlich beschriebener Bericht des Dreßdnerischen Priester Mords,

Ingleichen einer Beschreibung der wohlverdienten Execution des Meuchel-Mörders Frantz Laublers, welche den 18. Jul. 1726 in Dreßden geschehen (o. O. 1726)
(Online abrufbar unter:
https://digitale.bibliothek.uni-halle.de/id/5334710, letzter Zugriff am 13.12.2021)

Sectio III. Die Versöhnte Gerechtigkeit Oder Umständliche Relation von der wohl-verdienten Execution Des Dreßdnischen Priester-Mörders Frantz Laublers: Geschehen zu Dreßden, den 18. Julii 1726.
(Online abrufbar unter:
http://resolver.staatsbibliothek-berlin.de/SBB0000459700000000, letzter Zugriff: 13.12.2021)

August Wilhelm Meyer, Bruder-Mörder, ein sich hier im Lande im vorigen Jahre ereigneter und in diesem Jahre entschiedener Criminalfall, (Osnabrück 1784).
(Online abrufbar unter:
https://digitale.bibliothek.uni-halle.de/id/1177499, letzter Zugriff am 13.12.2021)

Die durch den verfluchten Geiz zu einem fünf fachen Mord bewegte Unmenschlichkeit dargestellt in der Person eines Verwalters im Hollsteinischen Namens Johann Joseph Kalzow, Welcher wegen seiner verübten Missethaten den 19. Jul. 1763 zu Kiel vom Leben zum Todt gebracht worden. Allen im Geiz ersoffenen Welt-Menschen zu heylsamen Warnung vor Augen (Kiel 1763).
(Online abrufbar unter:
https://www.digitale-sammlungen.de/de/details/bsb00006353, letzter Zugriff am 13.12.2021)

Nachricht von denen Prediger-Mördern, Raubern und Spitzbuben, Welche den 28 Januar 1713 Nachts zwischen 12 und 1 Uhr Ihren allerseits Beicht-Vater und 22 jährigen Prediger, Herrn Johann Heinrich Meiern, zu Rehburg (im Ambte

Stoltzenau) jämmerlich ermordet... (o.O. 1715)
(Online abrufbar unter:
https://digital.slub-dresden.de/werkansicht/dlf/107190/1,
letzter Zugriff: 13.12.2021)

Gründliche Nachricht von denen von einigen Räubern und Spitzbuben an dem Pfarrer zu Edderitz, Herrn Alrico Plesken, und einem Schneider, Hansen Lingen und dessen Ehe-Weibe, in Februario und Martio 1713 ausgeübten Diebstahl, gebrauchten entsetzlichen Marter und respective begangenen Mord... Gedruckt im Jahr 1714.
(Online abrufbar unter:
http://digital.slub-dresden.de/ppn330775626, letzter Zugriff am 13.12.2021)

August Stertzenbach, Actenmäßige Erzählung des gegen den Colonus Fischer aus Brake am 15ten April 1794 auf der von Brake nach Detmold führenden Landstraße verübten Mordes und Strassenraubes ...(Detmold 1794)
(Online abrufbar unter:
http://resolver.staatsbibliothek-berlin.de/SBB00004CF00000000, letzter Zugriff am 13.12.2021)

Hess. Hauptstaatsarchiv Wiesbaden Best. 171 Nr Z 3130
Kriminalprozess gegen Lex Müller zu Langenaubach (mit dem Schwert hingerichtet am 14. Juli 1621) wegen Totschlags an Johannes Müller zu Allendorf.

Hessisches Hauptstaatsarchiv Wiesbaden 171 Nr. Z 1423
Die zu Rommershagen bey der Kirmes anno 1611 21/31. July vorgelauffene Schlegerey undt mordtthaten belangendt.

www.ingramcontent.com/pod-product-compliance
Lightning Source LLC
LaVergne TN
LVHW012050160826
845678LV00014B/2768